古典文獻研究輯刊

十九編

曾永義 主編

第12冊

晚清四大小說研究（下）

黃美珍 著

國家圖書館出版品預行編目資料

晚清四大小說研究（下）／黃美珍 著 — 初版 — 新北市：花
木蘭文化事業有限公司，2019〔民 108〕
目 2+204 面；19×26 公分
（古典文學研究輯刊 十九編；第 12 冊）
ISBN 978-986-485-647-3（精裝）
1. 清代小說 2. 文學評論
820.8   108000769

ISBN-978-986-485-647-3

9 789864 856473

古典文學研究輯刊
十九編　第十二冊   ISBN：978-986-485-647-3

晚清四大小說研究（下）

作　　者　黃美珍
主　　編　曾永義
總 編 輯　杜潔祥
副總編輯　楊嘉樂
編　　輯　許郁翎、王筑　美術編輯　陳逸婷
出　　版　花木蘭文化事業有限公司
發 行 人　高小娟
聯絡地址　235 新北市中和區中安街七二號十三樓
　　　　　電話：02-2923-1455／傳眞：02-2923-1452
網　　址　http://www.huamulan.tw 信箱 hml810518@gmail.com
印　　刷　普羅文化出版廣告事業
初　　版　2019 年 3 月
全書字數　392487 字
定　　價　十九編 33 冊（精裝）新台幣 64,000 元

晚清四大小說研究（下）

黃美珍　著

目次

第陸章　照鏡入鏡亦是鏡──
晚清四大小說之讀者與人物

　　對於晚清小說之研究，學者曾指出面對日漸緊迫的社會與政治危機，作家也迫切地想要記下眼前的經驗與事物，而「被敘述的主題與敘事本身之間的時間距離卻迅速消失」與作者激越澎湃之著述意識，共同形成了小說的「鑒照」特色，諸多書名尤能表現此一特性：

> 他們對當下每一刻飛逝的時光緊張的凝視，以及他們迫切想要銘刻眼下經驗的衝動，都可由其作品的題目看出來，如聲稱要「鑒照」社會的病態，如《立憲鏡》（1906）、《青樓鏡》（1909）、《醫界鏡》（1908）、《新孽鏡》（1906）等，或者如暗示要「揭發」社會的現狀，比方《官場現形記》、《學生現形記》（1906）、《家庭現形記》（1907）、《革命鬼現形記》（1909）等。即使最正統的歷史小說，如吳趼人寫南宋覆亡的《痛史》、黃小配寫太平天國之亂的《洪秀全演義》（1908），也都明顯地與當時的國事有關。[註1]

時事危機的急迫性以及其取之不竭、隨處可得之豐富性與便利性，使得小說作者之傳統著述意識在晚清有一新的呈顯與發揮。對時事的緊張凝視，取消了作者、讀者與作品間的時間距離。取時事入小說，正如攝萬象入鏡，即時反映，毫釐不差。鑒照之作用，現形之結果，是一種力量的展現，目的在收

〔註1〕王德威，《被壓抑的現代性──晚清小說新論》，北京：北京大學出版社，2005年05月一版，頁49。

懲戒之效、建覺知之功。鑒照現形並非新品，溫嶠燃犀〔註2〕、神禹鑄鼎〔註3〕之說，自來小說作者常借爲「使民知神姦」〔註4〕，使魑魅避影、魍魎夜哭之著作使命，意在發揮小說兼有覺知與懲戒之功效。

　　鑒照現形雖是其來有自，非自晚清始，鏡之意象，鏡之作用，影響小說之取材、表達與風格，其所形成之反映與揭露之特性遂成爲晚清作品在傳統小說中區以別之的主要特色之一。而時間距離之取消更使作者、讀者與作品間出現不同以往之互動景況。

　　以晚清四大小說而言，《官場現形記》被視爲一面救世佛之菩提鏡：

　　　　嗟嗟！神禹鑄鼎，魍魎夜哭；溫嶠燃犀，魑魅避影。中國官場久爲
　　　　全球各國不齒於人類，而若輩窮奇渾沌，跳舞拍張，方且謂行莫予
　　　　泥，令莫與違，一若睥睨自得也者。而不意有一救世佛焉爲之放大
　　　　千之光，攝世界之影，使一般之嚅嚅而動，蠢蠢以爭者，咸畢現於
　　　　菩提鏡中，此若輩所意料不到者也。〔註5〕

針對跳舞拍張、睥睨自得之官場人物，小說特放大千之光，攝世界之影，將其嚅嚅蠢蠢之醜陋怪狀畢現於鏡中。

　　《官場現形記》之外，《二十年目睹之怪現狀》則爲一顯微鏡：

　　　　上半回是演說官場之失意者，下半回是演說官場之得意者，繪影繪
　　　　聲，神情畢現，無殊抉此輩之心肝而表爆之。指陳弊竇處，竟是一
　　　　面顯微鏡。〔註6〕

《二十年目睹之怪現狀》所以被視爲顯微鏡者，在其指陳社會病態，人事表裡，醜態畢現。相較於《怪現狀》之曲盡幽微，《老殘遊記》集中光束照向人所不知的清官高台。用許多無辜百姓性命堆疊而成的清廉令名，在光束透照下，現出閻羅催命的恐怖原形，《老殘遊記》是一面剝揭清官假忠僞義面皮的顯僞鏡。劉鶚認爲「贓官可恨，人人知之」，然清官之可恨，「人多不知」。尤其贓官自知操守有失，心虛氣弱，不敢公然爲非作歹；清官則否，自標清廉，

〔註2〕《晉書》卷六十七〈溫嶠列傳〉，見楊家駱，《晉書》臺北：鼎文書局，1992
　　　　年11月七版，頁1795。
〔註3〕竹添光鴻，《左傳會箋》《左傳》宣公三年，臺北：天工書局，1998年08月一
　　　　版，頁699～700。
〔註4〕同上注。
〔註5〕《官場現形記·敘》作者署佚名，見《晚清文學叢鈔》，頁178～179。
〔註6〕吳趼人，《二十年目睹之怪現狀》，江西人民出版社，1988年10月一版，第十
　　　　四回回評，頁101。

心高氣傲、「剛愎自用」，因此「何所不可」、爲所欲爲，至於凌虐百姓而猶自
命清高。小說乃透視其虛忠假義，揭其僞以訐其非、攻其惡，「作者苦心，願
天下清官勿以不要錢便可任性妄爲也」，這正是作者用心，亦是小說主要價值所
在：「歷來小說皆揭贓官之惡，有揭清官之惡者，自《老殘遊記》始」。〔註7〕

　　至於四大小說中的《孽海花》，作者曾樸將小說筆頭喻爲攝影機的鏡頭，
將三十年的文化、政治變動，收攝成一幕幕影像，讓讀者如親眼目擊：

> 這書主幹的意義，祇爲我看著這三十年，是我中國由舊到新的一個
> 大轉關，一方面文化的推移，一方面政治的變動，可驚可喜的現象，
> 都在這一時期內飛也似的進行。我就想把這些現象，合攏了他的側
> 影或遠景，和相連繫的一些細事，收攝在我筆頭的攝影機上，叫他
> 自然地一幕一幕的展現，印象上不啻目擊了大事的全景一般。例如：
> 這書寫政治，寫到清室的亡，全注重德宗和太后的失和，所以寫皇
> 家的婚姻史，寫魚陽伯、余敏的買官，東西宮爭權的事，都是後來
> 戊戌政變、庚子拳亂的根原。寫雅聚園、含英社、談瀛會、臥雲園、
> 強學會、蘇報社，都是一時文化過程中的足印。〔註8〕

晚清四大小說「鏡」之意念或爲菩提鏡、顯微鏡、顯僞鏡，或爲攝影機之鏡
頭。在「鏡」之意象下，即時攝入的近距離時空中，讀者、作者直面時代環
境，不但讀者與作者互動密切，小說人物亦極貼近讀者。本章以下由讀者之
角度切入，酌分三節論述。

第一節　小說與讀者

　　晚清之譴責小說，可謂呈現質變量增之發展。質變指其反轉揭露之寫法，
量增則是印刷數或出版數之大量增加。若就小說之所以出現此一質變量增之
發展進行分析，則讀者實有其重要性。

一、讀者設定

　　中國小說之著述意識，可以上推至上古之「風聽臚言於市」、「問謗譽於

〔註7〕　本段之引文見劉鶚，《老殘遊記》，台北：三民，2007 年 06 月二版，第 16 回
　　　　評，頁 170。
〔註8〕　曾樸，〈修改後要說的幾句話〉收於三民《孽海花·附錄》，頁 457〜458。

路」〔註9〕，目的在正邪盡戒。此時所設定之讀者是君主聖王。士人采記來自
商旅庶民的道謗巷議，可使君上知朝論之所不知，聞廷論之所未聞；因此，
雖可能夾有怨誹，是爲謗議，然仍重視其價值，以知戒正邪，益於治道。

> 古者聖王之制：史在前書過，工誦箴諫，瞽訟詩諫，公卿比諫，士
> 傳言諫過，庶人謗於道，商旅議於市，然後君得聞其過失也。〔註10〕

隨著後世傳諫制度之泯沒，出現小說家者流，讀者之設定下降至士人君子，
在君子的養成教育上，孔子以小說小道，「必有可觀」、「致遠恐泥」〔註11〕，
得失互見，並未加以重視。

　　至於魏晉，小說勸懲之功特被重視，並且運用「遊心寓目」之技巧提高
作品的可讀性，強調眞實以增加對讀者之說服力，最後在達成「明神道之不
誣」〔註12〕的閱讀效果。

　　晚清時代之危機感，尤其使作者之著述意識激越澎湃。梁啓超借鏡所謂
歐美之變革經驗，特別將兵丁、市儈、農氓、工匠、車夫、馬卒與婦女、童
孺等設定爲讀者：

> 在昔歐洲變革之始，其魁儒碩學，仁人志士，往往以其身之所經歷，
> 及胸中所懷，政治之議論，一寄之於小說，於是彼中綴學之子，黌
> 塾之暇，手之口之，下而兵丁而市儈而農氓而工匠而車夫馬卒而婦
> 女而童孺，靡不手之口之，往往每一書出，而全國之議論，爲之一
> 變。彼美英德法奧義日本各國政界之日進，則政治小說爲功最高焉。
> 英名士某君曰：「小說爲國民之魂」，豈不然哉？豈不然哉？〔註13〕

梁啓超率先呼籲外，邱煒萲、蔡奮、夏曾佑、陳光輝等亦有相類之主張：

> 把小說的讀者自然而然地定之爲接受他們啓蒙教育的下層愚民。梁

〔註9〕　《國語・晉語（六）》，韋昭注：「風，采也；臚，傳也。」台北：九思出版有
　　　　限公司，1978年11月一版，頁410：吾聞古之言：王者德政既成，又聽於民，
　　　　於是乎使工瞽誦諫於朝，在列者獻詩，使勿兜，風聽臚言於市，辨袄祥於謠，
　　　　考百事於朝，問謗譽於路，有邪而正之，盡戒之術也。
〔註10〕　（漢）賈山《至言》見蔣凡編，《古代十大散文流派》第一卷之《秦論辯文》，
　　　　頁19～20。長沙：湖南文藝出版社，1997年07月一版。
〔註11〕　班固，《漢書・藝文志》。（唐）顏師古注，（清）王先謙補注，台北：新文豐
　　　　出版公司，1975年03月，一版，頁0873：小說家者流，蓋出於稗官，街談
　　　　巷語，道聽途說者之所造也。孔子曰：「雖小道必有可觀焉；致遠恐泥，是以
　　　　君子弗爲也。」此處《漢書》誤子夏爲孔子。
〔註12〕　《晉書・干寶傳》，臺北：鼎文書局，頁2150～2151。
〔註13〕　見《晚清文學叢鈔小說戲曲研究卷》，頁14。

　　　　啓超率先將讀者的範圍定在「兵丁、市儈、農氓、工匠、車夫、馬
　　　　卒、婦女、童孺」之內，邱煒萲則定位於「農工商販」，蔡奮將小說
　　　　的作用限制爲「醒齊民之耳目，勵衆庶之心志，」夏曾佑則乾脆呼
　　　　小說的讀者爲「婦人與粗人」。直到 1916 年，還有人堅持認爲「小
　　　　說者，所以供中下層社會者也」。近代早期的小說理論批評家大都採
　　　　用了這種居高臨下的說教態度，理由也非常簡單，「先知有覺，覺後
　　　　是任」。〔註14〕

從聖王君主到士人君子，晚清將兵丁、市儈、農氓、工匠、車夫、馬卒、婦
女、童孺納入，範圍明顯擴大。而此類以民間衆庶爲對象之小說，除了使用
白話外，在著作數量及行銷速度上，亦建立了新的里程碑：

　　　　據《小說林》所刊東海覺我編〈丁未年（1907）小說界發行書目調
　　　　查表〉一文，單單一年之內，著譯統計即有一百二十餘種；《涵芬樓
　　　　類書分類目錄》至宣統三年（1911），文學一類，翻譯小說近四百種，
　　　　創作約一百二十種。〔註15〕

　　　　近人楊家駱總計晚清刊行的小說晚清小說，單創作即有四百六十一
　　　　種（462 扣掉雙指印爲翻譯，剩 461），翻譯作品共有六百零八部。
　　　〔註16〕

在此著述風潮下，四大小說亦受其影響〔註17〕。吳趼人光緒三十二年發表於
《月月小說》之序文〔註18〕即直言自己對梁氏之說「有所感焉」：

　　　　吾執吾筆，將編爲小說，即就小說以言小說焉，可也，奈之何舉社
　　　　會如是種種之醜態而先表暴之？吾蓋有所感焉。吾感乎飮冰子〈小

〔註14〕程華平，《中國小說戲曲理論的近代轉型》，上海：華東大學出版社，2001 年
　　　　10 月一版，頁 281。
〔註15〕阿英，《晚清小說史》，香港太平書局，1966 年 01 月一版，頁 1。
〔註16〕楊家駱，《民國以來出版新書總目提要・附錄》，臺北：中國辭典館，60 年 1
　　　　月。
〔註17〕參見本論文第貳章，頁 31；參酌林瑞明，《晚清譴責小說的歷史意義》之第二
　　　　章《晚清小說界革命》，頁 54：截至光緒三十三年（1907）《小說林》發行之
　　　　時，不數年之間，李寶嘉《官場現形記》、劉鶚《老殘遊記》初編都已寫成，
　　　　吳趼人《二十年目睹之怪現狀》亦已完成大半部，而《孽海花》則出版二編
　　　　二十回。
〔註18〕梁啓超之《清文學叢鈔晚》，頁 151，署作者「失名」；陳平原、夏曉虹，《二
　　　　十世紀中國小說理論資料》則署作者爲吳沃堯。陳平原、夏曉虹，《二十世紀
　　　　中國小說理論資料》（1897 年～1916 年），頁 168。

説與群治之關係〉之説出，提倡改良小説，不數年而吾國新著新譯
之小説，幾於汗萬牛充萬棟，猶復日出不已而未有窮期也。〔註19〕

李伯元則明白指出「假遊戲之説以隱喻勸懲」，其讀者設定在「農工商賈、
婦人豎子」等：

〈遊戲報〉之命名仿自泰西，豈眞好爲遊戲哉？蓋有不得已之深意
存焉者也。……故不得不假遊戲之説以隱喻勸懲，亦覺世之一道
也。……或託諸寓言，或涉諸諷詠，無非欲喚醒癡愚，破除煩惱，
意取其淺，言取其俚，使農工商賈、婦人豎子，皆得而觀之。庶天
地間之千態萬狀，眞一遊戲之局也。〔註20〕

不過，眞正饒富興味者，是李伯元《官場現形記》直接在小説中點出，所設
定之讀者是在書中照出原形的一幫官員：

中國一般的人民，他們好像生來都是見官害怕的，只要官怎麼，百
姓就怎麼，所謂上行下效。爲此拿定了主意，想把這些做官的，先
陶鎔到一個程度，好等他們出去，整躬率物，救國救民。又想：中
國的官，大大小小，何止幾千百個。至於他們的壞處，很像是一個
先生教出來的。因此就悟出一個新法子來：摹仿學堂裡先生教學生
的法子，編幾本教科書，教導他們。並且仿照世界各國普遍的教法：
從初等小學堂、中學堂、高等學堂。等到到了高等卒業之後，然後
再放他們出去做官，自然都是好官。二十年之後，天下還愁不太平
嗎？〔註21〕

在此，小説是一本教科書，小説人物與讀者合而爲一：

原來這部教科書前半部是專門指摘他們做官的壞處，好叫他們讀了
知過必改。後半部方是教導他們做官的法子。〔註22〕

官員是小説所設定的主要讀者群，而當這些讀者閱讀小説之際，往往於其中
照見自己面目。在晚清，讀者不但是讀者，還時時現身小説鏡光之中，成爲
人物。

〔註19〕陳平原、夏曉虹，《二十世紀中國小説理論資料》，北京：北京大學出版社，
　　　　1989 年 03 月一版，頁 169。
〔註20〕阿英，《晚清小報錄・遊戲報》附〈論遊戲報之本意〉，收於《阿英全集（六）》，
　　　　頁 286～287。
〔註21〕李伯元，《官場現形記》，台北：三民書局，2004 年 01 月二版，頁 963～964。
〔註22〕李伯元，《官場現形記》，頁 964。

二、傳播方式

　　其次，就小說之傳播方式言，傳統之傳播方式速度較爲緩慢，層面亦有一定限制。讀者之閱讀趣味建立在回味與咀嚼，說書聽書是達成此一趣味的主要活動：

> 古代小說的這個特點與中國古代戲曲的存在有極大的共通之處：小說或戲曲裡的故事、人物，聽（觀）眾往往從小到大耳濡目染，即便不是耳熟能詳，起碼也是知道大概的，如曹劉諸葛，梁山好漢，崔張西廂，楊家將，岳家軍，等等。無論是俠客義士、清官忠臣，還是狐鬼妖媚、怪異神魔，那些虛虛實實、亦眞亦幻的故事，都在一成不變的忠奸邪良、善惡因果的道德模式中循環再現。人們聽書、看戲，往往不是了解未知，而是重溫故舊──審美的快感就在這一遍遍的回味與咀嚼中。魯迅說，詩歌起源於勞動和宗教，而小說起源於休息。中國傳統小說，以其特殊的傳播方式，爲人們提供了一個公共休憩與娛樂的空間。〔註23〕

讀者閱讀的趣味，有一部份是來自於說書人「用心構思，經營細節」〔註24〕的生動表演；而小說內容，泰半已知大概。

　　晚清之小說傳播方式則有極大之改變，報章雜誌的發行，使得小說的傳播如乘風而行，不但速度大爲提升，其廣度、深度亦增加多倍。

> 梁啟超等人是以新聞媒介來進行小說推廣工作的，當時報業興盛，一般「附刊」都闢有小說園地，再加上專門刊載小說的雜誌亦紛紛創辦，如此將小說的推廣以新聞報章之道處理之，不僅能收及時之效而且更因其密集安打的方式，幾乎改變了以往的小說閱讀習慣，讀小說是讀報章雜誌的一部份，甚且成爲日常生活的必要項目，其影響自不待言。〔註25〕

小說傳播方式的及時性、密集性，提高了影響力，對讀者與作者而言，同樣是震撼性的改變：

> 在我看來，近代報刊的出現，是整個晚清文學與文化變革的重要基

〔註23〕楊聯芬，《晚清至五四：中國文學現代性的發生》，北京大學出版社，2003 年 11 月一版，頁 72～73。

〔註24〕楊聯芬，《晚清至五四：中國文學現代性的發生》，頁 73。

〔註25〕康來新，《晚清小說理論研究》，臺北：大安出版社，1986 年 06 月初版，頁 4。

石。可以這麼說，報章作爲一種傳播媒介，既是物質的，也是精神的。……稍微認眞觀察，我們便很容易注意到，從明清版刻到近代報章，這一轉折，不僅僅是技術問題，還牽涉到傳播形式、寫作技能、接受者的心態、寫作者的趣味等，實在是關係重大。文人著述，不再是「藏之名山，傳之後世」，也不再追求「十年磨一劍」，而是「朝甫脫稿，夕即排印，十日之內，遍天下矣」。這種文學生產及傳播方式的巨大改變，讓當時中國的讀書人，既興奮，也惶惑。〔註 26〕

根據統計，原先發展緩慢之報紙雜誌在一八六一年後逐漸增加，晚清已不下百餘種：

> 一八一五年，馬禮遜（Robert Morrison）在馬六甲出版第一個中文雜誌《察世俗每月統紀傳》，此後，中文報刊陸續出現，但發展速度很慢。一八一五至一八六一年間，現在還能找得到的中文報刊，總共也就八種。而且，都是斷斷續續出，一下子就沒了。一八六一年之後的三、四十年間，中文報紙雜誌逐漸增加，到一九○二年梁啟超做統計的時候，全國共有一百二十四種報刊。你可以想像，他的統計肯定不夠詳盡，日後發現有不少闕漏的。〔註 27〕

此後報章雜誌隨時代而益見興盛。晚清當代文人作者，梁啟超之外，李伯元、曾樸等不但出產作品，更自辦報章雜誌或擔任編輯；李伯元、歐陽巨源編《繡像小說》；吳趼人、周桂笙編《月月小說》；曾樸、徐念慈編《小說林》，而其小說作品亦常以連載形式面世：

> 連載於雜誌的有《二十年目睹之怪現狀》、《東歐女豪傑》、《黃繡球》（以上刊《新小說》）、《老殘遊記》、《文明小史》、《鄰女語》、（以上刊《繡像小說》）、《上海遊驂錄》（刊《月月小說》）、《孽海花》（刊《小說林》）、《碎琴樓》（刊《東方雜誌》）、《雪鴻淚史》（刊《小說叢報》）等；連載於報紙的文藝副刊的有《官場現形記》、《糊塗世界》（以上刊《世界繁華報》）、《洪秀全演義》（刊《香港少年報》）……等。可以毫不誇張地說，這是一個以刊物爲中心的文學時代。這就使得「新小說」家和五四作家在創作時不能不考慮報刊刊載或連載

〔註 26〕《晚清文學教室》陳平原主講、梅家玲編訂，臺北：麥田出版社，2005 年 05 月一版，頁 26。
〔註 27〕《晚清文學教室》陳平原主講、梅家玲編訂，頁 55。

> 這一傳播方式本身的特點。爲適應這一特點，「新小說」和五四小說
> 發生了一些並不細微的變化。〔註28〕

晚清四大小說全數都曾在報章雜誌上連載過，除劉鶚外，其餘三人都參與報刊雜誌事務。不過《二十年目睹之怪現狀》和《老殘遊記》是先寫成書稿再分回發表。前述四大小說中，保留了較完整的回評等形式的，也恰是這兩本作品。由此或可窺見報刊雜誌形式對作品之影響所產生的變化。學者並由讀者心理來推想、分析並刊於報紙的小說與新聞之差異：

> 之所以希望在小說中讀到事實，很大原因是社會新聞渠道不暢通，
> 許多本可以作爲社會新聞刊出的史實和軼聞，卻因觸犯時忌，不得
> 不以小說形式表現，在求眞的形式（新聞）中讀出「假」的味道，
> 反過來希望在求假的形式（小說）中讀出「眞」的故事來。〔註29〕

或許由於有報導國事而被追捕或下獄死之前例〔註30〕，因此藉由虛構的小說來呈現事實確實可以大大降低被究責入罪的危險。尤其小說中的人物大多略化其名，又或雜以戲謔，官府即便容易對號入座，知其所指爲何，亦難以定罪。

不過相對於新聞中讀出假味道的不得不然，此際之小說倒不在求假，作者標榜其眞，力證其不假，即便是讀者亦多知其所言不虛，因爲生活其間的讀者每日每事都在印證中。

至於報刊連載方式除了對小說形式產生影響外，更有可能進一步由形式連帶影響到情節起訖及作者構思。報紙雜誌篇幅有限長篇小說常須分多次刊載，在此情況下適應讀者趣味的辦法有二：

> 一是刊出部分章節引起讀者注意，然後中途煞車，另出單行本。……
> 一是保證每次刊出的一兩回情節相對完整，能自成起訖。《海上花列
> 傳》這一各章相對獨立的傾向還不甚明顯，到了《官場現形記》、《二
> 十年目睹之怪現狀》等穿插大量軼事的譴責小說，這一傾向可就顯
> 得十分突出。第一種辦法常常成了中斷連載的藉口，讀者往往等不
> 到「翹首以待」的續作；第二種辦法不但切實可行，且明顯影響作
> 家的創作構思。〔註31〕

〔註28〕二陳平原，《中國小說敘事模式的轉變》，臺北：久大文化有限公司，1990 年 05 月一版，頁 284。

〔註29〕陳平原，《小說史：理論與實踐》，頁 145。

〔註30〕如光緒二十九年方藥雨、沈藎等。

〔註31〕陳平原，《中國小說敘事模式的轉變》，頁 288。

或訴諸媒體傳播以吸引讀者注意，或考量一日連載篇幅，便於讀者理解，既快且廣的傳播媒介，增強了作者小說與讀者間的互動頻率，連帶影響小說形式乃至其內容架構，從中可以看出，讀者重要性逐漸上升。

三、作者、讀者互動

晚清讀者層面的擴大，傳播方式的改變，連帶使作者、讀者間的互動也產生變化。

> 重新建立作者與讀者之間的關係。小說創作不再是藏之名山、傳之後世的事業，也很難再披閱十載，增刪五次了，而是「朝甫脫稿，夕即排印，十日之內，遍天下矣」。古代小說家好多生前不曾刊印自己的作品，而「新小說」家遲則十天半月、快則一天二天，就能見到自己的精神產品以書面形式與廣大讀者見面。這是一個很大的刺激，作家不再擬想著自己是在說書場中對著聽眾講故事。〔註32〕

隨著時代的進步，印刷出版日益興盛，小說因利乘便假報章雜誌之發行而流佈各地，於是能夠朝成夕印，十日之內，遍及天下。以往作者和作品，尤其和讀者間之互動幾近於零，現今由於讀者的即時回應包括購買、閱讀、談論、反映等等，二者互動達到前所未有之熱烈。

傳播的快速，小說的大量出版，形成一個較從前量大速增的作品生產。對此，學者則有快工粗活、濫造粗製之評：

> 譴責小說則是把分散在各類報紙上的話柄聯綴起來，作一些簡單的變形、加工，便可在報刊上發表，並引起轟動。這些作家並沒有新穎、深刻的小說思想，即使像吳趼人這樣重視小說理論建設的作家，也沒有什麼理論建樹。……譴責小說通常用一些誇張、顯露的筆墨來「揭發伏藏，顯其弊惡，而於時政，嚴加糾彈」，這一派小說家和理論批評家多是辦小報出身的，如吳趼人、李伯元、歐陽鉅源等〔註33〕。

學者認為，報刊的大量需用小說，形成小說大量的生產，「譴責小說的繁榮，很大程度也因為報刊的需要」。當時之報刊，並強烈攻訐社會亂象，尤以官場、商場、妓場為最。學者直指晚清小說之生產方式，來自摭拾話柄「各式各樣

〔註32〕陳平原，《中國小說敘事模式的轉變》，頁290。
〔註33〕程華平，《中國小說戲曲理論的近代轉型》，上海：華東大學出版社，2001年10月一版，頁282～283。

的官場之類話柄的搜羅成了大小報紙吸引讀者的一個重要手段」，因為要吸引廣大讀者創造銷售數量以獲取盈利，不得不遷就讀者閱讀習慣，「向大眾的口味靠攏」。而吳趼人、李伯元、歐陽鉅源等，早年曾在上海辦報，「了解市民的口味」，其結果是，雖寫出「貼近社會，貼近民眾」之作品，然學者亦由此析論作者無「深刻的小說思想」〔註34〕。

實則除報刊量需因素之外，作者著述的用心及熱誠更為主因。至於蒐集傳說、話柄，特別將「原音重現」，所持的，正是記述傳戒的著述態度。在此類懲戒、鏡照小說中，作者不著意自顯功力，話柄傳說的鏡照之中，魑魅自動現形。讀者毋須分心太多在作者之為文技巧上，人物並非作者創造想像而來，他們眞實存在，從現實社會攝入鏡中。

至於辦報因而了解大眾口味，進而向大眾口味靠攏一論，如果從小說來源即是社會流傳之見聞看來，則所謂話柄本身，其實便存在極強之大眾口味特質，而作者則保留此一原汁原味。

當然，在裝盤修飾的過程中，由於辦報的經驗，對庶民生活、感受及期待的了解，其拌炒裝盤亦自有吸引讀者之安排與考量。

學者在讀者、作者互動的討論上，以作品來作一檢視時，較傾向讀者對作者的影響力，形成作品的特色或使作品產生變化。政治小說把小說當論文寫，使用大量科學、法律、軍事、政治問題和術語，目的在成為思想啓蒙的教科書；然考慮讀者之閱讀趣味，卻不得不做一調整：

> 可這種理想的新小說很快就面臨讀者趣味的嚴重挑戰。書商說它「開口見喉嚨」，賣不出去；作家說它議論多而事實少，不合小說體裁。要求讀者「讀小說如讀經史」，立意不可謂不高，只是嚴重脫離一般讀者的閱讀趣味，把小說推上了危險的懸崖。既要保持教誨色彩，又要增強可讀性，新小說自我調整的結果，是由「教科書」變為「鏡子」。還是講故事，但並非為故事而講故事，而是為教誨而講故事。最時髦的成語是「燃犀鑄鼎」，要求讀者在鑑賞故事的愉悅中自省自悟。〔註35〕

從梁氏的政治小說到四大家的譴責小說，立意其實相同。至於「教科書」變

〔註34〕程華平，《中國小說戲曲理論的近代轉型》，上海：華東大學出版社，2001 年 10 月一版，頁 282～283。
〔註35〕陳平原，《小說史：理論與實踐》，臺北市：淑馨出版社，1998 年一版，頁 248。

爲「鏡子」，以四大小説言，《官場現形記》既是救世佛的一面菩提鏡，又是一部教導官員爲官之道的教科書。而「燃犀鑄鼎」更是源自上古，一脈而下，終始未變的一貫用心。晚清讀者、作者，可能存在較多共通之處；最有力的說明是，讀者不但是小説的購買者，更是小説材料的提供者：

> 吳趼人《二十年目睹之怪現狀》第 6 回寫旗人茶館吃燒餅，裝著寫字、拍桌子，舔完每一顆芝麻，此乃「京師熟語」，「然不過借供劇談，從無形諸筆墨者」。〔註36〕

> 《二十年目睹之怪現狀》第 3 回、《文明小史》第 58 回、《檮杌萃編》第 10 回，都寫一大帥得病，下僚荐夫人爲其「按摩」。這自然是當時官場上廣泛流行的笑話。〔註37〕

從所謂「京師熟語」、「廣泛流行」等語可知，做爲提供者的讀者群，數目極其龐大。換言之，有許多讀者本身就是一面使魑魅現形的照妖鏡，鏡光下的種種可笑可鄙，是透過庶眾之眼，透視剝落後的赤裸呈現，而或怨憤直露或出以戲謔，正是庶眾口味不同於傳統作家作品含斂敦婉風格之所在。

> 我認爲晚清譴責小説作家甚至能將這些無辜的犧牲品納入他們的荒唐世界。就在苟才之流無所不用其極地愚弄和冒犯我們的時候，無辜的犧牲者聽任擺布，飽受踐踏污辱，同樣形成一種對讀者的冒犯。……作爲讀者，我們陷入閱讀的兩難，一方面是受傷害的角色死去活來，另一方面卻是世故老辣的敘事者以事不關己、輕鬆愉快的方式，報導著最荒謬的場景。我們當然有羞惡惻隱之心，但一旦發現這些人物的命運竟然如此不可思議地可憐亦可笑時，仍不免好奇是否可有下回分解。〔註38〕

做爲後世的讀者、評論者，如果以創造想像的模式理解晚清作品，很難不有笑謔太過的所謂侵犯讀者之感。後人推想晚清此一時代之閱讀心理，在析論上，自然亦存在極大風險。

如果晚清讀者確曾親歷種種欺詐壓榨，則對於在鏡光中，照見假清僞義之面皮被剝下，謊言作態之外殼被戳破，其內心有痛快之感則無足怪；如果

〔註36〕陳平原，《中國小説敘事模式的轉變》，臺北：久大文化有限公司，1990 年 05 月一版，頁 175。

〔註37〕陳平原，《中國小説敘事模式的轉變》，頁 176～177。

〔註38〕王德威，《被壓抑的現代性——晚清小説新論》，頁 249。

　　僅是作者虛撰之辭，並非實錄，自不免有太過之感。從數部小說同記一事而言，出自於讀者提供見聞或作者經歷之成份者多，而純粹作者虛構杜撰之情況者少。《老殘》回評「玉賢撫山西，……種種惡狀，人多知之」；吳趼人《二十年目睹之怪現狀》回評「聞諸老人言」〔註39〕、「吾聞諸人言，是皆實事」〔註40〕等，可為資證。

　　而來自於作者經歷或讀者見聞之小說材料，常提供一般人所不知、或知之未詳的內情，於是小說閱讀便成為彼此見聞交流之所憑，「玉賢撫山西，……種種惡狀，人多知之。至其守曹州，大得賢聲，當時所為，人多不知」。於是，「幸賴此書傳出，將來可資正史採用，小說云乎者」〔註41〕，小說覺知之功能再次彰顯。

　　由於覺知之功能仍在，小說不純是迎合讀者之商業考量而已，因此，回評中種種對讀者的期待與提醒、呼籲，就更容易得到了解與認同。「共和之果良，專制之果惡，均於隱約間畢露。不知作者是否此意，吾願讀者以我之眼讀之。」〔註42〕「作者苦心，願天下清官勿以不要錢便可任性妄為也」〔註43〕。

　　有趣的是，回評中甚至出現讀者與作者之討論：

　　　　作者告予云：生平有三大傷心事，山東廢民埝，是其傷心之一也。
　　　　〔註44〕

此則由文字上看，是評者對讀者之言；以下三則為評者與讀者間之討論。

　　　　然則世路雖險，究亦多自蹈者，正不必動輒尤人也。或曰：然則人之信我投我者，即當欺之耶？則應之曰：如子言，則《怪現狀》可以不作矣。〔註45〕

　　　　有符最靈為祖，何不使六十九回石映芝為之孫；有六十九回石映芝之母，何不使有符彌軒為之子。……或曰：「子為是言，得毋倡父不慈子不孝之說乎？」則應之曰：「惡是何言！吾之此言，就人情一面

〔註39〕吳趼人，《二十年目睹之怪現狀》，江西民出版社，1988年10月一版，第七十五回回評。
〔註40〕同上，第三回，頁23。
〔註41〕以上引自《老殘遊記》，第四回回評，頁45。
〔註42〕吳趼人，《二十年目睹之怪現狀》，江西人民出版社，第二十六回，頁201。
〔註43〕《老殘遊記》，第十六回，頁170。
〔註44〕《老殘遊記》，第十四回，頁149。
〔註45〕吳趼人，《二十年目睹之怪現狀》，第五十五回回評，頁459。

言，不就倫常一面言也，何可以辭害意哉？」〔註46〕

或謂王太尊論讀書人一段，毋乃太虐。應之曰：『虐乎哉？猶恕詞也！』…然而士林羞矣！〔註47〕

或辯駁，或討論，其中評者假託為讀者，其實是作者，於是讀者間之辯駁，其實是作者與某些讀者之互動，寫評之讀者，其實是假面讀者、化身作者。出入作品中的讀者、作者，形成三者前此未有的頻繁的有趣互動，「不可囫圇讀過者也」〔註48〕、「讀者試掩卷猜之……令人急欲看下文矣」〔註49〕。

對於讀者與作者的合拍，讀者對作者著述期待的回饋，高出以往的再版數與銷售量，可視為讀者、作者間又一波的互動。

至於小說的印數，由於時人很少涉及，如今只能從隻鱗片爪中勾出某些輪廓。「新小說」中印數最多的大概當推曾樸的《孽海花》和徐枕亞的《玉梨魂》。1911 年出版的《小說時報》第 9 期中《小說新語》一文說：「《孽海花》一書，重印至六七版，已在二萬部左右，在中國新小說中，可謂銷行最多者。」〔註50〕

一版一版的加印，正來自讀者一波又一波的購讀；龐大的銷售量帶來商機，讀者熱烈反映所產生的經濟利益，甚至創造就業機會，提供文人士子一個新的職業選擇〔註51〕。

一個不能忽略的事實是，20 世紀初以上海為中心的江南沿海城市的商業化，以及報刊和印刷業的繁榮，為這批離經叛道的讀書人，創造了謀生與價值實現的另一個空間，使他們在科舉應試之外，可以有另一種人生選擇。晚清這批小說家，也可以說是主動拋棄士大夫的生活慣例而進入商業社會的。這樣一批背離傳統、別有懷抱的聰明人，促進了清末新文化的壯大。〔註52〕

從作者的著述用心所設定的讀者群擴及眾庶開始，傳播報刊的興盛繁榮，讀者的即時反映，作者與讀者的密切互動，購買與議論促成新的商業經濟。讀

〔註46〕吳趼人，《二十年目睹之怪現狀》，第七十四回回評，頁 632。
〔註47〕吳趼人，《二十年目睹之怪現狀》，第九十八回回評，頁 844。
〔註48〕吳趼人，《二十年目睹之怪現狀》，江西人民出版社第六十三回，頁 530。
〔註49〕吳趼人，《二十年目睹之怪現狀》，江西人民出版社第十七回，頁 125。
〔註50〕陳平原，《中國小說敘事模式的轉變》，頁 282。
〔註51〕可再參見王學鈞，〈李伯元的功名與選擇〉，《學海》2005 年 6 月，頁 77～81。
〔註52〕楊聯芬，《晚清至五四：中國文學現代性的發生》，頁 80～81。

者的影響力增強了，原先被設定爲被覺知的被動對象，成爲推動作品生產的主力，甚至提供作者賴以維生之職業。

四、讀者影響力

雖則作品之風格來自作者著述意識與巷議採集之合拍，非特爲讀者口味而調整改變。然而廣大的閱讀市場，熱烈的讀者回應，甚而創造士人一安身立命之新選擇，仍不免讓讀者之影響力持續上升。學者或由商業利益觀察，有所謂白話寫作者多以牟利爲主之說。〔註53〕

實則白話寫作原是爲配合庶眾讀者而定之策略，然在實行之初，熟諳古文及八股文之文人，以小說爲最上乘的文學，雖「把小道的小說當大道的文章做」〔註54〕，然對於使用尚不上手之白話，恐仍不如文言來得伏手順暢。爲數不少之小說無論創作或翻譯，仍爲文言文；在分析論說小說時，亦常套用古文義法。尤其廣大讀者群中，中上階層知識份子常是小說的愛讀者：

> 對這些正在轉變的士大夫來說，俗比雅難，用白話遠不如文言順手。當他們強調並追求小說的藝術價值時，用文言文寫作更合乎他們的趣味和天性。更何況文人舞文弄墨的積習，青年好綺語的通病，使他們更傾向於優雅的文言而遠離粗鄙的白話。這裡還必須考慮到當年購買；閱讀新小說者，大都是出於舊學界而輸入新學說者，他們對古樸頑豔、蒼勁瘦硬的筆墨的激賞，無疑也會影響作家的文體選擇。〔註55〕

不過，以採集巷議，所謂摭拾話柄而成的白話小說，取諸眾庶，又傳閱於眾庶。作者之所關注與讀者之所關注，在零距離的時代空間中，其實略無二致。若以後續之五四作家，對照此期之作品讀者，則五四之作者抒情〔註56〕型態，與晚清之採集巷議，就二者與讀者之距離言，自然有其差別。

〔註53〕「有一點很可能使文學史家感到疑惑：這一時期政治上傾向革命、文學上主張革新而且藝術趣味較高的作家，好多反而採用文言寫作；而創作態度不大嚴肅、以牟利爲主要目的而且藝術趣味不高的作家，倒是基本採用白話寫作。」見陳平原，《小說史：理論與實踐》，頁255。

〔註54〕陳平原，《小說史：理論與實踐》，頁257。

〔註55〕陳平原，《小說史：理論與實踐》，頁257～258。

〔註56〕「『新小說』汲汲於史實和軼聞，一直發展到後來的黑幕小說，到五四才被抒情性的、詩化和散文化的小說所代替」見陳平原，《小說史：理論與實踐》，頁144。

　　與其說此期小說較諸五四小說「更多地受制於讀者趣味與書刊市場」〔註57〕，毋寧說是讀者引領或推動此一路著述熱線，在時代的疾風與作者的合拍下，眾流匯聚、水到渠成，遂爲風潮。以四大小說之作者言，著作較豐的吳趼人及曾樸，小說之題材、範圍、方式並非單此一類，亦見言情抒感之作。至於蔚爲風潮的著述走向，確實促成了許多甚且是過多的類型作品：

> 如聲稱要「鑒照」社會的病態，如《立憲鏡》（1906）、《青樓鏡》（1909）、《醫界鏡》（1908）、《新孽鏡》（1906）等，或者如暗示要「揭發」社會的現狀，比方《官場現形記》、《學生現形記》（1906）、《家庭現形記》（1907）、《革命鬼現形記》（1909）等。〔註58〕

> （九尾龜）作者明明屬意於青樓，卻又不時拉扯上官場，來幾句「現在的嫖界，就是今日的官場」之類挺解恨的警句（16 回），這自然是受官場現形記等一打批譴責小說的影響。……官場現形記開啓了一個新的文學時代，一時間此類辭氣浮露，筆無藏鋒的譴責小說大受歡迎，各類「學界現形記」、「商界現形記」、「女界現形記」紛至沓來。〔註59〕

四大小說除了在當代投石泛波的漣漪式影響外，後續的翻作與發展亦受時代讀者之影響。如曾樸《孽海花》之金雯青，以其爲科舉狀元，又榮膺出使西方四國之殊榮，本身一方面具備「舊與新、昔與今」之過渡特色，一方面又爲朝廷重臣，地位重要；曾樸以之組織三十年的文化推移史，乃爲小說之核心人物。至於傅彩雲，原只爲配角：

> 傅彩雲則確實是一個「局外人」，在中國由舊到新的大轉關的「舊學時代」，本來是沒有她的歷史位置的。〔註60〕

> 金、傅二人雖說同是小說的主人公，如再嚴加區分，傅彩雲又只是「主中之賓」，是金雯青的一個配角，一個具有特殊作用、打上了時

〔註57〕 「從《新小說》開始，每批作家、每個文學團體都是通過籌辦自己的刊物來實踐其藝術主張。晚清文學團體不多，其文學主張也比較朦朧，同一時期不同雜誌之間的差別不大明顯，更多地受制於讀者趣味與書刊市場。五四可就大不一樣了。」見陳平原，《中國小說敘事模式的轉變》，頁 284。
〔註58〕 王德威，《被壓抑的現代性——晚清小說新論》，頁 49。
〔註59〕 陳平原，《小說史：理論與實踐》，頁 265～266。
〔註60〕 歐陽健，《曾樸與孽海花》，頁 101。

代烙印的配角。〔註61〕

曾樸作《孽海花》，以當代狀元金雯青為樞紐，縮結三十年史事。小說一出，「一、二年之間即再版十五次，銷行至五萬部」〔註62〕，由此可見讀者反應之熱烈。

有意思的是，小說內容之走向因讀者之關注而在後來有所調整，書中人物之地位亦呈現升降：

> 從接受的角度看，《孽海花》中最有吸引力的人物是傅彩雲（賽金花），以至許多讀者把她看作小說的主人公，對她傾注了過份的熱情。據時萌《孽海花評價與考證集》所輯錄的現存散見於諸家筆記及報章雜誌有關《孽海花》評議與考證的二十一條資料中，涉及賽金花的有十三條，專為賽金花而發的有十條，就充份證明了這一點。
> 〔註63〕

金雯青與傅彩雲在小說中之地位，由初始的金為主、傅為配；到後來，傅彩雲反賓為主，有後來居上之趨勢。與此同時，金雯青則不知不覺間，漸被讀者忽略。

阿英在《小說四談》中提及清末以來賽金花在小說作品中出現的三期：一則是《孽海花》，用以貫串晚清史事；第二是中日戰爭時，期待有為國出力如賽金花者，故藉她諷刺當局；第三則是夏衍劇作《賽金花》以她為主幹，寫當時史事，以完成反帝國主義，反漢奸的任務。

後代作者依據讀者趨向、時代需要，對小說人物有不同之著墨。時至今日，傅彩雲由上海妓女一躍而為公使夫人的傳奇事蹟，更成為小說吸引讀者的主要賣點。從金雯青為主軸的《孽海花》以降，陸續出現各類的《賽金花》。如：北海《賽金花》〔註64〕，從五十歲的洪鈞初見傅彩雲寫起。趙淑俠《賽金花》〔註65〕，由賽金花晚年寫起；柯興《賽金花傳奇》〔註66〕，從傅、金二人出使四國寫起。

〔註61〕歐陽健，《曾樸與孽海花》，頁93。

〔註62〕「1905年《孽海花》二十回本推出，一、二年之間即再版十五次，銷行至五萬部之多」見《晚清小說大系‧孽海花‧提要》（台北：廣雅出版公司，1984年3月，一版），頁3。

〔註63〕歐陽健，《曾樸與孽海花》，頁86。

〔註64〕北海，《賽金花》，（台北：海風出版社，1991年8月，一版）。

〔註65〕趙淑俠，《賽金花》（台北：九歌出版公司，1990年1月，一版）。

〔註66〕柯興，《賽金花傳奇》，（台北：國際村文庫書店，1994年2月，一版）。

從晚清選定讀者爲眾庶開始，在覺知活動的模式中，讀者漸漸轉被動爲主動，藉由快速傳播的即時互動，牽動後續小說內容的走向、人物地位的升降。在此轉變模式中，讀者漸漸展現力量，彰顯自身的重要性。

第二節　人物入鏡

快速傳播的即時互動，形成讀者與作者作品在時代空間之零距離「被敘述的主題與敘事本身之間的時間距離卻迅速消失」〔註67〕。諸多時代人物入鏡，其多其廣，使得晚清讀者不只爲讀者，照鏡之際，赫然發現其中其實正有自己面目。李伯元《官場現形記》篇末指出，書的前半部是「專門指摘他們做官的壞處，好叫他們讀了知過必改」，並且這前半部書是「妖魔鬼怪，一齊都有〔註68〕」。可見官場中的魑魅魍魎，一起入鏡，小說撰寫目的也正是爲這一群妖魔鬼怪而寫。

晚清小說與時代之強力聯結，其入鏡人物非但眞有其人，人物背後並且附帶讀者平日所未知之有趣軼事，或可以滿足讀者「索隱癖」之閱讀心理：

> 中國人喜歡在小說中讀出史的味道……談西方小說可以從史詩談起，談中國小說卻只能從史傳談起。不只是中國的小說技巧受制於史傳文學，更重要的是史傳文學的強大影響，養成了中國小說讀者的索隱癖。蔡元培有一句話很能代表中國小說讀者的閱讀心理：因爲有影事在後面，所以讀起來有趣一點。〔註69〕

有影事在，閱讀上自然更添趣味；不過，小說攝時人入鏡之徵實性，其意義並不止於此。整體而言，晚清時代氛圍的急迫性，作家之強烈著述意識，撦拾話柄之方式，覺知傳戒之目的，到讀者市場之熱烈反應，即時之傳播，因此大量當代人物入鏡，形成晚清小說之一大特色。

當代或時代相近之讀者，對於入鏡人物形諸於筆墨之種種，或耳熟或已有所聞，因此閱讀之際，自能產生心領神會之樂趣。至於時移境往的後代讀

〔註67〕王德威，《被壓抑的現代性——晚清小說新論》，頁49。
〔註68〕李伯元，《官場現形記》，頁964。這部教科書前半部是專門指摘他們做官的壞處，好叫他們讀了知過必改。後半部方是教導他們做官的法子。如今把這後半部燒了，只賸得前半部。光有這前半部，不像本教科書，倒像個《封神榜》《西遊記》：妖魔鬼怪，一齊都有。
〔註69〕陳平原，《小說史：理論與實踐》，頁144。

者，恐需參照考證索隱之說明，才能深入瞭解。就四大小說言，其記述人物各有所長，而其入鏡人物亦分佈於各階層，以下分述之。

一、《官場現形記》

《官場現形記》所攝入之當代人物以官場人物爲主軸，從府道縣官、佐雜滑吏到朝廷大員甚至皇帝。此外，周邊相關人物亦一併入鏡，包括姬妾娼妓、教士洋商等：

> 如《官場現形記》寫了形形色色的人物，從皇帝、軍機大臣、中堂大人、六部官員及至府道縣官、佐雜滑吏、姬妾娼妓、教士洋商等等；五花八門的事件，貪賄鬻爵、賣地獻媚、剿「匪」戮民、賑災發財等等。〔註70〕

> 筆觸涉及從地方到中央、從胥吏到大臣，亦即從橫的平面圖上遍及了全國的各個角落，從縱的軸線上遍及了官僚體系的各個等級。〔註71〕

在小說中出現之官場人物舉其較著者有沈中堂、甄閣學、徐大軍機、山東巡撫、河南按察使、欽差大臣、蘄州知州區奉人、戶部尚書童子良、巡撫蔣中丞、統領胡若華、總督、布政使、按察使、道台、知府、知州、知縣以及如錢典史之各佐雜人等。

有學者認爲四大小說中，《官場現形記》和《二十年目睹之怪現狀》較能區分軼聞與小說之不同，在處理軼聞上較能彰顯小說的一面：

> 軼聞與小說的分化，使作家對軼聞的性質、特徵有比較清晰的認識，寫小說時不是直接記載軼聞，而是把軼聞作爲小說的要素或片段，納入長篇小說的整體框架。……《官場現形記》和《二十年目睹之怪現狀》才眞正代表本文所論述的引軼聞入小說。〔註72〕

所謂的引軼聞入小說，比較是站在肯定小說將軼聞做了包括形式或內容的加工。將軼聞僅僅視爲要素或片段，由軼聞到成爲小說留有一距離空間，作者以其創作藝術將此距離空間塡滿。換言之，其小說概念乃是創作小說之概念，而不是著述小說之概念。

不過在形式或內容的加工過程中，眞實人物與小說人物之間倒眞是拉開

〔註70〕方正耀，《晚清小說研究》，華東師範大學出版社，頁277。
〔註71〕歐陽健，《晚清小說史》，浙江古籍出版社，1997年06月一版，頁82～83。
〔註72〕陳平原，《中國小說敘事模式的轉變》，頁179。

了一段距離。例如在人物姓名上，或不言其名姓，或僅示以姓氏，或雖有名有姓，卻經大幅度變造。因此，除非將小說內容與筆記軼事逐條過濾、一一對照，否則一般讀者，較難一望而知所指何事，所攝者誰，當代讀者尚且如此，遑論後世讀者了。

　　就李伯元的《官場現形記》而言，最直接的軼聞來源自然是作者自己蒐羅記載的《南亭筆記》。有學者曾根據《南亭筆記》對照《官場現形記》，找出其間相應的片段〔註73〕；但為數不多，僅有九則。〔註74〕例如第十九、二十回之副欽差傅理堂暫行署理巡撫時之情節，即符於《南亭筆記》卷十一關於時人游智開的一則軼聞：

> 游智開在粵時每見客必穿布袍褂，僚屬有服麗都者，游必逆目而送之。省城四牌樓估衣鋪之舊袍褂為之一空，且有出重金而不能得者。
>
> 〔註75〕

軼聞中直書名姓，小說中則改易為傅姓號理堂。此外，小說之敘寫形容更為生動有趣：

> 只見署院穿的是灰色搭連布袍子、天青哈喇呢外褂，掛了一串木頭朝珠，補子雖是畫的，如今顏色，也不大鮮明了，腳下一雙色色的破靴，頭上一頂帽子，還是多年的老式，帽纓子都發了黃了。各官進去打躬歸座，左右伺候的人，身上都是打補釘的。〔註76〕

小說用發黃、老舊、褪色等等形容，堆疊出署院大人的寒酸形象，再加上左右兩排補釘，形成一幅奇異的景象。

> 署院舉目一看，見他二人穿的都是簇新袍褂……當下也不問話，先拿眼睛釘住他倆，從頭上直看到腳下，看來看去，看個不了。〔註77〕

上有所好必然引起在下位者之反應，但結果卻是誇張意外，顛倒常理：

> 大家得了這個捷徑，索性於公事上全不過問，但一心一意穿破衣服。所有杭州城裡的估衣鋪，破爛袍褂，一概賣完，古董攤上的舊靴舊帽，亦一律收買淨盡。大家都知道官場上的人，專門搜羅舊貨，因

〔註73〕參見周貽白，〈《官場現形記》索隱〉，《文史雜誌》6卷2期，1948年。
〔註74〕陳平原，《中國小說敘事模式的轉變》，頁180：實際上四十年代周貽白就曾根據李伯元的《南亭筆記》對照《官場現形記》，鉤出小說中九則軼聞。
〔註75〕李伯元，《南亭筆記》，太原：山西古籍出版社，卷十一，頁246。
〔註76〕李伯元，《官場現形記》，第十九回，頁275。
〔註77〕李伯元，《官場現形記》，頁278。

此價錢飛騰，竟比新貨還要價昂一倍。〔註78〕

上引第一則小說文字演自「每見客必穿布袍褂」；第二則當是「僚屬有服麗都者，游必逆目而送之」；「省城四牌樓估衣鋪之舊袍褂爲之一空，且有出重金而不能得者」則爲第三則所據。學者認爲李伯元的小說在增演之際，波瀾曲折頗異於軼聞：

> 簡潔、生動、寥寥數語，頗爲傳神，頗有「世說」之風。可演成小
> 說，則成了12000字的整整兩回（《官場現形記》19～20回），添上
> 劉大侉子、黃三溜子、老知縣、藩台、洋商等諸多人物，蕩出九曲
> 十八彎諸多波瀾。〔註79〕

又如《官場現形記》第26回寫人稱「琉璃蛋」之徐大軍機，同於《南亭筆記》第十卷第三五則之「琉璃蛋」。筆記明白直記其人即王仁和相國文韶〔註80〕，並言「琉璃蛋」之所由：

> 王入軍機後，耳聾愈甚。一日，榮、鹿爭一事，相持不下，西太后
> 問王意如何，王不知所云。只得莞爾而笑，西太后再三垂問，王仍
> 笑。西太后曰：「你怕得罪人，眞是個琉璃蛋。」王笑如前。〔註81〕

小說言其人只謂徐大軍機，至於對他尸位素餐的「無害」特色則語多調侃：

> 這位徐大人，上了年紀，兩耳重聽，就是時候聽得兩句，也裝作不
> 知。他生平最講究養心之學，有兩個訣竅：一個是「不動心」；一個
> 是「不操心」。

所謂的「不動心」，竟是朝政大事，蒙上垂詢之際，「跟著眾人隨隨便便，把事情敷衍過去」。而不用心則是蒙上召見之時，「上頭說東，他也東，上頭說西，他也西」，一味地「是是是」、「者者者」。

> 倘若碰著上頭要他出主意，他怕用心，便推著聽不見，只在地下亂
> 碰頭。上頭見他年紀果然大了，鬍鬚也白了，也不來苛求。他往往
> 把事情交給別人去辦。後來他這個訣竅，被同寅都看穿了，大家就
> 送他一個外號，叫他做琉璃蛋。〔註82〕

琉璃蛋遇事滑溜不沾，亦萬事不關心，回家去，「依舊吃他的酒，抱他的孩子」。

〔註78〕李伯元，《官場現形記》，頁285。
〔註79〕陳平原，《中國小說敘事模式的轉變》，頁180。
〔註80〕李伯元，《南亭筆記》，第十卷三五「琉璃蛋」，頁235。
〔註81〕李伯元，《南亭筆記》，頁236。
〔註82〕李伯元，《官場現形記》，第二十六回，頁381。

在人物的呈現上，小說確乎細膩生動，更見敘寫之功。綽號之所由，一自西太后，一自同僚，亦有出入。至於其人性格特徵、行事風格、故事梗概則大致吻合。相較於小說入鏡人物的分佈之廣、數量之多，區區九則顯然相去懸殊，比例過低。學者認為「如果不限於以作家本人筆記對勘本人小說」，亦即擴大範圍比對當世所有筆記，則《官場現形記》之索隱將大有可為〔註 83〕。此言固然不虛，然則，李伯元既模糊入鏡人物之姓字，有時是撮合軼事而成〔註84〕，則知揭露其事為其首要，並不刻意揭露其人。其寫成小說，即在書中明言，以官吏為其設定讀者，期望為官者讀小說而自知其惡其非，以此自戒自警。

此外，就筆記與小說之兩相對照下，亦可看出二者差異。周貽白就提出「較之平板記事，自然遠勝」、「能傳其真實」的精準觀察：

> 周貽白（1900～1977）《〈官場現形記〉索隱》則對胡適只肯定該書的史料價值、而否定其文學價值的論斷提出質疑，認為：「其撰作態度雖近於譴責，而於反映時代一層，在小說的功能上，似未完全失其意義」，而且「其宗旨之鮮明，筆墨之恣肆，自非同時一般以小說名家者所能企及」。

周貽白雖亦同意《官場現形記》乃由話柄匯集而成，然在將小說相關人物、故事，與李伯元撰《南京筆記》所記史實兩相對照後，覓出人物原型共有八則，可以一一對號入座。

> 周氏遂加評議曰：「雖皆屬於話柄，但敘次並不拘泥。縱然不能作為實錄，至少亦當為活文學的寫法。較之平板記事，自然遠勝。」進而認為該書最大的價值是在「能傳其真實」，即令都是一些「話柄」，「然皆端自有來，鑒古知今，或不止於反映時代而已」。這些意見皆與胡適相左，然亦有相當的說服力。〔註85〕

胡適繼魯迅之後，提出修正看法，肯定晚清四大之社會功能、思想價值，然

〔註83〕陳平原，《中國小說敘事模式的轉變》，頁 180。

〔註84〕陳平原，《中國小說敘事模式的轉變》，頁 181：《官場現形記》第 26 回寫徐大軍機平生講究不動心、不操心，人稱「琉璃蛋」。教給賈大少爺禮節是：「應得碰頭的時候你碰頭；不應得碰頭的時候，還是不必碰的為妙。」此乃撮合王仁和、張子青軼事而成。

〔註85〕以上引文見胡從經，《中國小說史學史長編》，上海藝文出版社，1998 年 04月一版，頁 357。

對其文學性則持不同態度。周貽白則又對胡適意見再作修正補充，清楚點出《官場現形記》筆墨恣肆以及宗旨鮮明、傳其真實之重要特色。

　　除此之外，若就筆記與小說兩相對照下所呈顯之特色，進一步對介於純粹記錄之筆記與創作小說間之著述小說作一觀測，以三者特色所在，置入標尺作一丈量，則居其間的著述小說與兩邊的距離，恐距想像虛構遠些，而較近於筆記。此亦即學者所言，「擴大範圍比對當世所有筆記，則《官場現形記》之索隱將大有可為〔註86〕」。小說依據傳聞的構成條件，使得為數不少的時人時事紛紛入鏡，若擴大範圍深入考索，所獲必多。眾多當代人物入鏡，讓小說較貼近筆記，拉開了與創作小說之距離。

二、《二十年目睹之怪現狀》

　　前述學者認為，把軼聞當作小說的要素或片段，納入長篇小說的整體框架者，除了《官場現形記》外，尚有《二十年目睹之怪現狀》。對晚清小說有專門研究之學者，在四大之中亦常將二者並舉：

> 他和李伯元，猶如雙子星座，在晚清新小說璀璨的群星中，閃爍著耀眼的光芒。〔註87〕

與《官場現形記》相較，《二十年目睹之怪現狀》雖亦以官場醜惡為描述重點，但題材範圍更廣，包括科場、戰場、商場、洋場以及鄉黨家庭：

> 《二十年目睹之怪現狀》……主要是描寫官場的腐朽、庸俗和醜惡，但反映面更為廣闊，科場、戰場、商場、洋場乃至官僚家庭以及醫卜星相、三教九流的種種鄙陋齷齪無不收入視野之內，這些形形式式的「怪現狀」，真實地揭露了 1884 年中法戰爭前後到 1904 年前後二十多年間的社會現實，具有較高的認識價值。〔註88〕

更寬廣的場域，入鏡人物更為繁夥，包括太后、王爺、宗室、總督、巡撫、太監、幕客書記、名士山人、馬弁差役，以及外交官、傳教士、洋商、洋兵等：

> 第一回便切入作品要描寫的「怪現狀」，通過「九死一生」的經歷足

〔註86〕陳平原，《中國小說敘事模式的轉變》，頁 180。
〔註87〕歐陽健，《晚清小說史》，頁 125。
〔註88〕黃清泉、蔣松源、譚邦和，《明清小說的藝術世界》，華中師範大學出版社，1992 年 06 月一版，頁 325～326。

跡：直接耳聞目睹或間接旁聽，連接一個又一個故事。……在大大小
小的事件中，作者分別以不同人物爲描寫中心，如賣官鬻爵的周中
堂、夤緣攀附的焦侍郎、聞風沉船的管帶、卑鄙絕倫的苟才，上自慈
禧太后、王爺、宗室、總督、巡撫，下至大小太監、幕客書記、名士
山人、馬弁差役，以及外交官、傳教士、洋商、洋兵等等。〔註89〕

《二十年目睹之怪現狀》，以主要人物九死一生之二十年經歷爲貫穿全書之主
線，串起小說「一百七八十件怪現狀」。小說雖在開頭即交代九死一生之情況，
然而九死一生與一般遊記小說如《西遊記》、《西洋記》等之主角人物不同；
他並非小說要著力刻畫的人物，而只是在結構上扮演穿針引線之角色。他以
正面人物面目出現，部份事件亦參與其事，但情節並不圍繞此一串連故事的
角色展開，只是「憑其耳、目、足跡經歷，引出一段一段的故事」；而每個故
事其實「另有情節的核心人物」。

　　換言之，小說主要的記述對象，不是貫穿全書情節的九死一生，而是各
個故事中的角色。而以人物串連雖亦接近遊記體，但不同於一般遊記小說致
力於經歷事由之說明介紹，而是「全由人物經歷的故事爲結構主體」。小說中
貫穿全書的人物九死一生，其實正是由作者自己入鏡，其中父親死後遭其親
伯父誆騙侵吞遺產，亦是作者親身經歷。在眾多入鏡人物的考索上，以作者
自己輯作之筆記作一比對，則有相應軼聞五則：

劉葉秋則根據《趼廛筆記》和他人筆記鉤出《二十年目睹之怪現狀》
中軼聞五則。〔註90〕

五則之中包括李鴻章入鏡的〈金龍四大王〉以及〈果報〉，這兩則同樣是作者
親身經歷。

〈金龍四大王〉：方几一，上設漆盤，盤中一小蛇踞焉。審之無異常
蛇，惟其首方，如蘄州產。以其盤屈故，不辨其修短，細纏如指耳。
乘友不備，捉其尾，將提起之，方及半，友大驚，力掣余肘，乃置
之：迨一脫手，而盤屈如故矣。時李文忠督直隸，委員來拈香神輒
附於營卒，數其無禮；文忠聞之，乃親至謝過云。〔註91〕

〔註89〕方正耀，《晚清小說研究》，頁 272～273。

〔註90〕陳平原，《中國小說敘事模式的轉變》，頁 180。劉葉秋所作〈讀《二十年目睹
　　　　之怪現狀》〉收於《古典小說筆記論叢》，南開大學出版社 1985 年，一版。

〔註91〕吳趼人，《我佛山人筆記》，臺北：文海出版社，1972 年 12 月一版，頁 17。

據此寫成的情節梗概大致相同，只是更細膩詳盡、趣味生動：

> 我進去看時，只見一張紅木八仙桌，上面放著一個描金硃漆盤；盤裡面盤了一條小小花蛇，約摸有二呎來長，不過小指頭粗細，緊緊盤著，猶如一盤小盤香模樣。那蛇頭去在當中，直昂起來。我低頭細看時，那蛇頭和那蘄蛇差不多，是個方的；周身的鱗，濕膩且滑；映著燭光，顯出了紅藍黃綠各種顏色；其餘沒有什麼奇怪的去處。心中暗想為了這一點點小么魔，便鬧的勞師動眾，未免過於荒唐了，我且提他起來，看是個甚麼樣子。想定了主意，便仔細看準了蛇尾所在，伸手過去，捏住了，提將起來。──凡捕蛇之法：提其尾而抖之，雖至毒之品，亦不能施其惡力矣；此老於捕蛇者所言也。──還沒提起一半，杏農在旁邊，慌忙在我肘後，用力打了一下。我手臂便震了一震，那蛇是滑的便捏不住，仍舊跌到盤裡去。杏農道：「你不知道，今天早上才鬧了事呢。昨天晚上四更時候，排隊接了進來；破天亮時，李中堂便委了委員來敬代拈香。誰知這委員才叩下頭去，旁邊一個兵丁，便昏倒在地；一會兒跳起來，亂跳亂舞；原來大王附了他的身，嘴裡大罵李鴻章沒有規矩，好大架子；我到了你營裡，你還裝了大模大樣，不來叩見，委甚麼委員恭代；……此刻中堂已傳了出來，明天早起，起來拈香呢。」〔註92〕

以描寫之精粗而言，筆記「細纏如指」衍為小說「不過小指頭粗細」外，尚有「猶如一盤小盤香模樣」，以及蛇頭形狀、周身鱗片等等形容描繪，相差頗大；而李鴻章的反應，水師營兵丁的「演出」，尤其作者親身的驗證，讓一代人物在小說中有不同於正史的面目呈現。

〈金龍四大王〉可說是末世國事亂象的一個窮影；而〈果報〉則是一齣家庭悲劇。

> 〈果報〉：臨桂某甲，諱其姓名，本宦家子……瞰其弟之私蓄……惑於婦言，密達書於父，誣其弟以穢事。父得書，大怒！馳書促其少子死。甲得父書，持以迫其弟；弟泣求免，不可，遂仰藥。甲即謀鬻其弟婦；弟婦懼奔余求救；余許以明日往責甲。及明日往，其弟

〔註92〕吳趼人，《二十年目睹之怪現狀》第六十八回「笑荒唐戲提大王尾　恣囂威打破小子頭」，頁 373～374。

婦已在妓院矣；即走妓院，威其鴇，迫令退還，爲之擇配。〔註93〕

筆記簡要的記述，在小說中成爲斷斷續續貫穿七、八回之情節，從第三十二回「輕性命天倫遭慘變　豁眼界北里試嬉遊」開始，較爲詳細地說明黎景翼其人的身家背景：

> 你道那人是誰？原來是我父親當日在杭州開的店裡一個小夥記姓黎，表字景翼，廣東人氏……他的父親，是個做官的；官名一個遠字。表字鴻甫，本來是福建的一個巡檢。…加捐了一個知縣；進京辦了引見，指省浙江，又到杭州候補去了。〔註94〕

黎景翼是家中三兄弟的老二。其時大哥已死，他無錢花用，覬覦弟弟希銓的錢財，竟至逼死得癱病的弟弟，「希銓又得了個癱瘓的病，總醫不好」。而其弟之些許錢財乃來自親人贈與之遺財，「去年那老姨太太不在了，就把自己的幾口皮箱，都給了希銓〔註95〕」。筆記所指穢事，小說道其原委，乃是未經證實的斷袖之癖：

> 娶了親來，並不曾圓房，卻同一個朋友同起同臥。……只知道名字叫阿良。家裡人都說希銓和那阿良，有甚曖昧的事。……誰知這位景翼，竟有別有肺腸的，他的眼睛，只看著老姨太太幾口皮箱，那裡還有甚麼兄弟，竟然親自去買了鴉片煙來，立逼著希銓吃了，一頭咽了氣，他便去開那皮箱，誰知竟是幾口空箱子，裡面塞滿了許多字紙磚頭瓦石。〔註96〕

小說中黎景翼賦閒無事，缺錢花用，曾向其弟希銓開口言借，卻遭一毛不拔的，弟弟拒絕，兄弟間自此不對盤；最後在貪婪之念驅使下，逼弟吞煙，隨即霸佔其財物。身爲官宦之子，卻爲謀財而害命，對象還是自己親兄弟，殘忍愚昧，卻眞有其人，黎景翼是作者舊識。他害命謀財之外，還試圖將弟媳以一百元賣入妓院：

> 「景翼這東西，眞是個畜生！豈有此理！」我忙問甚麼事。端甫道：「希銓才死了有多少天，他居然把他的弟媳賣了。」我道：「這還了得！賣到了什麼地方去了？」端甫道：「賣到妓院裏去了。」〔註97〕

〔註93〕吳趼人，《我佛山人筆記》，頁24。
〔註94〕吳趼人，《二十年目睹之怪現狀》，頁160。
〔註95〕吳趼人，《二十年目睹之怪現狀》，頁161。
〔註96〕吳趼人，《二十年目睹之怪現狀》，頁162。
〔註97〕吳趼人，《二十年目睹之怪現狀》，頁162。

在第三十三回「假風雅當筵呈醜態　眞俠義拯人出火坑」、第三十四回「蓬篳中喜逢賢女子　市井上結識老書生」兩回中，作者爲救此弟媳奔走打探，在第三十五回「聲罪惡當面絕交　聆怪論笑腸幾斷」，以手中所握有的，黎景翼與老鴇簽訂之買賣契約作爲證據，對老鴇與黎景翼發出警告，將告發其賣良爲賤之罪，使他們不敢再迫良爲娼，作者並與黎景翼當面絕交。

至於筆記中黎景翼所娶之婦爲人誘拐，則見諸第三十六回「阻進身兄遭弟譖　破奸謀婦棄夫逃」；第三十九回則點出當初「逼死兄弟，圖賣弟婦」乃惑於婦言，「一切都是他老婆的主意」。至於出家爲僧則見於第四十五回開頭一段，小說言其出家後仍六根未淨，偷盜貪色，弄得無處掛單。

在本則軼聞末尾，作者標明「此事余引入所撰之《二十年目睹之怪現狀》中」，「而變易其姓名，彰其惡；而諱其人，存厚道也。」則人物入鏡，其名姓是經過變換。至於情節雖梗概相符亦略見出入，弟媳秋菊在現實中曾親來求救於作者，小說中則是經友人相告才展開營救。作者的佈局穿插，橫跨數回，而黎景翼其人愈顯眞實。

前述學者認爲《二十年目睹之怪現狀》一如《官場現形記》，若擴大範圍比對當世所有筆記，則其索隱將大有可爲〔註98〕。除此之外，若就小說貫穿全書之主角人物九死一生即作者本人，小說情節亦多有作者本身之經歷而言，則若有深知作者身世之人，循小說作一考索，所得亦當不少。至於聞士名人，所知則包括有、邵友濂、梁鼎芬、文廷式、衛汝貴等：

> 我佛山人所著《二十年目睹之怪現狀》一書，誠近日社會小說中傑
> 作也。書中隱託人名，凡著者親屬知友，則非深悉其身世者莫辨。
> 他如當代名人，如張文襄、張彪、盛杏蓀及其繼室，聶仲芳及其夫
> 人（即曾文正之女）太夫人、曾惠敏、邵友濂、梁鼎芬、文廷式、
> 鐵良、衛汝貴、洪述祖等，苟細繹之，不難按圖而索也〔註99〕。

作者「變易其姓名，彰其惡；而諱其人，存厚道」的用心，或不期人物之眞實名姓公諸於世；然以其鏡照之做法，在當代仍有諸多線索可供察考。至於後世研究，擴大比對範圍，亦應有所得。〔註100〕

〔註98〕陳平原，《中國小說敘事模式的轉變》，頁180。

〔註99〕〈怪現狀隱託人名〉收於《清朝野史大觀》，頁49。

〔註100〕張文襄即張之洞，張彪（1860～1927）乃張之洞武昌新建陸軍第八鎮統制。盛杏蓀即盛宣懷，曾任鐵路公司總辦大臣；聶仲芳之夫人乃曾文正之女；上海道臺娶曾國藩最小女兒曾紀芬，曾惠敏即曾紀澤，邵友濂曾於中法戰爭主

三、《老殘遊記》

在晚清四大小說之中，《老殘遊記》的作者本人，即是當代的風雲人物，他因「盜賣倉米」的罪名，發配新疆，後病死於迪化：

> 在光緒三十三年（1907）十一月，三十四年（1908）正月，都有要逮捕劉鶚的風聲，但未實行。三十四年六月，軍機大臣兼外務尚書袁世凱打電報給兩江總督端方，以「勾結外人，盜賣倉米」的罪名，將其逮捕，發配新疆。宣統元年七月初八日（1909 165 年 8 月 23 日），病逝於迪化（今烏魯木齊）。〔註101〕

不同於《二十年目睹之怪現狀》之主角九死一生多半負責情節之串聯，《老殘遊記》中之老殘——即作者本人，擔負故事之主線。眞實世界的劉鶚無意於科名，但有救世之心「隱然有天下己任意」，老殘在小說中的一番話，正可謂劉鶚的夫子自道：

> 老殘道：「我二十幾歲的時候，看天下將來一定有大亂，所以極力留心將才，談兵的朋友極多，……相約倘若國家有用我輩的日子，凡我同人，俱要出來相助辦理的。其時講輿地、講陣圖、講製造、講武功的，各樣朋友都有」，確爲劉鶚的夫子自道。〔註102〕

劉鶚二十歲赴南京參加鄉試正在光緒二年（1876）。雖科舉不第，然在揚州加入空同教師事李光昕並因其教誨，樹了「以出世之心做入世的事業，於拯民於水火中而得解脫」之理想。此時劉鶚「蒿目時艱，隱然有天下己任意，故所在輒交其才俊，各治一家言」；小說第七回講輿地、講陣圖、講製造、講武功的，各樣朋友都有，正見此意。至於其本人治河不但家學淵源，並有獨到之研究，「劉鶚眞正大顯身手的事業，是他繼承父親之長的治黃工作」。他治河的功績包括：久不能合龍，已數易督工之光緒十三年鄭州黃河決口，在其「指揮策勵」下，順利平復合龍。其次爲受吳大澂之任命主導繪三省河圖，

辦台灣防務，中日戰爭至日簽甲午和約。梁鼎芬（1859～1919），爲張之洞幕僚，反強學會，喜魚翅。文廷式爲四大公車之一，鐵良（1963～1939）乃滿人，1905入軍機。洪述祖（1855～1919）勾結洋人，曾僞造地契賣給洋人造成外事交涉。衛汝貴曾任平壤統領，李鴻章去函責其「恇怯無能，性情卑鄙，平日剋扣軍餉，不得軍心，沿途騷擾，必至敗事」（楊家駱，《中日戰爭文獻彙編》台北：鼎文書局1973年09月一版，頁274。）

〔註101〕歐陽健，《晚清小說史》，頁164～165。

〔註102〕歐陽健，《晚清小說史》，頁157～159。

於 1890 年 3 月繪成。《豫魯直三省黃河圖》,「計一百五十圖,分爲五冊,合一則爲一圖」。至於小說莊宮保治河之事,亦眞實有據,其時爲光緒十七年:

> 光緒十七年（1891）,山東巡撫張曜……檄調劉鶚以同知任魯河下游
> 提調,這是劉鶚入宦之始。其時,張曜「幕中有妄人某,假賈讓'不
> 與河爭地'爲説,謂須放寬河身;上海籌賑紳士施少欽等至,欲以賑
> 餘收買河旁民地,以益河身」。劉鶚作《治河七説》上之,根據「他
> 水之性,皆首弱而尾強,故順勢而易治;獨河之性,首尾弱而中強」
> 的不同特點,提出「修縷堤以攻積沙」、「播支河以消盛漲」、「改河
> 門以就便捷」(《河性説》) 三項具體切實的措施,顯示了卓越的才能。
> 他在山東三年,河工冠於諸省,積勞異得保知府銜。〔註103〕

由於善於治河而立功見用,在小說中亦力陳束水攻沙之見。至於所謂的妄人某,在小說中曾指出應是史鈞甫。「據說是史鈞甫史觀察創的議,拿的就是賈讓的《治河策》」〔註104〕。採取放寬河身之方法,以故有廢民埝之舉,造成水漫村莊,死傷無數。至於小說中採用史鈞甫廢民埝之議的主事官員莊宮保正爲張曜。「山東巡撫莊宮保,是以劉鶚的恩公張曜爲原型的。〔註105〕」

較諸其他三部小說,學者認爲劉鶚的《老殘遊記》影射眞人者不多,大部分人物多爲虛構,可「索隱」者僅莊宮保、玉賢等三兩位:

> 劉鶚《老殘遊記》中影射眞人者不多,可也於評語中點明所寫殘民
> 以逞的「清官」玉大人即曾撫山西的毓賢,以備「將來可資正史採
> 用」(第 4 回評語)。……《老殘遊記》大部分人物、情節純屬虛構,
> 只有莊宮保、玉賢等寥寥三兩位值得「索隱」。〔註106〕

玉賢即毓賢,與剛弼在小說中名爲清官實則酷吏,名列清史列傳:

> 毓賢:「善治盜,不憚斬戮」〔註107〕

> 剛弼:「以筆帖式累遷刑部郎中,諳悉例案」〔註108〕

庚子之亂,剛毅曾經上奏劉鶚之罪:

> 早在光緒二十四年（1898）四月,劉鶚就被以「壟斷礦利,貽禍晉

〔註103〕歐陽健,《晚清小説史》,頁 159〜160。
〔註104〕劉鶚,《老殘遊記》,第十四回,頁 143。
〔註105〕歐陽健,《晚清小説史》,頁 169。
〔註106〕陳平原,《中國小説敘事模式的轉變》,頁 179。
〔註107〕《清史稿列傳》卷 252〈毓賢傳〉,頁 1424。
〔註108〕《清史稿列傳》卷 252,頁 1424。

沂」之罪名參奏，要將其「查看遞解原籍，交地方官嚴加管束」。庚子（1900）之亂，剛毅又奏劉鶚「通洋，請明正典刑。以在滬上，倖免」。〔註109〕

劉鶚在小說引言中特別點出攝此二人入鏡之緣由：

> 毓賢、剛毅是拳匪之亂的罪魁禍首，人人皆知；但是他們在早期做官時有廉臣能吏之稱，何以日後會誤國，則人多不知。劉鶚就是要寫出他們早期的種種虐政，好讓後人知曉他們的誤國是其來有自的。〔註110〕

至於張曜、毓賢與剛弼等二三位之外，另有前述之史鈞甫為施少卿，另有時人王子展、杜秉國、楊少和以及曾任泰安知府的姚松雲等入鏡：

> 小說中所寫的人物和事件有些是實有其人、實有其事的。如玉賢指毓賢，剛弼指剛毅，張宮保（有時寫作莊宮保）為張曜，姚雲松為姚松雲，王子謹為王子展，申東造為杜秉國，柳小惠為楊少和，史鈞甫為施少卿等，或載其事而更其姓名，又或存姓改名、存名更姓。黑妞、白妞為當時實有之伎人，白妞一名王小玉，于明湖居奏伎，傾動一時，有「紅妝柳敬亭」之稱。廢濟陽以下民埝，乃光緒十五年（1889）實事，當時作者正在山東測量黃河，親見其慘狀。〔註111〕

入鏡人物若是當代名人則所謂按圖索驥，應有所得。至於作者親友左鄰舊交，則另須熟知作者生活經歷者才能道其一二。如劉大紳為劉鶚之子，對於小說之入鏡人物，依據其對父親的瞭解，提供諸多佐證：

> 小布政司街，確有其處。為當年寓山東時居址街名。高陞店有無不可知。黑妞、白妞確有其人，所寫捧角情形，亦為當時實況。高紹殷、姚雲松、劉仁甫、王子謹均有其人，惟姓是而名非。高、姚當時撫幕人物；劉則候補官；我家寓鸚鵡廟街時，對門而居者也；王則同寅，治喉病亦確有其事，以先君本精於醫。莊宮保為張勤果公曜字漢仙。〔註112〕

從店號、街名到人物、職業、情節，出自作者至親之指陳，具有相當高的可

〔註109〕 歐陽健，《晚清小說史》，頁164。
〔註110〕 《老殘遊記・引言》，頁6。
〔註111〕 劉鶚，《老殘遊記・序言》，太白文藝出版社，2007年01月一版。
〔註112〕 劉大紳，〈《老殘遊記》之影射〉收於《老殘遊記・附錄》，頁318～319。

信度與說服力。大紳知之則言知之，不知亦坦承不知，可信度較高。除此之外，作者劉鶚亦極言其「徵實」作法：

> 野史者，補正史之缺也。名可託諸子虛，事須徵諸實在。此兩回所寫北妓，一斑毫釐無爽，推而至於別項，亦可知矣。〔註113〕

「推而至於別項，亦可知矣」。若由此言，則劉鶚小說之人物容有更其姓名、存姓改名、存名更姓等隱諱作法——「名可託諸子虛」，然「事須徵諸實在」，其取諸實人實事，不論是當代名人抑或各職人等，其中有許多是作者自身之生活經歷：

> 更能使我感到趣味的第二部份，是書裡很多正當而光明的描寫自己各種生活經驗的地方。這種坦白的自我描寫，就是在西洋作品中也是比較的難得見到的。第二章裡，關於王小玉說書的描寫，據我的觀察也是當時作者設身處地的真實感覺。〔註114〕

在作者筆下之王小玉說書，真可謂出神入化、極視聽之娛。白妞其人經劉大紳確認，真有其人；前述序言更指其稱號為「紅妝柳敬亭」。

劉鶚《老殘遊記》篇幅較短，又以山東為主要範圍，牽涉人物自較其他三部為少。但以人物虛實而論，則徵實比例極高，率皆真人實事，雖變其名姓，仍能一一考索。

四、《孽海花》

四書之中考索最詳者，仍推曾樸《孽海花》。曾樸縮結三十年史事之雄心，兼以海內外之記述範圍，使其入鏡人物之多，為四大小說之最：

> 在魯迅重點評述的晚清四大譴責小說中，隨處可見當時流傳的各種軼聞，以致有考證癖的讀者不難從中讀出「隱事」。曾樸把《孽海花》當隱去真名保留軼聞的「準歷史小說」寫，後人做索隱表可收小說中人物二百七八名之多。〔註115〕

學者認為《孽海花》圍繞重大歷史事件，半真半假創作「歷史小說」〔註116〕，從重大歷史事件中可據以考索，一一對號入座。由於橫跨三十年，兼及海內

〔註113〕《老殘遊記・十三回自評》，頁140。
〔註114〕H. E. Sha dick（謝迪克）著，柳存仁譯〈西洋文人對於老殘遊記的印象〉，收於《老殘遊記・附錄》，頁396。
〔註115〕陳平原，《中國小說敘事模式的轉變》，頁179。
〔註116〕陳平原，《中國小說敘事模式的轉變》，頁179。

外，最後總數逼近二三百人之多。其中主要是以主人公金雯卿、傅彩雲為情
節主線以記述史事：

> 趙景深《曾孟樸的〈孽海花〉》（載《小說閑話》，北新書局，1937
> 年1月初版）認為作者對主人公金雯卿、傅彩雲以及其他人物的描
> 寫「都很生動，留下深刻的印象」。其他較重要的文章有：拙軒《談
> 〈孽海花〉》（刊《中和》2卷1期，1941年1月）、《再談〈孽海花〉》
> （刊《中和》2卷4期，1941年4月），瞿兌之《關於〈孽海花〉》
> （刊《古今》32期，1943年10月）等。〔註117〕

雖則許多學者以「歷史小說」、「準歷史小說」或「民史小說」視之，態度似
有幾分嚴肅，然而小說之軼事趣聞，在索考評閱之際，卻平添無限興味：

> 《孽海花》出版之後，覺得最配我的胃口了，他不但影射的人物與
> 軼事之多，為從前小說所沒有，就是可疑的故事，可笑的迷信也都
> 根據當時一種傳說，並非作者捏造的。加以書中的人物，半是我們
> 所見過的，書中的事實，大半是我們習聞的，所以讀起來更有趣。
>
> 〔註118〕

曾樸能將軼聞調和史事，寫得流暢生動，趣味盎然，可能與其家世背景、生
活經歷相關。

> 十三四歲時，經名儒潘子昭指導，研討課藝，然篤好文藝，每背人
> 偷偷閱讀名家說部及筆記雜集，由此奠定了文學基礎。又遍求名師，
> 先後隨其父老友李慈銘（純客）、內母舅吳大澂（珏齋）等受業。十
> 九歲中秀才，二十歲中舉人。二十一歲捐內閣中書，在京供職，寄
> 寓在岳父汪鳴鑾（柳門）宅內，因得常出入於洪鈞宅中，並初識賽
> 金花於北京。〔註119〕

曾樸為江蘇常熟人，父親曾之撰為時文名手，乃光緒乙亥（1875）舉人，官刑
部郎中。來自於身家背景的人際關係，讓曾樸可以親接於洪鈞以及傳奇人物賽
金花。有關賽金花其人其事以及與作者曾樸之關係互動，歷來之考索亦多，包
括：崔萬秋《東亞病夫自述與賽金花之關係》（刊1934年11月25、26日《時

〔註117〕 胡從經，《中國小說史學史長編》，上海藝文出版社，1998年04月一版，頁
362～363。

〔註118〕 蔡元培〈追悼曾孟樸先生〉原載《宇宙風》合訂本第二期，收於世界書局版
《孽海花》卷首之五，頁1。

〔註119〕 歐陽健，《晚清小說史》，頁187。

事新報》),《申報》記者《賽金花之一生》(1934 年 11 月 17 日刊),商鴻逵《曾
孟樸與賽金花》(刊《宇宙風》2 期,1935 年 10 月),子矜《訪賽金花》(刊 1934
年 6 月 8 日 364)《申報》副刊《自由談》),潘柱人《賽金花》(刊《新時代》7
卷 2 期,1937 年 2 月),《世界日報》記者《賽金花之死》(1936 年 12 月 5 日刊),
潘毓桂《賽金花墓表》(刊《月報》1 卷 1 期,1937 年 1 月 15 日)等等;商鴻
逵並撰有《賽金花本事》(北平星雲堂,1934 年出版)。〔註120〕

　　賽金花在晚清軼事傳聞極多,曾樸以其自身背景,以故知之甚詳;對於
小說人物諸多軼事瑣聞,可以信手拈來,言之歷歷。

　　身家背景之外,曾樸亦積極參與時事,包括甲午戰爭間出入翁相同龢之
門、入總理衙門開設之同文館特班學習法文、參加總理衙門考試未獲錄取等。
他承父親遺志到上海欲發展實業,與戊戌六君子過從甚密:

> 1898 年,林旭等得康、梁電,入都共成大業,約曾樸同行。曾樸「以
> 父親喪葬尚未料理,而滬上事業更難立時擺脫,因約數月後,必北
> 上參加」,並爲之餞行,議論時政,慷慨激昂。曾樸爲此未罹戊戌政
> 變之難。他所撰《哀楊叔嶠文》一文中,有「元伯告亡,巨卿長懷」
> 之句,把楊銳比作東漢的張劭(元伯),自己比作張劭的好友范式(巨
> 卿),對戊戌六君子之一的楊銳的慘死,表示了極大的悲悼之情。

譚嗣同、林旭、楊深秀等原爲曾樸的舊識,康、梁提倡新政,譚、楊等聚集
上海,於是時相過從,戊戌政變時甚至險些罹難,撰文哀悼之際,尤見其革
新之思。變法失敗,曾樸轉與新派人物丁芝孫、徐念慈等創中西學社,自任
校長:

> 曾樸自任校長,與其姑丈地方守舊派代表人物楊崇伊堅決鬥爭,爭
> 得一部分水利公產款項與修塔專款爲辦學經費。1900 年 1 月,慈禧
> 太后召親貴王公大臣議詔立端王載漪子溥雋爲「大阿哥」,擬廢光緒
> 皇帝。上海電報局總辦經元善聯名一千二百三十一人電請勿廢光
> 緒,曾樸亦參與此事。〔註121〕

細數其經歷,科考舉業、新式教育,當代人物之瓜葛,重大國事之議論抗爭,
甚至險入戊戌政變成仁之列。凡此總總,自然有利於他記述之際的徵引運用。
《孽海花》在四書之中,對革命人物記述較多,態度亦較爲肯定,此亦與其

〔註120〕參見胡從經,《中國小說史學史長編》,頁 363～364。
〔註121〕以上二則引文見歐陽健,《晚清小說史》,頁 187～188。

經歷相關。他時時參與政治活動，並曾為革命黨人而遭清廷密電拘捕：

> 其時張謇等的立憲運動興起，曾樸參與其事，並且是中堅分子。後
> 參加反對清廷搜殺革命黨人的活動，清廷曾密電拘捕他。1909 年入
> 為主張新政的兩江總督端方幕賓，後端方北調，他以候補知府分發
> 浙江。〔註122〕

呈現在小說中，孫中山、馮子材、劉永福、鄭姑姑等人物、俄國虛無黨人一
一入鏡，曾樸對其人其事亦採正面看法，多表肯定：

> 作品寫到了孫中山領導的民主革命鬥爭，並且用「霹靂一聲革命團
> 特起」來加以贊美。〔註123〕

> 不單寫馮子材、劉永福、鄭姑姑等抗敵英雄如此，寫陳千秋等革命
> 者是如此，寫俄國虛無黨人夏麗雅捨身炸俄帝的恐怖行動也是如
> 此，甚至寫到日本間諜冒死偷盜中國海軍地圖的可恥行動時，作者
> 也流露出一絲贊許。〔註124〕

來自於身家背景之豐富人際脈絡，再加上作者本身之閱歷，當作者擬定小說
方向內容之時，必有得心應手之感，學者以「發現自己一下子掘開了一座蘊
藏極豐的礦床」形容之：

> 當曾樸懷著回首歷史的動機進入創作過程的時候，他發現自己一下
> 子掘開了一座蘊藏極豐的礦床。《孽海花》所要描寫的形形色色的名
> 士，就是他的同類，曾樸本人就是那一時代的名士堆中養育出來的。
> 他筆下的當代名士，大都是他的尊長和師友。

尊長和師友包括主角人物金雯青，曾樸須尊稱為太老師的洪鈞；李慈銘、吳
大澂是其業師，在小說中化身為重要的人物李純客、何太真；來往名士如李
石農、文芸閣、江建霞，在小說中化名為黎石農、聞韻高、姜劍雲，甚至岳
父汪鳴鑾，亦改稱錢端敏，寫入小說中。

> 曾樸熟悉他們的生活和情感，誠如魯迅所說：「親炙者久，描寫當能
> 近實。」……洪文卿的題材既為曾樸所異常熟悉，此一題材所蘊含
> 的題旨又與曾樸的救世之志異常投合，所以當他接受續完全書的任
> 務以後，以高度的熱情，「一面點竄塗改，一面進行不息，三個月功

〔註122〕黃清泉、蔣松源、譚邦和，《明清小說的藝術世界》，頁336。
〔註123〕黃清泉、蔣松源、譚邦和，《明清小說的藝術世界》，頁340。
〔註124〕黃清泉、蔣松源、譚邦和，《明清小說的藝術世界》，頁340。

夫，一氣呵成了二十回」。於光緒乙巳（1905）正月和八月分成兩編，
由小說林社發行。〔註125〕

因是熟悉的親朋師友，小說不但符合金松岑為時代號筒之目標，並且由曾樸
「從生活積蘊的深層去挖掘其豐富內涵〔註126〕」。以洪鈞、賽金花為樞紐，不
僅旁及師友戚舊，《孽海花》也描寫了當代之開明知識分子，其中包括馮桂芬、
黃遵憲、馬建中、容閎、薛福成等〔註127〕。對於全書人物的考證，學者注力
極多，成果豐碩：

> 由於《孽海花》的作言曾言故事「俱係先輩及友人軼事」，因而索隱、
> 考證的文章頗多，早年望雲山房版《孽海花》即附有《孽海花人物
> 故事考證》（1916），同年擁白書局本亦附有強作解人撰《孽海花人
> 名索引》、《孽海花人物考證》等。〔註128〕

其他專文考證之文章則有：錢基博《孽海花考信錄》（刊《子曰叢刊》第 5 輯，
1948 年 10 月 25 日），周黎庵《〈孽海花〉人物世家》（刊《古今》37 期，1943
年 12 月），昌鶴亭《〈孽海花〉閑話》（刊《古今》41 至 50 期，1944 年 2—7
月）、《〈孽海花〉人物索隱表》（刊《古今》51 期，1944 年 7 月），思仿《〈孽
海花〉考證》（刊《中和》6 卷 1 期，2 期，3、4 期合刊；1945 年 1 月 20 日，
2 月 20 日，4 月 20 日），陳汝衡《關於〈孽海花〉》（刊 1947 年 3 月 31 日《大
晚報》副刊《通俗文學》23 期），范煙橋《〈孽海花〉造意者金一先生訪問記》
（署名含涼生，刊 1943 年 11 月 30 日蘇州《明報》副刊《明晶》），金松岑《為
賽金花墓碣事答高二適書》（刊江蘇國學會編《衛星》1 卷 1 期，1937 年 1 月），
包天笑《關於〈孽海花〉》（刊《小說月報》15 期，1941 年 12 月），紀果庵《〈孽
海花〉人物漫談》（刊《古今》27、28 期合刊，1934 年 7 月）〔註129〕等。現
坊間發行之《孽海花》，入鏡人物依次逐回表列二百多人，人物濟濟，堪為晚
清四大之冠。就人物言，如果《官場現形記》重在污吏貪官，則《老殘遊記》
專寫清官酷吏；至於《二十年目睹之怪現狀》與《孽海花》，學者認為其特出
者一在「洋場才子」，一在「作態名士」：

> 吳趼人很擅長於寫「洋場才子」，曾孟樸則活生生的刻畫出許多「作

〔註125〕以上二段引文見歐陽健，《晚清小說史》，頁 197。
〔註126〕同上注。
〔註127〕參閱楊聯芬，《晚清至五四：中國文學現代性的發生》，頁 189。
〔註128〕胡從經，《中國小說史學史長編》，頁 363。
〔註129〕同上注。

態名士」。〔註 130〕

四大小說所取所演或各有所重、各顯特色，但取諸時人時事，人真事實之共同特點，乃能就其影像考其實體，見到諸多入鏡之當代人物。

第三節　人物顯影現形

晚清四大小說之入鏡人物，在攝入之後，通常通過事件、情節發展，將其面目一一顯露。Milena 認為這一歷程及其表現有各種的變化，饒富趣味：

> 這種首尾一貫的形式尚有一更重要的語意思素：小說中所有的故事皆是基於同一語意型式。它們都是認知的故事，求取真知的故事。同時，這種共有的語意基礎，其表現的風貌則呈相當的變化，因為性格的歧異、不同的社會階層、以及聲口的差別，而有各種的表現，所以認知過程亦饒富趣味。〔註 131〕

這一歷程既是認知、發現真相的歷程，也是揭發暴露的歷程。就人物言，目的在使角色現其原形，露出真面目。就小說藝術言，乃屬人物描寫之一環。

而在人物描寫這一方面，歷來之古典小說有所謂傳神寫意之特點：

> 綜觀中國古代小說，在描寫方面，似乎大致至少有如下一些突出特點：…中國古代小說以講故事為主，其於人物與環境之描寫，所佔比例較小，一般採用粗線條的白描式的勾勒手法，似寫意山水畫，寥寥幾筆，以顯其神態特點而已，與西方之工筆畫寫法不同。〔註 132〕

描寫之簡細筆法有異，效果亦自不同。或謂細節描寫正是小說生命力、藝術魅力的關鍵所在。

> 缺乏真切的、有意義的細節，小說就不會有旺盛的生命和迷人的藝術魅力。……細節描寫是喚起讀者親切聯想，縮短讀者和人物之間距離的有效藝術手段之一。一個有份量的細節能抵得過長篇大論的敘述和介紹。〔註 133〕

〔註 130〕阿英，《晚清小說史》，香港太平書局，1966 年 01 月一版，頁 23。

〔註 131〕Milena，〈晚清小說中的情節結構類型〉林明德編，《晚清小說研究》，臺北：聯經出版公司，1988 年 03 月一版，頁 529。

〔註 132〕葉桂桐，《中國古代小說概論》，臺北：文津出版社，1998 年 10 月一版，頁 233。

〔註 133〕劉世劍，《小說概說》高雄：麗文出版社 1994 一版，頁 151。

整體而言，引進西方小說後，晚清小說確乎產生了取捨變化。在諸種取捨變化中，有學者認爲仍保留了傳統重視情節的審美特徵，改變則以形式結構最爲明顯。至於環境氛圍、心理描寫等，進展仍然不多：

> 實際上真正爲這個時代讀者所接受的，不是托爾斯泰，也不是雨果，而是哈葛德。麥孟華說得對：往往有甲國最著名之小說，譯入乙國，殊不能覺其妙。托、雨之所以不如哈受歡迎（清末民初，柯南道爾的小說翻譯介紹進來的最多，其次就是哈葛德），很多取決於中國讀者舊的審美趣味……善於鑑賞情節而不是心理描寫或氛圍渲染。〔註134〕

> 新小說家的類型理論，在建立規則以指導具體創作方面很難說有多大建樹；但在引進新類型，並因此改造中國小說的總體布局方面卻成績突出。〔註135〕

清末小說四大雜誌，其中三家在其創刊號封面登西洋小說家照片，可視爲各社之表徵，「當然有作爲旗幟的味道」。新小說爲托爾斯泰（Leo Tolstoy，1828～1910），小說林爲雨果（Victor Hugo，1802～1885），月月小說則是哈葛德（Hennry Rider Haggaed，1892～1925）。就三者受歡迎程度，仍以哈葛德之冒險小說爲勝。由此觀之，則其時從作者角度到評論家角度，所著重者仍以情節爲主：

> 小說批評家注重的也是敘述的技巧而不是描寫的技巧。

> 「情節曲折」則是大部分作家理解的「藝術性」或吸引讀者的靈丹妙藥。〔註136〕

並且其情節是「點點滴滴的風物」，寫成「瑣瑣屑屑之怪事」。〔註137〕。至於人物則有不夠細膩、缺乏心理描寫之評，因此有直言「晚清四大諷刺小說筆下的人物幾乎都是扁平人物」〔註138〕者。

　　不論是米列娜（Milena Dolezeelova-Velingerova）所言性格歧異、聲口差別，或是吳淳邦扁平人物的觀察，晚清四大小說人物現形顯象之際，值得我

〔註134〕陳平原，《小說史：理論與實踐》，頁253。
〔註135〕陳平原，《小說史：理論與實踐》，頁211。
〔註136〕以上兩則引文見陳平原，《中國小說敘事模式的轉變》，頁113。
〔註137〕陳平原，《中國小說敘事模式的轉變》，頁116。
〔註138〕吳淳邦，《晚清諷刺小說的諷刺藝術》，上海：復旦大學出版社，1994年07月一版，頁156。

們再作深究。以下將逐一論述之。

一、《官場現形記》

　　就晚清小說之改良派與革命派作一比較，則人物描寫上，改良派小說顯然略勝一籌：

> 革命派小說這方面的抨擊，重在於議論。作品一般借人物之口加以揭露控訴，在形象描寫上則遠比改良派小說遜色。改良派小說更注重通過形象描寫，揭露封建統治階級在高唱三綱五常的同時，自身對倫理道德的踐踏。〔註139〕

學者並指出，其形象描寫乃是群像描寫：

> 晚清作家無意使筆下人物一個代表一種類型特徵，而是通過群像描繪，寫出一類人物的不同特徵。作者顯然認為，一個人物代表一類人的方式，遠不能滿足作家對這一類人認識的表達；讀者一般也較難從一二個人形象身上深刻地認識其所代表的類型人物的本質特徵。只有通過群像中各個人物性格的揭示，使一群人組合一體，那麼讀者對於這一類人才會有比較全面、深刻的認識和把握。〔註140〕

《官場現形記》以官場為其舞台，刻劃大大小小諸多官員的不同特點如「童子良的迂腐頑鈍、羊統領的懼洋媚骨、尹子崇的愚昧無知、徐大軍機的昏瞶麻木、胡統領的殘酷狼毒、冒得官的下流無恥、瞿耐庵的卑污腌臢、傅理堂的巧取豪奪」〔註141〕讀者由官僚各類行徑、不同面目，一再循環之事件，可以進一步掌握其貪婪腐敗之共同特徵。與一般小說之人物描寫相比「無疑不及諸葛亮、曹操等類型形象那麼鮮明」，然而綜合整體之群像描寫則有獨到之處：

> 但就人物類型而言，群像組合顯示的一類人特徵，則有其豐富、全面、突出的特點，不失為一種塑造人物的方式。〔註142〕

對於《官場現形記》在官場官僚之描寫，學者大多持肯定之態度。阿英特別指出佐雜小吏之描寫是其長處：

> 在人物描寫方面，長處在於小官僚佐雜的描寫。從他們個人，一直

〔註139〕方正耀，《晚清小說研究》，頁 172～173。
〔註140〕方正耀，《晚清小說研究》，頁 248。
〔註141〕同上註，頁 248～249。
〔註142〕同上註，頁 249。

　　寫到家庭，寫到他們的際遇和社會關係。能寫到李伯元這樣深刻的，
　　在當時沒有第二個人。〔註143〕

其中如申守堯一角。申守堯爲佐雜，他因即日起可以在制台大人跟前，得到一個座位，「凡是佐班，一概有個座位」，再不必旁侍如同罰站一般，因此沾沾自喜，甚至與原本有座之藩台相比並論，「如今我們佐班竟同藩台一樣，你想這一跳跳的多高！」然而其妻的疑問卻戳破這班佐雜人物一貫自我膨脹之吹噓不實：

　　太太聽了，尋思了半天，說道：「慢著，你從前不是對我說，你們做
　　官的並不分什麼大小，同制台就同哥兒兄弟一樣，怎麼你今兒又說
　　從前都是站著見他呢？站著見他，不就合他的二爺一樣嗎？」申守
　　堯臉上一紅，一時回答不出。〔註144〕

對於制台大人的賜坐，申守堯表現了小人物的卑微情狀；尤其透過申妻的質疑，似有意無意卻一語破佐雜人物自卑復自大的可悲虛矯，豈不正如《孟子》中驕其妻妾一類的人物？

　　小說形容這一班佐雜一方面「都興頭的了不得」，尤其是申守堯「一時樂得手舞足蹈，心花都開」；另方面從清早等到十二點，一蒙接見的時候又「由不得戰戰兢兢，上下三十六個牙打對」。而申守堯居然就在制台送客的最後關頭打翻茶碗「把茶碗跌在地下，碰得粉碎，把茶潑了一地」，甚至「連制台的開氣袍子，都潕潮了」。弄得最後這一班佐雜又打回原位，「以後還是照舊罷」，由制台口中「這些人是不上不得臺盤，抬舉不來的。」以及制台跟班的冷嘲熱諷：「還想大人再出來送你們嗎？倒合了一句俗話，『鼻子上掛鯗魚』，叫做休想」，「剛才大人的話，可聽見了沒有？這廳上的椅子，除了今天，明天又沒的坐了。如果捨不得，不妨再進來多坐一會去。」可以想見這一干人等在他人眼中可憐復可鄙的形象。

　　出錯的申守堯自然成爲眾矢之的，而僚友隨鳳占雖爲他緩頰，但一番解圍自釋之論又教讀者哭笑不得：

　　惟其只有今天坐得一次，越顯得是難得之機會。將來我們這輩子千
　　秋之後，這件事，行述上都刻得的，老前輩以爲何如？〔註145〕

〔註143〕阿英，《晚清小說史》，頁131。
〔註144〕李伯元，《官場現形記》，第四十四回，頁674～675。
〔註145〕以上小說引文見第四十四回，頁674～678。

論者認為正是「這些地方最足見李伯元描寫能力，也就是最足見官場現形記的出色」〔註146〕。從賜座之喜不自勝到摔破茶盞之驚惶失措，再回到候補受氣的原樣，以申守堯為代表的一干小吏之集體反應，以及其自寬自免之辭，表現了他們的可笑可悲復可鄙；制台的怒罵，申妻的質疑，或直接或間接，官場佐雜群象有瞬間極鮮明之呈現。

> 晚清小說大都是經報刊雜誌刊登或連載，作家創作時也就不得不考慮連載形式的特殊性，即不僅使從頭讀到尾的讀者能夠理解人物，而且得使偶爾讀到其中幾個章節的讀者，也能即時把握人物的形象特徵。因而，作者刻畫人物也就勢必與古代小說有所不同：不管是人物貫穿始終的作品，還是人物逐個出場進場匯成群像組合的作品，作家都企圖迅速、集中地表現人物特徵。或以接二連三的事件，集中突出人物的主要性格；或一開卷便揭示人物特徵，然後由其性格所必然引發的事件證實這一特徵。〔註147〕

不論是個別或群像描寫，小說以迅速、集中的手法表現其特徵。論者並分析其主因乃在連載形式之篇幅有限，為使讀者易於瞭解、便於掌握，故必須採取此一迅速而集中之手法。前述傳統小說重情節而少心理描寫；實則其心理描寫大多借助外在行動來作呈現：

> 民間的說話藝人正是借助在各種境遇中人物的行動、糾葛、矛盾，以構成環環相扣、波瀾起伏、急速推進的故事情節，使聽話者為之吸引，欲罷不能。沒有人物行動，就失去了說話藝術的精髓，也失去了中國小說的精髓。如果用一句話來概括，行動性正是中國古典小說民族特色的集中表現。〔註148〕

藉由外在行動以呈現內在心理，亦為說書模式對傳統古典小說重要影響之一，人物之行動是吸引廣大聽書民眾或讀者之主要賣點。李伯元之《官場現形記》取諸讀者又陳諸讀者，小說本身即充滿濃厚的庶民趣味；在此庶民趣味上，又加以晚清作者憂國憤世之心以成。

> 李伯元……「每脫一稿，莫不受世人之歡迎」……說明李伯元創作

〔註146〕阿英，《晚清小說史》，頁134。

〔註147〕方正耀，《晚清小說研究》，頁252。

〔註148〕饒芃子等，《中西小說比較》，合肥：安徽教育出版社，1994年06月一版，頁136。

的小說，十分注意反映社會具有廣泛興趣的事實。李伯元的作品集中表現了這一點。〔註149〕

吳沃堯《李伯元傳》云，是「以痛哭流涕之筆，寫嬉笑怒罵之文」。〔註150〕

小說雖經潤飾組織，在鎖定廣大讀者之立意上，仍保留話柄傳說之特色，因此作者雖是憂國憂民，哀時傷世，仍以嬉笑怒罵出之；雖有心理描寫然未及細膩深入，人物之內在心理仍較多由行動、言語表現。如第二回中錢典史之趨好盤算即藉由談話呈現：

> 錢典史道：「趙世兄！你不要看輕了這典史，比別的官都難做。到做
> 順了手，那時候給你狀元，你還不要呢！」〔註151〕

錢典史之言既是「佐雜人物自關場面的吹牛，也可以說是當時官場實利主義者的自白」，由此更可見出其為佐雜小吏之心態，由於「可以不假手他人直接的弄錢」〔註152〕，因此言語之間沾沾自喜，頗為自得。

錢典史之外，自第十一回「窮佐雜夤緣說差使 紅州縣傾軋鬥心思」綿延至第十八回之周因與戴大理二人之鬥法，尤為精彩，寫出了佐雜間的恩怨糾葛與表裡面目。

周因「本是山東試用府經」，因同鄉合力集資，才捐了個縣班，「居然集腋成裘，立刻到捐局裡，填了部照出來」〔註153〕。戴大理則是一辦文案的佐雜。兩人一是中丞的舊交，一是劉中丞身邊天字第一號的紅人：

> 同時院上有一個辦文案的，姓戴名大理，是個一榜出身，……真正
> 是天字第一號的紅人。周老爺雖是中丞的舊交，無奈戴大理總是以
> 老前輩自居，不把周老爺放在眼裡。〔註154〕

對於戴大理的無禮莫可如何的周老爺，有一天終於逮到了出氣的機會：

> 有一天，出了一個甚麼知縣缺，劉中丞的意思，想教戴大理去署理。〔註155〕

〔註149〕方正耀，《晚清小說研究》，頁229。
〔註150〕黃清泉、蔣松源、譚邦和，《明清小說的藝術世界》，頁320。
〔註151〕李伯元，《官場現形記》，頁20。
〔註152〕見阿英，《晚清小說史》，頁131。
〔註153〕李伯元，《官場現形記》，第十一回，頁145。
〔註154〕李伯元，《官場現形記》，頁147。
〔註155〕李伯元，《官場現形記》，頁147。

那日中丞，說得明明白白，是委你老先生去的。怎的同周某人談半天，就變了卦。〔註156〕

戴大理在獲悉從中作梗的是他素來不放在眼底的周老爺之後，接著是城府極深，深不可測的報復行動：

想罷，不由咬牙切齒，恨個不止：「一定要報復他一番，纔顯得我的本事！」〔註157〕

他一見憲眷比從前差了許多，曉得其中一定有人下井投石，說他的壞話；他也不動聲色，勤勤慎慎辦他的公事。一句話也不多說，一步路也不多走。見了同事、周老爺一幫人，格外顯得殷勤，稱兄道弟，好不熱鬧，並且有時還稱周老爺爲老夫子，說：「周老爺是從前中丞請的西賓；中丞尚且另眼看待，我等豈可怠慢於他？」……他不時到周老爺屋子裡坐坐談談天，還時常從公館裡做好幾件家常小菜，自己帶來給周老爺吃，說是小妾親手做的。〔註158〕

戴大理面對仇人非但不動聲色，甚且還著意巴結，用心示好。坐坐談談之外，又帶來說是小妾親手做的家常小菜。如此柔軟身段，眞是任誰都難以抵擋；而如此柔軟身段，與前此的素來不將周老爺放在眼底的行止相較，眞有天壤之別。

　　另一方面，他又伺機而動。在朝廷派兵征剿亂匪之時，特別請有同鄉同年之誼的胡統領必要指明周老爺隨同，一舉將周老爺推入凶險之地。此猶未足，臨行甚且建議周老爺在胡統領底下必要獨斷獨行。由於周老爺被他柔軟身段所騙，已然信他不疑，對於這樣的「反建議」，居然是打心底感激不已：

「就是稟請你的那位胡統領，他這人同兄弟不但同鄉，而且同年，從前又同過事。」……「這位胡統領，最是膽小；凡百事情，優柔寡斷。你在他手下辦事，祇可以獨斷獨行，倘若都要請過他再做，那是一百年也不會成功的。……倘或事事讓他，他一定拿你看得半文不值。我同他頓在一塊兒這許多年，還有什麼不知道的？」周老爺聽了他的言語，果眞感激的了不得，而且是心上發出來的感激…〔註159〕

〔註156〕李伯元，《官場現形記》，頁149。
〔註157〕李伯元，《官場現形記》，頁150。
〔註158〕李伯元，《官場現形記》，第十二回，頁152。
〔註159〕李伯元，《官場現形記》，第十二回，頁157。

如此用心布置，卻天不從人願，非但害周老爺不成，反倒誤打誤撞，讓他名躋記功之列：

> 戴大理接在手裡一看，單子上頭一個，就是周老爺的名字，心上便覺得一個刺。〔註160〕

> 趕忙寫了一封信給胡統領，隱隱的說他上來的稟帖，不該……胡統領接到此信，……因為上次稟帖，是周老爺擬的底子，就疑心：「周老爺有心賣弄自己的好處，並不歸功於上……看來此人也不是可靠的。」從此以後，就同周老爺冷淡下來，不如先前的信任了。〔註161〕

面對始料未及的結果，戴大理立即去信好友胡統領，名為通風報信，實是提供錯誤訊息，暗地裡伸腿絆周老爺一腳。

在這貫穿數回的恩怨鬥爭中，戴大理的面目表裡，真可謂刻畫得入木三分。從言語之或阿諛或挑撥，行止上或不理不睬或稱兄道弟，前倨後柔對比明顯，以其行動言語，刻劃鋪陳出令人咋舌之陰沉城府。

言語行動之外，學者評晚清小說有「直筆心理描寫」之論：

> 古代小說心理描寫的基本方式。這些方式的共同特點，不同於西方小說大段直筆、細膩的心理分析，而是把人物外在行為動態和內在心理活動結合描寫。儘管有些作品也運用直接的心理描寫，但藝術技巧顯然幼稚，並不熟練。〔註162〕

古代小說心理描寫的包括：「捕捉人物瞬間神態變化來揭示人物的心理」、「通過外在動作與內心活動交替描寫揭示人物心理」、「在事件發展和人物關係糾葛中有層次地描寫人物心理活動及變化過程，顯示人物思想感情漸漸轉變的歷程」以及「描寫人與人的心理較量」等。至於直接心理描寫為數既少，技巧亦顯幼稚，此一尚不成熟之直筆心理描寫，到了晚清因借鑒了西方小說而頗見成績：

> 晚清小說吸取了古代小說心理描寫技巧的藝術營養，同時又借鑒了西方小說的藝術技巧，兼收並蓄，形成了不同於前輩的特點。

> 整體觀之，晚清小說轉以直筆心理描寫為主。儘管古代小說心理描寫的幾種方式都被晚清小說家接受並運用於創作，但晚清小說迴異

〔註160〕李伯元，《官場現形記》，第十六回，頁228。
〔註161〕李伯元，《官場現形記》，頁230。
〔註162〕方正耀，《晚清小說研究》，頁262。

前輩而在小說藝術技巧發展歷史中值得一談的則是直筆心理描寫的
藝術成就。〔註163〕

與學者所列舉的數本小說相較,《官場現形記》之直筆心理描寫雖有而篇幅不
長。如戴大理,「此刻他的心上,想想:『自己的憲眷,是靠得住的,既然有
了這個意思,是不會漂的。』」後又「咬牙切齒,恨個不止:『一定要報復他
一番,纔顯得我的本事』」以及胡統領疑心:「周老爺有心賣弄自己的好處,
並不歸功於上……看來此人也不是可靠的」等等都是。

直筆心理描寫亦即人物之內心獨白。在晚清小說中,《官場現形記》人物
內心獨白之未盡深刻淋漓,個人以爲與其平民審美要求有關:

…愛以俗而不雅的戲謔作爲逗引讀者興味的手段。

《詩經‧衛風‧淇奧》有「善戲謔兮,不爲虐兮」之句,鄭箋云:「君
子之德,有張有弛,故不常矜莊而時戲謔。」這尚是將戲謔作爲調
劑「矜莊」而偶一爲之的補充。在世俗化的明清說部中,戲謔筆墨
層出不窮,其中固寓有勸懲之意,更主要的卻是這種遊戲筆墨更符
合平民對歷史的理解,更適合平民對審美的要求。他們不懂得高層
的、處於隱蔽狀態中的政治鬥爭,往往按自己的理解和想像,將神
秘大幕背後的政治以十分幼稚的形式表現出來,從而製造出令人發
噱的喜劇效果。〔註164〕

既是摭拾話柄,取諸市井傳言,並且爲了存其眞實,作者雖加潤飾,但大體
保留原意。因此,此類記述小說,思想是庶民的,趣味也是庶民的。以庶民
大眾的理解和想像,則悲天憫人較少,激憤不平爲多。如是悲憫爲懷,則設
身處地,憐其無知昏昧,則心理描摹可委曲而深細。然眾庶激於義憤,千夫
所指,自然暴其陰狠,數其罪狀,未及其他。雖略及於心理,亦未能深入,
眾庶對於貪官狠夫,畏懼厭恨有之,悲憫同情較鮮有。以此之故,羔羊自不
可能傾心力於體會虎豹豺狼之心理,甚至同情虎豹豺狼之不得不然。

此外,庶民之傳述,添醋加油者有之,插科打諢亦有之;尤其能言朝廷
正史之所不能言,乃以其能見朝廷正史之所未見。言之無罪,在使聞者足戒;
寫情婉曲,說理高妙的文人情調,並非著述小說之本色。

阿英承胡適對《官場現形記》對於當代社會黑暗之反映表示肯定,但認

〔註163〕方正耀,《晚清小說研究》,頁262。
〔註164〕歐陽健,《歷史小說史》,頁348。

爲報章連載之催迫，小說因須每日出稿過於匆促，因此品質優劣不一。胡適
認爲《官場現形記》寫佐雜勝於寫大官；阿英則認爲後半部不如前半部，而
全書宜再加刪汰。

> ……寫作得太匆匆，而又必須按日寫作，於是成績遂或好或壞。〔註165〕

> 即官場現形記，如伯元能於成書時，大加刪汰，使更接觸眞實，則
> 其成就也當更大。……官場現形記也是一樣，前半比較後半寫得好，
> 而敍胡統領嚴州剿匪數回，尤是全書精粹處。〔註166〕

然《官場現形記》之後半部又是寫大官者，恰有一大員文制臺者，在敍寫上
卻能使人印象鮮明：

> 只聽那巡捕嘴裡，嘰哩咕嚕的說道：「我的爺！早不來，晚不來，偏
> 偏這時候，他老人家吃著飯，他來了。到底上去回的好，還是不上去
> 回的好？」……因爲文制臺一到任，就有吩咐過的：凡是吃飯的時候，
> 無論什麼客人來拜，或是下屬稟見，統通不准巡捕上來回……因此拿
> 了名帖，只在廊下盤旋，要進又不敢進，要退又不敢退。〔註167〕

小小巡捕在此是一映襯角色，藉由他的爲難，凸顯制臺作威作福的紙老虎形
象。：

> 正在爲難的時候，文制臺早已瞧見了，忙問一聲：「什麼事？」巡捕
> 見問……「……有客來拜。」話言未了，只見啪的一聲響，那巡捕
> 臉上，早被大帥打了一個耳刮子。接著聽制臺罵道：「混帳忘八蛋！
> 我當初怎麼吩咐的：凡是我吃著飯，無論什麼客來，不准上來回。
> 你沒有耳朵？沒有聽見？」

尚未來得及稟明原委，巡捕倒先挨了頓拳打腳踢，等到把話稟完：「回大帥：
來的不是別人，是洋人。」原以爲會得上司之理解體念，殊不料仍是一頓拳
打腳踢：

> 那制臺一聽「洋人」二字，不知爲何頓時氣焰矮了大半截，怔在那
> 裡半天。後首想了一想，驀地起來，拍撻一聲響，舉起手來，又打
> 了巡捕一個耳刮子。接著罵道：「混帳忘八蛋！我當是誰，原來是洋
> 人！洋人來了，爲什麼不早回，叫他在外面等了這半天？」巡捕道：

〔註165〕阿英，《晚清小說史》，頁134。
〔註166〕阿英，《晚清小說史》，頁130～131。
〔註167〕李伯元，《官場現形記》，第五十三回，頁841～842。

「原本趕著上來回的，因見大帥吃飯，所以在廊下等了一回。」制
臺聽完，舉起腳來，又是一腳，說道：「別的客不准回。洋人來，是
有外國公事的，怎麼好叫他在外頭老等？糊塗！混帳！還不快請進
來！」〔註168〕

制臺在規定之外未曾言明的特例，卻責怪下屬的判斷錯誤，一再無理地打罵；
巡捕的委屈難為，更映襯出制臺膽小又跋扈之矛盾形象。最後，再借小小巡
捕之口點出制臺的色厲內荏、懼洋媚外的嘴臉：

回又不好，不回又不好。不說人頭，誰亦沒有他大。只要聽見「洋
人」兩個字，一樣嚇的六神無主了。但是我們何苦來呢！掉過去，
一個巴掌，翻過來，又是一個巴掌；東邊一條腿，西邊一條腿……
〔註169〕

《官場現形記》這一經典戲碼，常在後來之小說電視電影中出現。在短短的
文字描述中，舞爪張牙之大官對比委屈受氣之小吏；大官員強詞奪理、畏強
欺弱的紙老虎形象，裝腔作勢中隱含著滑稽突兀，既可厭又可笑。讀者讀來，
正如一碟酸辣微甜帶鹹的涼拌小菜入口，諸味雜陳在舌齒間瞬間迸發的特
色，頗能滿足庶民趣味的需求。此外，更有學者將此兩巴掌兩腿與《儒林外
史》的一個耳光相比：

前後不同的兩巴掌兩腿，活靈活現地畫出了制台大人醜陋骯髒的靈
魂，這可以和《儒林外史》中胡屠戶打範進耳刮子的描寫對讀而各
顯其妙。

《官場現形記》在諷刺藝術方面師承《儒林外史》而又自有發揮，
取得了不可否認的成就。情節構思巧妙，語言風趣詼諧，嬉笑怒罵，
皆成文章。〔註170〕

由此看來，李伯元潤飾組織之筆，亦頗見功力。阿英曾舉李伯元自道之辭以
證其作品寫作力有未逮。或許匆促有之，自謙有之，自我期許更高亦有之：

談瀛室隨筆曾記伯元自己的話道：『未作官場現形記之先，覺胸中有
無限蘊蓄，可以藉此發抒。迨一涉筆，又覺描繪世情，不能盡肖，
頗自愧閱歷未廣。倘再閱十年而有所撰述，或可免此病矣。』（見小

〔註168〕李伯元，《官場現形記》，頁842。
〔註169〕李伯元，《官場現形記》，頁842。
〔註170〕黃清泉、蔣松源、譚邦和，《明清小說的藝術世界》，頁323。

　　說考證續編）〔註171〕

實則入鏡人物之現形，呈顯之際，筆法多端。來自庶民或迎合庶民之特有趣
味，形成此類小說人物之特色：

> 晚清小說描寫人物肖像，手法多樣，或借人物的說話、感受，間接
> 描寫人物特點，或以比喻、照應等手法虛繪肖像，或者並不刻意寫
> 出人物具體肖像，僅僅抓住某一時刻特定的神態舉止加以描繪，或
> 將虛寫和實寫的筆墨融合一體，直接描寫與間接描寫互補結合，以
> 顯人物的肖像特點。〔註172〕

文制臺之形象雖未及清楚詳細，然抓住一點加以描繪倒也生動鮮明，讓讀者
印象深刻。

　　文制臺之外，胡統領剿匪一節中有一案外案，其中江山船上的妓女蘭仙
一角，亦頗值一看。情節在隨行征匪的文七爺發現洋錢金飾失竊時興起波瀾，
靠岸後衙役拘捕相關人等，並逐一搜查，結果在蘭仙牀上，搜出一封洋錢，
對一下圖章，完全相符：

> 捕快道：「贓在這裡了！」眾人聽了一驚。蘭仙急攘攘的說道：「這
> 是趙師爺交給我，託我替他買東西的。」捕快道：「趙師爺沒人託了，
> 會託到你？這話只好騙三歲孩子。」蘭仙道：「如果不相信，好去請
> 了趙師爺來對的。」捕快道：「真贓實據，你還要賴？」一面說，一
> 伸手就是一巴掌。……

這一封五十塊洋錢，是趙不了趙師爺向文七爺借來送給蘭仙，因此，上頭圖
章相符，只是收受之際，二人特意瞞住蘭仙的娘，因此當錢被搜出時，蘭仙
不敢就一人決定說出與否，才會略微模糊其辭，只說請趙師爺對質：

> 等到抄了出來，所以他娘也摸不著頭腦。蘭仙又不是親生女兒，是
> 買來做媳婦的，一時氣頭上，也不分青紅皂白，趕過來狠命的幫著，
> 把蘭仙一頓的打；嘴裡還罵道：「不要臉的小娼婦！偷人家的錢，帶
> 累別人！不等上堂老爺打你，我先要了你的命！」……〔註173〕

捕快的巴掌，鴇母的亂打，凸顯妓女蘭仙被粗暴對待的弱勢情態。辯白全然
不被採信的蘭仙，裹著小腳，一路被又打又罵拖到衙門口：

〔註171〕阿英，《晚清小說史》，頁134～135。
〔註172〕方正耀，《晚清小說研究》，頁260。
〔註173〕李伯元，《官場現形記》，第十三回，頁178～179。

> 捕快催問蘭仙別的東西；蘭仙只是哭，沒有話……捕快道：「他不說，
> 亦不要他說了，且把他帶到城裡再講。」於是拖了就走。那捕快還
> 拉著老板奶奶，同著一塊兒去，老板奶奶嚇的索索抖不敢去，又被
> 他們罵了兩句，只好跟著同去。一頭走，一頭罵蘭仙。

> 蘭仙此時被眾人拖了就走。上岸之後，……可憐他小腳難行。走三
> 步，捱一步，捕役還不時的催；恨的他娘一路拿巴掌打她。好容易
> 捱到衙門口……〔註174〕

到了衙門，暫行收押，衙門看守的官媒婆也來欺壓，先是硬誣二人身上所穿
大厚棉襖爲偷來的賊贓，強迫他們脫下，母女倆在寒冬中「凍的索索的抖」。
除此之外，官媒婆對付犯婦還有諸多凌虐手法：

> 凡初到官媒婆那裡的人，總得服他的規矩，先餓上兩天，再捱上幾
> 頓打，晚上不准睡，沒有把你弔起來，還算是便宜你的。至於做賊
> 的女犯，他們相待，更是與眾不同：白天把你栓在牀腿上，叫你看
> 馬桶，聞臭氣；等到晚上，還要把他綑在一扇板門上，要動不能動，
> 擱在一間空屋子裡，明天再放你出來。〔註175〕

平常百姓已常受官府欺凌，成爲在押人犯更無人權可言。小說接著交待蘭仙
原先隱匿的苦衷，並說明蘭仙的性格與想法：

> 可憐蘭仙雖然落在船上，做了這賣笑生涯，一樣玉食錦衣，那裡受
> 過這樣的苦楚？只因他生性好強，又極有情義；趙不了給他錢的時
> 候，曾對他說過：「不要同你媽說起，是我送的；怕傳在統領耳朵裡。」
> 所以他牢記在心。等到捕役搜到之後，他一時情急，只說的一句是：
> 「趙師爺託我買東西的。」後來被他們拉了上岸，早已知道，此去
> 沒有活路，與其零碎受苦，何如自己尋個下場。

對江山船妓女蘭仙而言，活著在船上討生活，「這碗船上的飯，也不是好吃
的」，生有何歡？及今被誣爲賊，眼看要入衙門受人百般凌虐，即便熬得過，
終也只是無指望之船妓生活，更何況屈打成招，凌虐至死的可能性還更高，
因此「早已萌了死志」：

> 順手把炕上煙盤裡的一個煙盒，拿在手中。等到官媒婆搜的時候，
> 要藏沒處藏就往嘴裡一送，熬熬苦，吞了下去，趁空把盒子丟掉。

〔註174〕李伯元，《官場現形記》，頁179。
〔註175〕李伯元，《官場現形記》，頁180。

> 一時官媒搜過，他便對他娘說道：「媽！你亦不必埋怨我，亦不必想
> 我。這個苦，我是受不來的，早也是一死，晚也是一死，倒不如早
> 死乾淨。我死之後，你老人家到堂上，只要一口咬定，請趙師爺對
> 審。我的冤就可以伸，你老人家或不至於受苦了。」〔註176〕

因難忍粗暴欺凌，被逼迫而死的蘭仙，卻萬想不到以死明志，救得鴇母，期待當庭昭雪冤屈，到頭來卻落空了。因人犯自盡，官員怕於己有礙，急於結案，最佳方式自然是將所有罪責都推給已死之人，其他人等可以撇得一乾二淨，大家相安無事。蘭仙的娘亦求自保，全不掛意蘭仙的清白以及死前那一份護她慰她的至情真心：

> 老婆子巴不得這一聲，老爺開恩放他，立刻下去具結，無非是：「媳
> 婦羞忿自盡，並無凌虐情事」等話頭。……「現在蘭仙已經畏罪自
> 盡，千個罪併成一個罪，等他死的人承當了去。餘下少的東西，我
> 去替你們求求文大老爺，請他不必追究，可以開脫你們。」眾人聽
> 了，自然感激不盡。〔註177〕

一干人等安然無事，感激之外更互助合作，「幫著了事」。只有文七爺內心存疑，「本來還想再追究」，不過他也清楚辦案的莊大老爺如此快速結案，全因擔心可能擔負逼死良民之罪，意在「借此開脫自己的干係」。在顧念二人友好情誼之下，不想與之為難，因此同意就此結案。而因著眾人的自私自利、官吏的昏聵苟且，蘭仙之死非但沒能爭取到冤情得申的機會，反被定為畏罪自盡。文七爺雖有疑義，然因私誼之故，亦只闕而弗論，輕輕放過。人命關天，卻草草了結；蘭仙含冤莫白，恨何如之！然而最令人心酸處，是她生時情義相挺因而蒙冤受屈，臨死寄望藉以申冤的趙師爺，不但不知究裡，「卻想不到是自己五十塊洋錢，將他害的」，「竟還當他果真是賊」〔註178〕。

　　這樁竊案其後有「偵探性」之發展，最終查出竊取財物者是當時同在船上的魯總爺。當捕快找到物證託二爺往上呈報時，上頭大老爺卻冷言相應：「這件案子，早已結好的了；他又不是死的婊子什麼親人，要他來翻甚麼案！」對此，不由得捕快感嘆：「我們大老爺，先護在裡頭，連問也不叫我問一聲兒，

〔註176〕李伯元，《官場現形記》，頁180～181。

〔註177〕李伯元，《官場現形記》，第十四回，頁184～185。

〔註178〕李伯元，《官場現形記》，頁185。

可見他們官官相護。這才是『只准州官放火，不許百姓點燈』」〔註179〕。

最後卒賴捕快由真贓查得實犯，魯總爺亦親口承認；但官府員吏們掛意的卻是「一來關於統領面子，二來我們同寅也不好看」〔註180〕，算盤一撥，不但不還蘭仙一個清白，還「不要他們聲張出來」，對魯總爺亦只輕輕發落，賠錢了事。蘭仙仍舊沉冤莫雪，徒然枉送性命，生命人格同時被踐踏，曾不慘然！

生性好強，又極有情義的蘭仙，小說對其形容不多著墨不深，然而隨之現形的大大小小人物，呈現出社會人性自私陰暗的一面，與官官相護的官僚體系中，可恥可恨的官僚嘴臉。相比之下，對這位柔弱無辜、有情有義的妓女，作者雖無一句同情憤慨之評，但讀者讀之思之，不能不為之惻然。

前述學者曾言李伯元之《官場現形記》「情節構思巧妙，語言風趣詼諧，嬉笑怒罵，皆成文章」，然亦認為其缺點在「唯其誇張過甚，蘊藉不足」〔註181〕；魯迅、阿英亦有類似評議：

> 中國小說史略論此書道：凡所敘述，皆迎合、鑽營、朦混、羅掘、傾軋等故事，兼及士人之熱心於作吏，及官吏閨中之隱情。頭緒既繁，腳色復夥，其記事遂率與一人俱起，亦即與其人俱訖。若斷若繼，與儒林外史略同。然臆說頗多，難云實錄，無自序所謂『含蓄醞釀』之實，殊不足望文木老人後塵。
>
> 持論頗是精當。〔註182〕

學者或有所據，然以妓女蘭仙一角論之，在小說直來直往、直述其事的庶民趣味中，倒也見得幾分未予道破，留與讀者自評自感的蘊藉之意。忠於職守的小捕快，無權發聲的可憐妓女，在黑暗官場冷酷官僚群像中，恰如其份地發揮烘托映照的效果，是鏡面上並不誇張的身影。

二、《二十年目睹之怪現狀》

吳趼人之《二十年目睹之怪現狀》擴大敘寫空間，由官場延伸至社會各階層。然而學者以為，在官場一處，吳不及李，其餘李伯元筆鋒未觸及處，

〔註179〕以上二則引文李伯元，《官場現形記》，第十五回，頁214。
〔註180〕李伯元，《官場現形記》，第十六回，頁222。
〔註181〕黃清泉、蔣松源、譚邦和，《明清小說的藝術世界》，頁323。
〔註182〕阿英，《晚清小說史》，頁130。

是吳趼人之獨到處。

> 吳趼人寫官僚，特殊是旗人，雖也窮形盡相，究竟是趕不上李伯元
> 文明小史、官場現形記的，無論是大官還是佐雜。苟夫人就是一個
> 例。吳趼人寫這些人物，也是從私聞寫到公幹，但始終不能及李伯
> 元那樣的精彩。但有一點，是李伯元所不曾寫到的，即是暴露中國
> 當時的海軍內幕，以及一些最可恥的畏懼帝國主義的事。〔註183〕

中國海軍內幕所指如小說第十四回「烽煙渺渺兵艦先沉」言報紙報導駁遠兵
輪，遙見海平線上，一縷濃煙，疑為法國兵艦，管帶驚懼之下，開足機器，
盡速逃竄，因覺來艦速度極快，害怕之餘自開放水門，將船沉入海，率下屬
登岸後，捏報倉卒遇敵，致被擊沉，除此之外更有諸多欺民畏洋之事。

　　除暴露晚清中國的海軍內幕，反映實情受到肯定外，對洋場才子的描寫
亦受肯定：

> 吳趼人寫官僚，未必有超越官場現形記之成就，但在寫當時的洋場
> 才子上，確是成功，雖溢惡違真，不免成為闕典。如他寫一個蘇州
> 的畫家，專門偷人家的詩題畫，算是自己的著作。從來和他不曾謀
> 過面，他偏要題上『同遊某處作此』一類的字句。甚至題畫送人的
> 詩，就是偷的那人著作，他都一概不管。十足的寫出了一班胸無點
> 墨，冒充雅士的文人的醜態。〔註184〕

胡適曾從形式論斷吳趼人《二十年目睹之怪現狀》「還是儒林外史的產兒」；
就內容而言，《二十年目睹之怪現狀》更是「一部新儒林外史」〔註185〕。這自
是指其描情寫狀由晚清人物構現的鏡面景況，有大不同於前之特色。苟夫人
之例，可再深入探究；除此之外，對於《二十年目睹之怪現狀》，學者尚有筆
墨分散，乃至群像黯然失色之評：

> 由於作品筆墨分散，沒能著力刻畫一組人物，乃至群像黯然失色，
> 其藝術效果並不強烈，但作品的構思重點還在人，大都事件是因人
> 而生、而展開。讀者不難看出活躍其間的是人，一說及其中的某一
> 故事，人物便能浮現於眼前。因之，整部作品給人印象不是簡單的
> 「怪現狀」，而是晚清社會的芸芸眾生：一幅場面宏闊、人物繁多的

〔註183〕阿英，《晚清小說史》，頁20。
〔註184〕阿英，《晚清小說史》，頁17。
〔註185〕同上注。

「群丑圖」。〔註186〕

就上述所論，顯然群丑圖之印象深於怪現狀之印象；人物現形之醜怪勝於情節事件之醜怪。至於未能著力刻畫、藝術效果不強烈，黃清泉等由小說之形式提出說明：

> 這部作品在小說發展史上也有幾點值得注意。第一，晚清譴責小說多半承續《儒林外史》的結構方法，沒有貫穿全書的人物和情節，採取短篇連綴式的藝術結構，這種結構在反映社會生活的廣度方面有其長處，但是卻難以深入地挖掘，也難以塑造比較完整的人物形象，影響到作品思考生活的深度。〔註187〕

從客觀形式分析短篇連綴易於擴編人物，卻不易深入刻畫人物，因此小說具備了廣度，卻缺少其深度。

陳平原另從主觀因素提出其觀察：

> 並非只有劉鶚獨具才華，其他「新小說」家也許並不缺乏景物描寫的才能，只是不願過多著墨。起碼吳趼人就是有意迴避此類抒情色彩太濃的場面描寫，以便突出全書的諷刺意味：「他種小說，於遊歷名勝，必有許多鋪張景致之處。此獨略之者，以此書專注於怪現狀，故不以此為意也。」

> 「新小說」中不乏記主人公遊歷之作，每遇名山勝水，多點到即止，不作鋪敘。除可能有藝術修養的限制外，更主要的是作家突出人、事的政治層面含意的創作意圖，決定了景物描寫在小說中無足輕重，因而被自覺地「遺忘」。〔註188〕

劉鶚《老殘遊記》在第二、三回寫大明湖與濟南名泉、第八回寫桃花山月夜、第十二回寫黃河冰凍與雪月交輝，備受讚賞，其描寫景物功力亦普受肯定。學者認為吳趼人亦不缺乏景物描寫之才能，然可能為著凸出作品之諷刺意味，因此「自覺地遺忘」了抒情寫景之描寫。換言之，是作者有意地忽略，不願過多的文字藝術模糊了焦點。

其實諷刺與抒情未必不能兼顧，只是來自巷議街談的謗語謫言，多以嬉笑怒罵為尚，較少對反面人物做悲憫之注視。吳趼人蒐集來自民間社會之諸

〔註186〕方正耀，《晚清小說研究》，頁 273。
〔註187〕黃清泉、蔣松源、譚邦和，《明清小說的藝術世界》，頁 329。
〔註188〕陳平原，《中國小說敘事模式的轉變》，頁 118。

多傳言，小說充滿濃厚之庶民趣味，故不同於純粹作家作品之文人風格。

　　抒情寫景之外，心理之描寫亦未稱成熟。小說對人物心理之描寫，發展較晚。開始多「是人物在心裡同自己說話，是純粹的內心獨白。」〔註189〕小說後來之發展逐漸加強心理描寫，筆致亦趨於細膩多樣：

> 生活小說的勃興和發展使直接的心理描寫大大加強，筆墨日趨細
> 膩，內容多種多樣，內心獨白、心理分析、感覺摹寫、情緒渲染，
> 不時可見，不一而足，但與生活外觀的描寫相比，數量還是少的，
> 而且被嵌在情節發展的框架中，只是作品的一個組成部分，沒有造
> 成新的形態。〔註190〕

就小說的發展言，心理描寫由初始之筆墨粗略到後來之日趨細膩，有逐漸增強之勢。然與外在之語言行動相較，描寫筆墨顯然遠遠不及，晚清之譴責小說尤是如此。

　　小說人物之描寫，有內心世界、外觀世界之分。外觀世界有聲有色，可見可聞，容易捕捉，也便於模擬；至於內心世界則顯有不同：

> 內心世界，無影無形，無聲無臭，是看不見、聽不到、摸不著的，
> 既難捕捉、把握，更難模仿、再現。各種使用自然符號的藝術都無
> 法將人的意識活動狀態直接呈現在我們面前，只能間接傳達它的信
> 息。只有作為語言藝術的文學有可能摹寫這一世界。〔註191〕

晚清小說慣常以外在動態之描寫，表現人物之特性：

> 晚清小說家大都拋棄了人物出場即現靜態肖像的作法，而努力選擇
> 人物最富於表現力的某一瞬間，刻畫人物肖像，通過人物短暫的外
> 形動態描寫，充分地概括人物的性格特徵，並由此透露人物肖像形
> 態的心理基因。〔註192〕

人物外在之描寫，基本上包括形貌、語言與動作。其中語言演進有其軌跡，對話自無而有至於多；形式上由間接敘事而至於直接引言。〔註193〕

〔註189〕馬振方《小說藝術論稿》，頁234。
〔註190〕同上注，頁235。
〔註191〕馬振方《小說藝術論稿》，頁233。
〔註192〕方正耀，《晚清小說研究》，頁258。
〔註193〕參見葉桂桐，《中國古代小說概論》，頁197：將《宣和遺事》和《水滸傳》
　　　　中的楊志牛二「交口廝爭」的描寫稍作比較，我們不難看出：第一，《宣和遺
　　　　事》中無人物對話，且寫得極簡，一筆帶過。而《水滸傳》則敷演成如上一
　　　　大段文字，且對話極多。第二，《宣和遺事》雖云「楊志把賣刀殺人的事，一

　　有學者將小說語言視爲語言的活化石，「小說的語言來自民間」、「是中國歷史語言的活化石」〔註194〕。就前後期小說同一人物情節之比對，則對話、引語之從無到有到多，可以見得人物語言的演進之跡。至晚清時，讀者設定範圍擴大、充滿庶民趣味的小說語言，也融入了新詞語新文法，表現時代特色。

> 新小說家的理論和實踐，已經初步選擇了調入一種方言土語、文言韻語乃至新詞語新文法的嶄新的白話文，作爲二十世紀中國小說的主要文體。〔註195〕

> 綜合晚清白話文的「口語」、新文體的「新名詞」、章回小說中的「方言土語」，以及從古典詩文中吸取「古語」，從西洋文學中借鑒「西洋文法」，熔鑄成一種新型的小說語言。〔註196〕

以晚清四大小說而言，學者既肯認其爲語言藝術成就的代表，然亦指出其中李伯元及吳趼人之譴責小說，其語言仍爲說書人口吻，缺乏個性描摹：

> 報刊連載的白話小說，是晚清白話語體小說的主流。四大譴責小說作家也是語言藝術成就的代表。李伯元的語言淺白直率，但基本上是說書人口吻，缺乏個性描摹；吳趼人的譴責小說與其相似，但他的寫情小說對人物心理刻劃，充分發揮了白話語體的直接描摹功能。〔註197〕

上評既指出吳、李的共同性，也指出吳趼人的特殊之處。寫《二十年目睹之怪現狀》缺乏個性描摹；寫言情小說卻能對人物心理有所刻畫。對照前述所謂刻意忽略、自覺遺忘之論，則吳趼人對於小說所輕所重自有清楚之概念，亦有其堅持；不深入刻劃，非藝術修養所限，非不能，是不爲也。

　　至於方言土語的融入，則爲增加眞實感：

> 後人也許覺得可惜，「新小說」家卻並不反悔。在他們看來，風土人情的表現並沒有獨立的審美價值，只是爲了增加小說的眞實感，免得出現混淆南北習俗的笑話。吳趼人喜歡在小說中加點方音鄉俗（如

一說與孫立」，實則並無一句直接引語，只敘事而已。兩相對比，人物語言演進之跡甚明。

〔註194〕葉桂桐，《中國古代小說概論》，頁212。

〔註195〕陳平原，《小說史：理論與實踐》，頁259。

〔註196〕陳平原，《中國小說敘事模式的轉變》，頁135。

〔註197〕劉尚生，《中國古老小說藝術史》，長沙：湖南大學出版社，1993，頁423。

《二十年目睹之怪現狀》72 回釋京師,「你伫」,《糊塗世界》卷三
寫北方小店「名菜」),可都是小點綴。〔註198〕

實則方音土語確能使人物更加生動傳神,「在人物對話中,偶用方言,則能顯
人物之生動,趣味橫生」。《二十年目睹之怪現狀》中趙憲台的太太與葉伯芳
的對白,用的是蘇州話:

> 這位憲太太是蘇州人,從未見過如此場面,還以為是攔路告狀的,
> 到院後便對葉伯芬說:

> 「劃一(劃一,吳諺有此語。惟揣其語意,當非此二字。近人著《海
> 上花列傳》,作此二字,姑從之)今早奴進城格辰光,倒說有兩三起
> 攔輿喊冤格呀!」伯芬吃了一驚道:「來浪啥場化?」憲太太道:「就
> 來浪路浪向嗆。問倪啥場化,倪是弗認得格嗆。」伯芬道:「師母阿
> 曾收俚格呈子?」憲太太道:「是打算收俚格,轎子跑得快弗過咯,
> 來弗及哉。」伯芬道:「是格啥底樣格人?」憲太太道:「好笑得勢!
> 俚告到狀子哉,還要箭衣方馬褂,還戴著仔紅纓帽子。」伯芬恍然
> 大悟道:「格個弗是告狀格,是營裡格哨官來接師母,跪來浪唱名,
> 是俚篤格規矩。」(九十一回)〔註199〕

熟悉蘇州話的讀者,由此問答必能在腦海勾勒這位稍嫌見識不足之官太太的
神態個性。要將小說人物語言表現得恰到好處,寫得精準,尚須去其蕪雜,
掌握性格特徵,才能使人物語氣適切〔註200〕,形象生動。

> 總之,小說作家在致力人物語言口語化的同時,必須易除口語中的
> 種種雜質,克服其常見的囉嗦、重複、殘缺、含糊、混亂、蕪雜等
> 毛病,把人物語言寫得準確、簡煉、鮮明、生動、緊湊、順暢、純
> 淨、精美,富於表現力和藝術美感。〔註201〕

人物語言不但表現人物形象,還聯繫人物心理。簡化人物心理刻畫的譴責小
說尤常慣用人物語言來表現其心理。因為由人物語言可以窺見人物諸多未言

〔註198〕陳平原,《中國小說敘事模式的轉變》,頁115～116。

〔註199〕方正耀,《晚清小說研究》,頁353。

〔註200〕馬振方,《小說藝術論稿》,北京:北京大學出版社,1911 年 02 月一版,頁
187:要達到人物語言個性化,作者還須在全面了解人物的基礎上,把握其語
言個性的基本特徵。如賈寶玉語言的書生氣,賈政語言的道學氣,林黛玉語
言的伶俐、尖刻,薛寶釵語言的圓轉、平和。

〔註201〕馬振方,《小說藝術論稿》,頁184。

明然而事實存在的特徵，包括：身世背景、經歷、教養、思想、性格等等，自覺不自覺流露其好惡，聯結著人物之心理。

　　人物語言中之對話尤能迅速顯露人物風貌，呈現其主要特徵，符合晚清新小說的需求。溫月江教訓門生即是一例：

> 晚清小說繼承發揚了古代小說對話藝術的優良傳統。不少作品不求故事結構的完整，或由中短篇集成，因而運用對話迅速顯露人物風貌，便成了小說家較爲常用的藝術手法。如《二十年目睹之怪現狀》描寫那位最惱洋貨的溫月江，教訓門生不該用洋布制服……〔註202〕

小說在人物對話之際，迅速戳破溫月江此一人物之虛僞矯揉，頗見精采生動：

> 那位門生去見他時，穿了一件天青呢馬褂，他便發話了，說甚麼孟子說的：「吾聞用夏變夷者，未聞變於夷者。」
>
> 「門生要告稟老師一句話，不知怕失言不怕？」溫月江道：「請教是甚麼話？但是道德之言，我們儘談。」那門生道：「門生前天託人送進來的贄禮一百元，是洋貨！」溫月江聽了，臉紅過耳，張著口半天，才說道：「這，這，這，這，這，可，可，可，可，可不是麼？我，我，我馬上就叫人拿去換了銀子來了。」自從那回之後，人家都說他是個臭貨。〔註203〕

《二十年》之溫月江，臉紅過耳，張口半天，期期艾艾之情狀，在鏡面上曝光；小說在三言兩語之間，撕開其清高自視、道貌岸然之外衣，暴露出其「臭貨」之原形。雖則此後他仍自視甚空、目空一切，自以爲學問無人能及，但曝光之後原形已現，只能自欺無法欺人，於是有樑頂糞之封號，「取最高不過屋樑之頂，最臭不過是糞之義」〔註204〕。

　　就整體而論，《二十年目睹怪現狀》之人物自是以乖張醜怪者居多。由於人物極夥，因此能貫穿全書者爲數不多；正面人物有九死一生、吳繼之；反面人物則有苟才：

> 《二十年目睹之怪現狀》……正面人物如吳繼之和「九死一生」，反面人物如苟才，大致上都是從頭到尾都在作品中活動的，所以藝術

〔註202〕方正耀，《晚清小說研究》，頁351。
〔註203〕吳趼人，《二十年目睹怪現狀》，頁585～586。
〔註204〕同上注，頁586。

形象比較完整，苟才塑造得還比較富於典型意味。〔註205〕

《怪現狀》的九死一生也是與老殘同一類型的理想人物。在作者頌
揚的筆下，他被塑造成生性淡薄、坦率耿直、情感豐沛、幽默風趣，
又熱心公益、不苟同流俗的典型文人形象。〔註206〕

小說在此一二人物貫串下，雖則仍有串連之跡；然在大多數譴責小說中，結
構較爲完整，亦見作者用心之處。而九死一生雖然主要在串連情節，然因貫
穿全書，又是以作者爲原型，耿直富正義感，不同於書中大多數醜惡人物；
整體形象是既熱心又淡泊，清廉不苟的中國典型文人。前述學者以整部小說
給人印象不是簡單的怪現狀，而是場面宏闊、人物繁多的群醜圖。王德威更
指出晚清譴責小說與喜劇式鬼怪小說之關聯，以及人世間與超自然世界之對
應關係：

這些小說明顯嗜好黑色幽默，每以人性的弱點爲標靶。喜劇式鬼怪
小說的旨趣與其說在於構想一個自成一格的超自然世界，不如說在
於喚起彼世與此世間，可怕亦可笑的平行對應。人性的偏執與虛榮、
人間的不公與腐敗，得以透過群魔亂舞的角度來審視，並招來陣陣
譏諷的笑聲。〔註207〕

他認爲晚清譴責小說爲神魔小說的一個次文類（subgenre），稱之爲喜劇式鬼
怪小說。小說乃以群魔亂舞的審視角度，寫人性的偏執虛榮、人間的不公腐
敗，寫鬼怪其實是在審視人性黑暗；換言之，人心偏執虛榮，行事不公腐敗，
遂使人逐漸成其猙獰面目，名則爲人，實已成鬼成怪。不論是群醜還是群魔，
人物之現形，不在其外在靜態神貌，而是種種作爲。透過人物荒唐言論、荒
謬行爲，以及彼此間的算計勾結、陷害傾軋，所呈顯之人物才更顯淋漓盡致，
精彩生動。

（《二十年目睹之怪現狀》）作者並不以漫畫式的勾勒醜惡形象爲滿
足，它還像解剖刀一樣剖露出那個道德淪喪的社會裡人與人之間爾
虞我詐，你死我活，而且錯綜複雜的矛盾衝突。〔註208〕

《二十年目睹之怪現狀》之群醜中，苟才是極少數貫穿全書的反面人物，而

〔註205〕黃清泉、蔣松源、譚邦和，《明清小說的藝術世界》，頁329。
〔註206〕吳淳邦，《晚清諷刺小說的諷刺藝術》，頁87。
〔註207〕王德威，《被壓抑的現代性——晚清小說新論》，頁235。
〔註208〕黃清泉、蔣松源、譚邦和，《明清小說的藝術世界》，頁327。

「苟才一家的矛盾衝突特別富於戲劇性也更有典型意義」〔註209〕。前述阿英曾舉苟夫人做爲《二十年目睹之怪現狀》官場人物描寫不如李伯元《官場現形記》之例証。實則以苟夫人論，其行爲乖張，確乎多有違於人情者。新媳入門三天，請安來早嫌早，來晚嫌晚，詈罵更是粗野不留情面：「假惺惺」、「摟著漢子睡到這時」。〔註210〕聽說兒子勸慰媳婦，叫來兒子「伸手在他臉蛋上劈劈拍拍的先打了十多下」〔註211〕，並給他冠上「寵妻滅母」的罪名。尤其無視親生兒子病重，仍執意折磨子媳夫婦，終致兒子喪命，可謂極不近於人情。阿英舉苟夫人爲例，宜是認爲其身爲人母，竟泯滅母子天性，筆法似嫌溢惡違眞，誇張太過。然而苟才一家的矛盾衝突本非人情之常，不入倫理之列。將相王侯骨肉相殘者，不乏其例，其乃出於縝密冷靜之算計，尚在意識之中；而苟夫人變態扭曲猶深於此，乃入於潛意識，故潑辣乖張，無理可講。晚清家庭變態之人物變態，不止一例，而其情態亦幾乎由變態入於病態。

與苟夫人相較，小說對苟家長媳倒用了較多的筆墨描繪其心理轉折：

> 「這裏的大帥，前個月沒了個姨太太，心中十分不樂。常對人說，怎生再得一個家人，方才過活。我想媳婦生就的沉魚落雁之容，閉月羞花之貌，大帥見了，一定歡喜的。所以我前兩天託人對大帥說定，將媳婦送去給他做了姨太太。大帥已經答應下來，務乞媳婦屈節順從，這便是救我一家性命了。」少奶奶聽了這幾句話，猶如天雷擊頂一般，頭上轟的響了一聲，兩眼頓時漆黑，身子冷了半截，四肢頓時麻木起來。〔註212〕

自來謹守閨閣禮教的苟家大少奶奶，初聞公婆驚世駭俗的請求，其反應正如一般良家婦女，是既難以置信、又驚且憤。作者連用天雷擊頂、兩眼漆黑、冷了半截、四肢麻木等感官知覺形容其主觀感受，可謂深刻貼切。隨後，苟才夫婦及姨媽等分從生理心理、明裡暗裡，扮正扮反，施軟要陰，十面圍攻，把一個貞德自持的官宦節婦，終究逼迫得自棄自暴，隱隱然現其獠牙青面。

> 苟才重新起來，把了一盞，憲太太接杯在手，往桌上一擱道：「從古用計，最利害的是「美人計」。你們要拿我去換差換缺，自然是一條

〔註209〕黃清泉、蔣松源、譚邦和，《明清小說的藝術世界》，頁327。
〔註210〕吳趼人，《二十年目睹之怪現狀》，頁488。
〔註211〕吳趼人，《二十年目睹之怪現狀》，頁490。
〔註212〕吳趼人，《二十年目睹怪現狀》，頁498。

妙計，但是你們知其一，不知其二，可知道古來禍水也是美人做的？
我這回進去了，得了寵，哼！不是我說甚麼……」苟才連忙接著說：
「總求憲太太栽培！」憲太太道：「看著罷咧！碰了我高興的時候，
把這件事的始末，哭訴一遍，怕不斷送你們一輩子！」說著，拿苟
才把的一盞酒，一吸而盡。苟才聽了這個話，猶如天雷擊頂一般；
苟太太早已當地跪下。〔註213〕

從大少奶奶到憲太太，也就從常理走向變態。充斥在社會家庭的沉淪妖氛，
讓節婦淪爲慾女，從純眞乖順的水袖間，伸出銳利傷人的爪牙「看著罷咧！
碰了我高興的時候，把這件事的始末，哭訴一遍，怕不斷送你們一輩子！」

　　同爲官宦人家的大少奶奶，小說中另一位迂奶奶則是不同類型，他嫁入
官宦之家，其夫爲汪中堂之長子，卻不幸早逝。她持節守寡，侍奉翁長，教
養兒子娶妻成家，亦有賢名。治家之拘謹，極嚴男女之別、內外之防，男僕
不得進上房，丫頭們亦不准無事出上房一步，有事出房亦不許單獨一人，迂
奶奶之徽號即由此而來。

自從中堂接了姑太太來家之後，迂奶奶把他待得如婆婆一般，萬事
都稟命而行。教訓兒子，也極有義方。因此內外上下，都有個賢名。
只有一樣未能免俗之處，是最相信的菩薩。除了家中香火之外，還
天天要入廟燒香；別的婦女燒香起來，是無論甚麼都要到的；迂奶
奶卻不然，只認定了一個甚麼寺，是他燒香的所在；其餘各廟，他
是永遠不去的。〔註214〕

小說鋪陳迂奶奶初始的節婦形象，除了侍奉翁姑、教子有方外，並極嚴男女
之防，號爲迂奶奶之形象於此躍然而出。然這稍嫌過度的男女規制，連著下
面的專選寺廟燒香卻是一條伏筆引線。

入道內進，只見一律都是紅木傢伙，擺設的都是夏鼎商彝；牆上的
字畫，十居其九，是汪中堂的上款。再到房裏看時，紅木大床，流
蘇熟羅帳子；妝奩器具，應有盡有；甚至便壺馬桶，也不遺一件。
衣架上掛著一領袈裟，一頂僧帽；床下又放著一雙女鞋，還有一面
小鏡架子，掛著一張小照。仔細一看，正是那個迂奶奶。〔註215〕

〔註213〕吳趼人，《二十年目睹怪現狀》，頁508。
〔註214〕吳趼人，《二十年目睹怪現狀》，頁543。
〔註215〕吳趼人，《二十年目睹怪現狀》，頁547。

妝奩和袈裟同陳，僧帽與女鞋並置，突兀的場景中，小照中的迂奶奶赫然入目。則前此極嚴男女之防，以儉樸自許的形象，在此突兀奢華的場景對照下，顯得荒謬可笑。

姦情敗露的迂奶奶，小說在暴其面目時，從內心的交戰煎熬，到形貌的陰晴變化，極爲淋漓：

「老爺好古怪！問了小和尚的話，卻拿一個大和尚打起來，此刻打的要死快了！」迂奶奶聽了，更是心如刀刺，又是羞，又是惱，又是痛，又是怕：羞的是自己不合到這裡來當場出糗；惱的是這個狗官，不知聽了誰的唆使，毫不留情；痛的是那和尚的精皮嫩肉，受此毒刑；怕的是那知縣雖然不敢拿我怎樣，然而他退堂進來，著實拿我挖苦一頓；又何以爲情呢？有了這幾個心事不覺愈抖愈利害，越見得臉青脣白，慢慢的通身抖動起來。〔註 216〕

在彈指之間，迂奶奶之思潮起伏，瞬息千變，心情曲折，忽冷忽熱，由內而外，心驚身顫，竟至面無血色，臉青脣白。昔時賢德雍容、端莊自矜，而今荒急羞恨、進退狼狽。

除了由貞定而至淫佚的兩種節婦之不同呈現，對於本夫小說也有不同之描寫。

忽然看見五香樓從自己夫人臥室裏出來，向外便走。溫月江直跳起來，跑到院子外面，把五香樓一把捉住。嚇得香樓魂不附體，頓時臉色泛清，心裏便突突兀兀的跳個不住，身子都抖起來。溫月江把他一把拖到書房裏，捺他坐下；然後在考籃裏，取出一個護書；在護書裏取出一疊場稿來道:「請教請教看！還可以有望麼？」〔註 217〕

溫月江爲求功名仕進，情願廉恥拋諸腦後，面對佔妻的姦夫，「一把捉住」又「一把拖到」之後，居然是卑躬地向其請教，大出讀者意料之外。五香樓的恐懼情狀，接以溫月江恬不知恥之怡然懇切，益覺突兀荒謬。

小說第五十六回寫另一本夫，則頗見差異。

「越發膽壯得意，以爲自己平日的威福，足以懾服人。」…那婆娘暗想:「這個烏龜，自己情願拿綠帽子往腦袋上嗑；我一向倒是白擔

〔註 216〕吳趼人，《二十年目睹怪現狀》，頁 549。
〔註 217〕吳趼人，《二十年目睹怪現狀》，頁 587。

驚怕了。於是也有說有笑起來。」〔註218〕

小說回目為：施奇計姦夫變兇手，翻新樣淫婦建牌坊。李壯發現妻子與人私通，不動聲色，心中卻已定好謀略。要來姦夫夏作人割下的髮辮，隨即殺掉妻子，並將割下的髮辮塞入妻子的手中，布置成強姦殺人之狀。夏作人隨即被捕，百口莫辯，姦夫變兇手，淫婦成節婦，李壯嚴懲苟且、一吐怨氣，可謂痛快。兩個本夫，一個看似「綠帽烏龜」，卻竟見丈夫本色；一個則是滿嘴德操、道貌岸然的夫子，不料卻有厚顏無恥的面目。

　　小說有由良而淫的節婦，然亦有從良之娼妓。昔日鹹水妹自美歸國，遇見樸實忠厚之惲老亨父子，於是自媒願嫁。初始由惲老亨之疑慮，拼湊其模糊之輪廓，女子極有錢財而未知其性情如何？

> 惲老亨聽了，心中不覺十分詫異，他何以看上了我們鄉下人。娶了
> 她做媳婦，馬上就變了個財主了。只是他帶了偌大的一分家當過來，
> 不知要鬧甚麼脾氣；倘使隨到一家人都要聽他號令起來，豈不討厭！
> 心中在那裡躊躇不定。〔註219〕

後由旁人之議論，側寫女子之不凡，與惲老亨父子之忠厚兩相映照，相得益彰：

> 那女子在美國多年，那洋貨的價錢，都知道的。到了香港，看見香
> 港賣的價錢，以為有利，便拿出本錢，開了這家洋貨店。我打聽得
> 這件事，覺得官場士類商家等，都是鬼蜮世界；倒是鄉下人當中，
> 有這種忠厚君子，實在可歎！那女子擇人而事，居然能賞識在牝牝
> 驪黃以外，也可算得一個奇女子了。〔註220〕

與《官場》之蘭仙相較，《二十年目睹之怪現狀》這位自美歸國的妓女聰慧獨立有膽識，大不類於蘭仙。或許因為閱人無數，看遍人世炎涼，特別能珍惜鄉下惲老亨父子的渾厚樸實、古道古風。所謂禮失求諸野，晚清社會從上而下的貪婪腐敗，迅速製造出大批似人非人、食人害人的兇怪猛獸。在滿坑滿谷、人心不古的魑魅鬼眾之中，惲老亨等的善良誠懇、廉潔自重，成為道德僅存的根柢。在人物現形的小說鏡面上，他們的溫厚篤實、有為有守，越發映襯出一窩蛇鼠人等的面目卑鄙以及勢利涼薄。

〔註218〕吳趼人，《二十年目睹怪現狀》，頁302～303。
〔註219〕吳趼人，《二十年目睹怪現狀》，頁313。
〔註220〕吳趼人，《二十年目睹怪現狀》，頁314。

三、《老殘遊記》

學者曾以《老殘遊記》與《官場現形記》作一比較，認爲《官場現形記》嬉笑怒罵，風趣詼諧，而劉鶚則較多散文家特色，二者「一以喜劇罵世，一以悲劇憤世，各有所臻」。〔註221〕

《老殘遊記》的散文特色可以明湖居說書的白妞王小玉爲例。明湖居王小玉說書一段被選爲中學教學範文，劉鶚爲突顯王小玉貌不驚人卻技藝超越群倫的獨特魅力，用的是周圍眾人的諸多議論品評，以深刻形繪其令人驚豔讚嘆的鮮明藝術形象。

> 《老殘遊記》中通過許多人的神態議論來表現王小玉風靡歷下、傾城傾國的攝人魅力。〔註222〕

王小玉之外，《老殘遊記續編》中泰山斗姥宮的尼姑逸雲，則是由人物心理的分析和描述顯現其人：

> 尼姑逸雲所講的自己的戀愛故事，雖意旨在闡揚如何體眞悟道的佛理，但所述戀愛過程中心理活動瞬息萬變的複雜情形，很長的一大段自述隱微，則生動地分析了一個尼姑在追求愛情時所遭遇的種種現實困難和心理障礙，這說明劉鶚在小說中進行人物心理的分析和描述的技藝，已經攀上了很高的藝術境地。〔註223〕

> 二編第 4、第 5 回逸雲訴說悟道過程，用獨白手法表現人物心理的起伏變化，其精確細膩，在傳統中國小說中絕難找到。〔註224〕

在人物形現小說鏡面之際，其形現技術包括外形描寫與心態描寫〔註225〕。心態描寫尚未及於心理分析或內心獨白，小說後續發展使得人物心理之描寫更爲深入，然初期數量仍少，並且大多「嵌在情節發展的框架中」，並未創造出

〔註221〕黃清泉、蔣松源、譚邦和，《明清小說的藝術世界》，頁 323～324。

〔註222〕金健人，《小說結構美學》，臺北：木鐸出版社，1988 年 09 月一版，頁 274。

〔註223〕黃清泉、蔣松源、譚邦和，《明清小說的藝術世界》，頁 325。

〔註224〕陳平原，《中國小說敘事模式的轉變》，頁 119。

〔註225〕劉世劍，《小說概說》，頁 97：對於人物面貌、身體、姿態、服飾等所作的形象化描寫是肖像描寫，也叫外形描寫。純屬間接表現法的肖像描寫，應該是敘述者不加任何解說，只靠肖像本身顯示，不過這種寫法較爲少見，多數是在具體描摹、刻劃中插入少許解說性文學。……頁 114：所謂心態描寫，實際上就是寫人物心理活動的狀態及其變化過程，它呈現給讀者的是人物的心理形象，而不是敘述人針對人物心理活動所作的分析。心態描寫的豐富內涵必須由讀者獨自揣摩，而不是靠敘述人提示。

新形態。至於人物心理意識之描寫，主要在揭示人物行為之思想動機，數量少，筆墨亦粗略：

> 作家就把筆伸到意識領域，但那是爲了揭示人物行爲的思想動機，
> 不僅數量很少，筆墨粗略，形式上也與對話無大分別，是人物在心
> 裡同自己說話，是純粹的内心獨白。〔註 226〕

不論是外形或內心之描寫，都需要對人物的觀察，內心描寫還須加上體驗。〔註227〕逸雲的心理分析是由他本人對旁人的自述，是獨白然非內心獨白；雖非內心獨白，然自述自嘆之間，同具內心獨白深入人物情思，引發讀者共鳴之藝術效果。

　　至於作家把筆伸到意識領域的粗略描寫初期，除交代情節發展之外更致力於發掘人物行動的內在動機，《老殘遊記》中的心理描寫，被認爲是「意識流技巧的初步嘗試」：

> 劉鶚不懂外語但喜閱翻譯小說老殘中 15～20 回就借鑑了西方偵探
> 小說寫法而書中多處精細的心理描寫甚至被研究者稱爲意識流技巧
> 的初步嘗試。〔註 228〕

其中第十二回中關於老殘雪夜情思的描寫，在深入人物意識之際，一方面表現小說的類散文特色，所謂借景抒情，由景物烘托人物；另方面則完成形塑主要人物的任務：

> 如果說《老殘遊記》第 6 回由題詩引起的聯想，第 12 回雪夜不羈的
> 思緒，都有點多愁善感的騷人墨客借景抒情的味道。〔註 229〕
>
> 這段描寫動人地體現了作者「以小說代哭泣」的文學思想，是塑造
> 老殘形象的重要文字。〔註 230〕

〔註 226〕馬振方《小說藝術論稿》，頁 234

〔註 227〕劉世劍，《小說概說》，頁 205：寫外形，寫具體的事物，主要靠觀察：寫内心，寫抽象的事物，就是主要靠體驗。體驗，也離不開觀察，但這時的觀察是間接的，因此更需要透闢入裡的眼光和豐富的想像力、聯想力。譬如寫各種人物的内心活動，寫同一人物在不同場合下的内心活動，就必須全面了解人物，並且善於根據豐富的經驗來準確揣度而不是憑主觀捏造人物的心理活動的内容和特徵。

〔註 228〕陳平原，《小說史：理論與實踐》，頁 287。轉引自夏志清，《老殘遊記新論》，〈劉鶚及老殘遊記資料〉，頁 485。

〔註 229〕陳平原，《中國小說敘事模式的轉變》，頁 119。

〔註 230〕黃清泉、蔣松源、譚邦和，《明清小說的藝術世界》，頁 325。

至於小說第六回由題詩引起的聯想，亦可謂以簡潔文字，傳達人物內心之曲折隱微：

> 《老殘遊記》的心理分析也達到了較高藝術水平，作者能夠深入人物的深邃心靈，用貼切的語言傳達出規定情境中人物的內心曲折隱微。比如老殘題「血染頂珠紅」詩於壁之後。〔註231〕

老殘的題詩，乃發自於對虛偽清官以理殺人、以法虐民之憤慨與不忍，是對清官最有力而嚴厲的控訴：

> 胡適《〈老殘遊記〉序》，……《老殘遊記》是作者發表對於身世、家國、宗教的見解的書，不僅要寫官吏的罪惡，而且要寫「清官」的可怕，因這伙受宋、明理學陶鑄的頑愚之輩，高談天理人欲之辨，其愚見妄行「小則殺人，大則誤國」，在在表現了作者對宋明理學所持的懷疑與批判的態度，認為這位敢於描寫「以理殺人」的作家，「確然遠勝至今世恭維宋明理學為『內心生活』『精神修養』的許多名流學者了」。以上分析，比當時若干泛泛之論高明得多。〔註232〕

胡從經贊同胡適之評論，在理學思想之觀察辨析上，有其更勝獨到之處。不同於其他譴責小說對貪官污吏的大範圍、多層面描寫，劉鶚針對清官之害民深入刻畫，此一針對性選擇來自於他對史事、時局的觀察跟認識。而這樣的觀察認識亦自與他個人的師友閱歷相關：

> 從人際關係看，「劉鶚一生最大的官銜是候補同知，在晚清社會，可以說是多如牛毛。但在當時一些活動中，劉鶚卻頗為活躍，……與劉鶚交往的上層官員中，有相當數量的人，與劉成忠也曾有過交往。如李鴻藻、倪文蔚、王文韶等，均與劉成忠同一年考中進士」，還有李鴻章、張曜等人，也與劉成忠有上下級的關係。這些對劉鶚日後的事業都產生了一定的影響。〔註233〕

官職雖不高，然交游往來則不乏當時要員，對政經時事等等之掌握自有其讀到處。劉鶚年輕時曾赴南京參加鄉試不第，後到揚州拜入空同教李光昕門下：

> 其學尊良知，尚實行，於陸、王為近，又旁通老、佛諸說。……光緒六年（1880），劉鶚正式行「謁師禮」。據說劉鶚拜師時，李光昕

〔註231〕黃清泉、蔣松源、譚邦和，《明清小說的藝術世界》，頁334。
〔註232〕胡從經，《中國小說史學史長編》，頁360。
〔註233〕歐陽健，《晚清小說史》，頁156～157。

給他的「訓言」是「超凡入聖」。〔註234〕

由於師友交往的人際關係，讓他熟知官場人物，能見人之所不能見，以故能言人之所不能言；遵行正道、超凡入聖的期許，使他在別人未能言其所以的清官虐民誤國上，能一針見血指出弊害所由，並以無辜冤死之百姓，凸顯清官之可恨可怖，字裡行間盡是傷痛憤喟。

> 這些鳥雀雖然凍餓，卻沒有人放槍傷害他，又沒有什麼網羅來捉他，不過暫時飢寒，撐到明年開春，便快活不盡了。若像這曹州府的百姓呢，近幾年的年歲也就很不好，又有這麼一個酷虐的父母官，動不動就捉了去當強盜待，用站籠站殺，嚇得連一句話也說不出來，於飢寒之外，又多一層懼怕，豈不比這鳥雀還要苦嗎？〔註235〕

清官治下哀告無門的可憐百姓，生活在全無預警的密佈羅網之中，其處境還不如冰雪中飢寒凍餒之鳥雀。官場之中，時見一些以清官能士自命之輩，位居要津，卻常是禍國殃民，為害甚深。劉鶚追索此輩之任用之所由，卻發現官場善惡交疊之灰色地帶。

> 山東巡撫莊宮保，是以劉鶚的恩公張曜為原型的。從總體上講，這是一個很不錯的好官。他思賢若渴，延攬海內名士，有見善若不及之勢。一旦聞知老殘人品學問，就「抓耳撓腮，十分歡喜」，立刻要請老殘搬到衙門裡來，以便隨時請教。聽說自己信用的曹州知府玉賢酷虐，莊宮保難受了好幾天。他還果斷地制止了剛弼在齊河縣的濫刑，使冤案得到了平反。

然而，莊宮保這位勤政正直、尊賢惜才的好官，卻犯下大錯。小說第十四回寫其錯誤決策，造成空前的災情。他不聽老殘之勸告，卻誤信觀察史鈞甫以漢人賈讓《治河策》為依據的治河方法，擬廢民埝，認為「不與河爭地」就可「河定民安」。賈讓並未有治河經驗擬，莊宮保不但用其法，更可議的是為了怕民眾抗爭，居然未事先知會百姓，造成眾多無辜百姓身家性命的損失：

> 莊宮保開始時也曾顧慮：「這夾堤裡面盡是村莊，均屬膏腴之地，豈不要破壞幾萬家的生產嗎？」又說，這是「一件要緊的事，只是我捨不得這十幾萬百姓現在的身家」，一度準備籌集三十萬銀子把百姓遷徙出去。但當總辦提出如果叫百姓知道了，「這幾十萬人守住民

〔註234〕歐陽健，《晚清小說史》，頁157。
〔註235〕《老殘遊記》，第六回，頁63。

埝,那還廢得掉嗎」時,莊宮保只好點頭嘆氣,還落了幾點眼淚。

他下令修的大堤和隔堤,就這樣成了「殺這幾十萬人的一把大刀」!

〔註236〕

殺一不辜而得天下為不仁,為治河患而罔顧數十萬人命,功過如何自然可知。重用玉賢與廢民埝都造成重大傷亡,而兩事之重要關係人即是莊宮保。莊宮保乃攝時人張曜入鏡,是一正直好官。然而對偽清官、假能士之認識不清卻造成了眾多百姓的冤死。莊宮保現形於鏡面之際,是功過並陳、既仁復忍的複雜形象。

偽清官連結著好官,血染頂珠紅的題詩既呈顯主角老殘濟世悲憫之形象,同時也對照出玉賢自命清廉卻實際惡甚於污吏的真正面目:

> 劉鶚是「學術淵深,通曉洋務」的人才,而在《老殘遊記》中,卻絕少正面描述洋務,甚至也極少使用新概念、新名詞,唯有在寫到剛弼與玉賢的時候,卻標舉了福爾摩斯和「言論自由」。他的主旨,就是嚮往法治,嚮往民主。因此他可以寬恕莊宮保,甚至寬恕剛弼,對玉賢卻毫不寬恕,原因就在這個酷吏,是靠萬民流血來染紅自己的頂珠的!〔註237〕

中國的嚴刑逼供、殘忍刑具,都是助長官員酷虐的最佳工具,相較於西方的尊重人權講求法治,小說作者自有無限感慨,晚清福爾摩斯偵探小說大受讀者歡迎,除開懸疑曲折之特色,其不同於中國古老的刑訊逼供的辦案方式,讓中國讀者產生相當深刻的感受,應該也是原因之一。

揭示清官的罪惡,並不是劉鶚之最終目的。老殘濟世之初衷方是作者揭惡之用心:

> 《老殘遊記》在某種程度上,就是一部「教導做官」的書。在劉鶚看來,「做官的法子」的關鍵,就在於「有濟於世道」;而「有濟於世道」的關鍵,又在於「有濟於民」。第七回寫申東造向老殘請教為官之策,老殘答道:「若求在上官面上討好,做得轟轟烈烈,有聲有色,則只有依玉公辦法,所謂逼民為盜也;若要顧念'父母官'三字,求為民除害,亦有化盜為民之法。」〔註238〕

〔註236〕以上引文見歐陽健,《晚清小說史》,頁169～170。

〔註237〕歐陽健,《晚清小說史》,頁172。

〔註238〕同上注,頁173。

《官場現形記》在末章結尾處指出，小說前半部，「專門指責他們做官的壞處」，後半部則是「教育他們做官的法子」，然後半部被大火焚燬不存，以故《官場現形記》並未述及正確爲官之道。有心革新濟世之劉鶚，其《老殘遊記》則不止於此，不但揭露與抨擊爲官之惡，甚且展示了父母官的胸懷與作爲。他深入訪查，屈打成招者冤情乃得以昭雪；又深諳民情、貼近民心，以致遇案不致私臆妄斷，誤殺無辜。學者認爲「李伯元雖已想到而未寫到的更爲深層的問題，劉鶚卻思考到了，這是他勝過同時代作家的地方」〔註239〕。小說〈自敘〉之「不以哭泣爲哭泣」，在求其力之勁，其行之彌遠。小說第一編從開頭的爲大船送方向盤到最後的行九曲山路〔註240〕，都在在顯示其「走兩步，回頭看看」之固有傳承與新式羅盤並進的濟世之方。不過，世人將熱心路礦的劉鶚目爲漢奸，正與船上眾人對老殘的誤解如出一轍「他們用的是外國向盤，一定是洋鬼子遣來的漢奸；他們將這隻大船已經賣與洋鬼子了，所以才有這個向盤；倘與他們多說幾句話，再用了他的向盤，就算收了洋鬼子的定錢，他們就要來拿我們的船了！」然則，浮現在小說鏡面上的身影，不論是主人翁老殘或就是作者本人，都應當是無奈孤單而淒然無已的吧！

　　在小說中，老殘的救世情懷，除透過題詩之外，尚有意識流之表現。其方式常是由景生情、借景抒情，進而情景交融。老殘見雪月交輝之際，情轉思湧，不禁流下淚來。一年又盡，棋局已殘，其人將老，在小說鏡面，《老殘遊記》之人物面目在鮮明景物的烘托下呈現，極富詩意，是其特色。

> 在論及「文學技術」時，胡適斷言該書在中國文學史上的最大貢獻在於「作者描寫風景人物的能力」，贊賞其無論寫人寫物，都不用套語爛調，而總想熔鑄新詞，而且其描寫全靠有實地觀察作根據，並用樸素新鮮的活文字表現之。〔註241〕

> 在「新小說」家中，像劉鶚這樣注重景物的個性，並用生動活潑的口語把它表現出來的，可說是絕無僅有。〔註242〕

〔註239〕歐陽健，《晚清小說史》，頁173。
〔註240〕《老殘遊記》第20回，頁209：這山裡的路，天生成九曲珠似的，一步一曲。若一直向前，必走入荊棘叢了；卻又不許有意走曲路，有意曲便陷入深阱，永不出來了。我告訴你個訣竅罷：你這位先生頗虛心，我對你講，眼前路都是從過去的路生出來的，你走兩步，回頭看看，一定不會錯了。
〔註241〕胡從經，《中國小說史學史長編》，頁360。
〔註242〕陳平原，《中國小說敘事模式的轉變》，頁118。

所謂「一切景語，皆情語也。」〔註243〕劉鶚在小說自評曾向讀者指出水流結冰有止水結冰、流水結冰、小河結冰、大河結冰之不同情狀；而河南黃河結冰又不同於山東黃河結冰。觀察可爲細膩獨到，亦足見其對景物描寫之用心、注重。陳平原認爲劉鶚之小說語言堪稱第一流，〔註244〕燕京大學英文系主任哈羅德・謝迪克（H. E. Shadick）、林語堂、楊憲益等都曾將《老殘遊記》譯成英文，謝迪克並於三十年代撰文評論該書，評價甚高。〔註245〕

　　小說鏡面上人物、風景並陳的筆法持續發展，到五四時期以場景構成氛圍成爲該期之重要特色：

> 在五四作家、批評家看來，這小說中獨立於人物與情節以外而又與之相呼應的環境（enviroment）或背景（setting），既可以是自然風景，也可以是社會畫面、鄉土色彩，還可以是作品的整體氛圍乃至「情調」。〔註246〕

五四作家後續之發展不同於新小說，其著眼主要在氛圍而不在情節，散文化傾向明顯，抒情色彩亦濃厚，具備更多的同情心與審美眼光，與古典小說相較，有較多鄉村風情描寫之轉變：

> 只是中國古代小說與「新小說」中偶爾出現的風俗描寫多是都市風情，而五四作家筆下卻多爲鄉村風情。〔註247〕

做爲晚清新小說的代表，四大小說自有其相應於時代之開發性創舉，亦有其不同於前後期小說之獨特性。從黃河結冰到王小玉說書，從逸雲心理自白，到老殘題詩，小說攝人物景物入鏡，在鏡面之上呈現了景以映人、情景交融的動人畫面，標示著白話小說的重要里程：

> 還有第12回寫黃河結冰的景象，第2回寫明湖居聽王小玉說書，以及遺集續稿中逸雲的長篇心理自白，都是古代小說史上從未有過的筆墨，它們都已經達到「明白如話」的程度。從一定意義上說，這些成就是對《紅樓夢》《儒林外史》的發展。它們標誌著，中國古代白話小說語體隨著時代的進步，離成爲現代小說語體的變革已經已

〔註243〕可參見金健人，《小說結構美學》，頁76。
〔註244〕陳平原，《小說史：理論與實踐》，頁289。
〔註245〕參見胡從經，《中國小說史學史長編》，上頁361。
〔註246〕陳平原，《中國小說敘事模式的轉變》，頁108。
〔註247〕同上注，頁134～135。

　　經不遠了。〔註248〕

小說由古典而現代，繼晚清而有五四，由人物、景物之呈現觀其發展脈絡，
清楚而具體。

四、《孽海花》

　　學者論晚清小說「在心理、景物等方面的描寫，在不同的書中有不同的
突破與發展」〔註249〕。其中《老殘遊記》以其景物描寫與音樂描寫最受矚目；
其次則是《孽海花》之心理描寫。〔註250〕換言之，入鏡人物現形之際，小說
鏡光也同時透視其心理。

　　前節提及《孽海花》作者曾樸之家世背景，使其能因利乘便將晚清時代
人物以金洵與其妾賽金花爲軸心，一一地攝入小說之中。家世背景與師友交
游之外，其於中外文藝之涵養，尤爲其小說創作打下根基：

> 曾樸自幼就奠定了堅實的中國傳統文化的素養，至 1900 年，二十
> 八歲的曾樸已先後撰寫了詩集《未理集》《羌无集》《呴沫集》《毗
> 輞集》，文集《推十合一室文存》，讀書札記《執丹瑣語》，史學考
> 證《補〈後漢書·藝文誌〉並考證》《歷代別傳》，曲本《雪縣夢院
> 本》等，可見他於傳統文化涉獵之廣，造詣之深。〔註251〕

深厚的傳統文化素養之外，更因陳季同之故，對西洋文學有了深入的瞭解。
陳季同在法僑居多年，深通法國文學並與法國文學家佛朗士等相與往來；曾
樸因林旭而與其相識，進而啓發對於法國文學之愛好。在其指導下，曾樸不
但對文藝復興、古典和浪漫的區別，自然派、象徵派和近代各派自由進展的
趨勢有所了解，更閱讀了古典派拉勃來的《巨人傳》、龍沙爾的詩、拉辛和莫
里哀的悲喜劇、白羅瓦的《詩法》、巴斯卡的《沉思錄》、孟丹尼的小論；浪
漫派服爾德的歷史、盧梭的論文、雨果的小說、威尼的詩、大仲馬的戲劇、
米顯雷的歷史；自然派福樓拜、左拉、莫泊桑的小說、李爾的詩，小仲馬的
戲劇，泰恩的批評以及近代白侖內甸《文學史》、杜丹、蒲爾善、佛朗士、陸

〔註248〕劉尚生，《中國古老小說藝術史》，頁 424。
〔註249〕葉桂桐，《中國古代小說概論》，頁 235。
〔註250〕葉桂桐，《中國古代小說概論》，頁 235：至晚清小說，則在心理、景物等方
　　　　面的描寫，在不同的書中有不同的突破與發展。如《孽海花》之心理描寫，《老
　　　　殘遊記》之景物描寫與音樂描寫等等。
〔註251〕歐陽健，《晚清小說史》，頁 188。

悌的作品甚至意、西、德各國作家名著之法譯本〔註252〕。

> 曾樸因此廣泛地涉獵了法國文學的各個流派，深得個中眞諦。這些
> 都爲他日後的小説創作打下了根基。〔註253〕

有利的客觀環境加上本身的學養能力，撰寫小説遂如開發礦床一般，帶來豐富的驚喜。「當曾樸懷著回首歷史的動機進入創作過程的時候，他發現自己一下子掘開了一座蘊藏極豐的礦床」。〔註254〕而「涉獵了法國文學的各個流派，深得個中眞諦」尤能爲其心理描寫之特色提供助力。

諸多時代人物現形於鏡面，阿英特別點出曾樸刻畫名士之生動。「吳趼人很擅長於寫『洋場才子』，曾孟樸則活生生的刻畫出許多『作態名士』」〔註255〕。擅長寫當代名士的曾樸，事實上，本人亦來自於名士堆中：

> 《孽海花》所要描寫的形形色色的名士，就是他的同類，曾樸本人
> 就是那一時代的名士堆中養育出來的。〔註256〕

因此，鏡光所至，除了主軸金沟之外，他的老師李慈銘、吳大澂，岳父汪鳴鑾，以及在京中名士同游李石農、文芸閣、江建霞等，都分別現影爲小説人物李治民、何太眞、錢端敏（唐卿）、黎石農、聞韻高、姜劍雲。師友之外，當代人物馮桂芬、黃遵憲、馬建中、容閎、薛福成亦在小説鏡面現其身影，他們都是開明先進一類的人物。晚清之際，雖亦不乏此類有識之士，然而爲數更多的，卻是各類名士與保守士大夫。

> 小説第十八回寫薛淑雲等海外歸來的維新人物邀雯青參加「談瀛
> 會」，討論國際國内形勢，充滿理想氣息和新鮮感。但是，這都只是
> 小説情節中的一些作爲歷史背景的小插曲，整部小説描寫的主要對
> 象，並不是這些少數開明的知識分子，而是大多數仍然拘泥於傳統
> 文化的士大夫。〔註257〕

小説中之名士虛矯作態，常被點名討論的首推曾樸業師李慈銘，在小説中爲李純客，是身爲三朝耆碩，文章爲四海宗師的老名士。小説先介紹他古怪之性格：

〔註252〕 參見歐陽健，《晚清小説史》，頁189。

〔註253〕 同上注。

〔註254〕 歐陽健，《晚清小説史》，頁197。

〔註255〕 阿英，《晚清小説史》，頁23。

〔註256〕 歐陽健，《晚清小説史》，頁197。

〔註257〕 楊聯芬，《晚清至五四：中國文學現代性的發生》，頁190。

> 這個老頭相貌清癯，脾氣古怪，誰不合了他意，不論在大廷廣坐，
> 也不管是名公鉅卿，頓時瞪起一雙穀秋眼，豎起三根曉星鬚，肆口
> 謾罵，不留餘地。……他喜歡鬧鬧相公，又不肯出錢。……素雲是
> 袁尚秋替他招呼，怡雲是成伯怡代爲道地，老先生還自鳴得意，說
> 是風塵知己哩！〔註258〕

同輩間之所以願意爲他買帳，原因在看準其人未來在宦途舉足輕重之重要職位：

> 他的權勢大著哩！你不知道，君相的斧鉞，威行百年，文人的筆墨
> 威行千年，我們的是非生死，將來全靠這班人的筆頭上定的。況且
> 朝廷不日要考御史，聽說潘、龔兩尚書，都要勸純客去考。純客一
> 到台諫，必然是個鐵中錚錚，我們要想在這個所在做點事業，臺諫
> 的聲氣，總要聯絡通靈方好，豈可不燒燒冷灶呢！〔註259〕

因畏懼其日後成了御史，彈劾糾舉、口誅筆伐之際，於之己仕途、聲名大有關係，因此一干官員預先巴結拍馬，即所謂「燒燒冷灶」，因而有一番虛僞矯情之攻防往還；小說透過同儕間的互動，揭露其虛矯的面目：

> 只見純客穿著件半舊熟羅半截衫，踏著草鞋，本來好好兒一手捋著短
> 鬚，坐在一張舊竹榻上看書。看見小燕進來，連忙和身倒下，伏在一
> 部破書上發喘，顫聲道：「呀！怎麼小燕翁來了。老夫病體，竟不能
> 起迓。怎好？」小燕道：「純老清恙幾時起的？怎麼兄弟連影兒也不
> 知？」純客道：「就是諸公議定替老夫做壽那天起的。……」〔註260〕

分明好好兒坐在竹榻上看書，一見來客即倒下發喘，並清楚點明就是從議定做壽那天病起，其一言一動無非是在大聲宣告自己避壽之清高。

> 子珮道：「純老仔細，莫要忘了病體，跌了不是耍處。」純客連忙坐
> 下，叫童兒快端藥碗來。尚秋道：「子珮好不知趣！純老那裡有病！」
> 〔註261〕

爲假意避壽，故意稱病，其目的在故示清高，謙辭壽宴之慶，營造自身眾所仰望之身價以及清廉謙抑之形象。透過友朋目光的觀察，先是由言語動作透

〔註258〕曾樸，《孽海花》，頁225。
〔註259〕曾樸，《孽海花》，頁225〜226。
〔註260〕曾樸，《孽海花》，頁226〜227。
〔註261〕曾樸，《孽海花》，頁229。

露出其稱病避壽的種種矯揉造作姿態，此處可見得幾分調侃、諷刺。最後，則略不留情，指明其人隱匿在假意推托行止下的真實心理：

> 小燕暗暗地看他，雖短短身材，棱棱骨格，而神宇清嚴，步履輕矯，方知道剛纔病是裝的，就低問子珮道：「今天雲臥園一局，到底去得成嗎？」子珮笑道：「此老脾氣如此，不是人家再三勸駕，那裡肯就去呢？其實心裡要去得很哩！」〔註262〕

一句「其實心裡要去得很哩！」對照前此種種矯揉情態，則其人假清高真混濁面目，躍然而出。

李慈銘之外，莊崙樵亦是指私發惡一類之名士。

> 忽聽得門口大吵大鬧起來，崙樵臉上忽紅忽白。雯青問是何事，崙樵尚未回答，忽聽外面一人高聲道：「你們別拿官勢嚇人，別說個把窮翰林，就是中堂王爺，吃了人家米，也得給銀子。」……原來崙樵欠了米店兩個月米帳，沒錢還他，那店夥天天來討。〔註263〕

莊崙樵即張佩綸〔註264〕，小說寫他初入仕途，不諳為官之道，生財無術，以致餔粥餬口、窮苦度日，甚至還不出賒欠米錢，遭人登門逼討，可謂窮困窘迫，狼狽不堪。

> 這日一早起來，喝了半碗白粥，肚中實在沒飽。發恨道：「這瘟官做他幹嗎？我看如今那些京裡的尚侍，外省的督撫，有多大能耐呢？不過頭兒尖些，手兒長些，心兒黑些，便一個個高車大馬、鼎烹肉食起來！我那一點兒不如人？就窮到如此！沒頓飽飯吃，天也太不平了！」越想越恨，忽然想起前兩天，有人說浙閩總督納賄買缺一事，又有貴州巡撫侵占餉項一事，還有最赫赫的直隸總督李公許多驕奢罔上的款項，卻趁著胸中一團燚火，夾著一股憤氣，直沖上喉嚨裡來，就想趁著現在官階，可以上摺子的當兒，把這些事情，統做一個摺子，著實參他們一本，出出惡氣，又顯得我不畏強禦的膽力。便算因此革了官，那直聲震天下，就不怕沒人送飯來吃了，強如現在庸庸碌碌的乾癟死！」〔註265〕

〔註262〕曾樸，《孽海花》，頁230。
〔註263〕曾樸，《孽海花》，頁46。
〔註264〕張佩綸後娶李鴻章之女，為小說家張愛玲之祖父。
〔註265〕曾樸，《孽海花》，頁47。

小說在此照見人物之心理轉折，由悲而憤，由憤而怨，於是奮力一搏，就連直隸總督也照參不誤。

> 半年間那一個筆頭上，不知被他撥掉了多少紅頂兒，滿朝人人側目，個個驚心。〔註266〕

> 常常有人家房闈祕事，曲室祕談，不知怎地被他團團圓圓的全探出來，於是愈加神鬼一樣的怕他。說也奇怪，人家愈怕，崙樵卻愈得意，米也不愁沒了，錢也不愁少了，車馬衣服也華麗了，房屋也換了高大的了。正是堂上一呼，堂下百諾，氣燄薰天，公卿倒屣，門前車馬，早晚填塞，雯青有時去拜訪，十回倒有九回道乏，真是今昔不同了。〔註267〕

奮力一搏的結果，居然直聲動天下，成了一呼百諾、公卿倒屣的重要人物。果然「米也不愁沒了」、「錢也不愁少了」，莊崙樵今非昔比，氣燄排場亦大不相同。聲勢日隆的莊崙樵，最後由內政而軍事，在中法之戰中，夸夸大言，信心滿滿，被推上閩疆戰場，親自面對法將孤拔來勢洶洶之進攻：

> 目下我們兵力雖不充，還有幾個中興老將，如馮子材、蘇元春都是百戰過來的。我想法國地方，不過比中國二三省，力量到底有限，用幾個能征慣戰之人，死傷一場，必能大振國威，保全藩屬，也叫別國不敢正視。〔註268〕

> 海疆處處戒嚴，又把莊佑培放了會辦福建海疆事宜。〔註269〕

此時的莊崙樵，站在人生際遇的峰頂，以台諫而出戰，氣吞山河，大軍逼境亦不在其眼下，真是說不盡的得意風光，他由貧而貴，卻也由貴而傲。然而恃才適足以驕人，卻難以得人。他到福建以後，不改其性，仍舊眼高於頂，自認是紅京官、大名士，根本未將督撫放在眼裡。閩督吳景，閩撫張昭同，久在官場，玲瓏世故，樂得「把千斤重擔，卸在他身上」。他不但與船廠大臣面和心不和，甚至與將領、兵士亦不熟悉，更別說是生死與共的同袍之情；然不慮此，他卻大權獨攬，「祇弄些小聰明，鬧些空意氣」。面對善於作戰的法將孤拔，奇兵突出，「在大風雨裡架著大砲打來」，莊崙樵毫無招架之力，

〔註266〕曾樸，《孽海花》，頁48。
〔註267〕曾樸，《孽海花》，頁49。
〔註268〕曾樸，《孽海花》，頁51。
〔註269〕曾樸，《孽海花》，頁56。

倉皇逃匿，狼狽不堪：

> 崘樵左思右想，筆管兒雖尖，終抵不過槍桿兒的凶；雖多，總擋不
> 住堅船大炮的猛，祇得冒了雨，赤了腳，也顧不得兵船沉了多少艘，
> 兵士死了多少人，暫時退了二十里，在廠後一個禪寺裡躲避一下。
> 等到四五日後調查清楚了，纔把實情奏報朝廷。朝廷大怒，不久就
> 把他革職充發了。〔註270〕

儘多的崇論宏議，敵不過法將孤拔的奇謀善戰。書生用兵，終落得一敗塗地，
不但失地革職，甚且擔上陣前畏葸之罪名，終生受人恥笑。從落魄憤世到傲
物恃才，莊崘樵的形貌亦由寒傖而光鮮。然而這位名震公卿的紅京官、大名
士，前一刻還立足雲端，忘其所以、大放厥辭，下一刻已跌落泥淖，背負臨
戰畏怯的罵名。從發陰摘奸到轉為千夫所指，從擺架子、眼睛插在額角上，
到赤足淋雨、避於禪寺；莊崘樵由貧而貴而驕而敗，活脫是當日名士重臣宦
途起伏之最佳寫照。

　　小說仍借主角金雯青縐結史事人物之便，指出人物前後不同之現形「雯
青知道這事，不免生了許多感慨。在崘樵本身想，前幾年何等風光，如今何
等頹喪，安安穩穩的翰林不要當，偏要建什麼業，立什麼功，落得一場話柄」。
〔註271〕不過，《孽海花》引人入勝之處，更在於其「趣味」；人物在小說鏡面
之現形，伴隨著真實之歷史事件出現的，是尚不為人知之軼聞瑣事。賒欠米
帳，以及與李鴻章成為翁婿等，讀來饒富興味：

> 崘樵見召，就一逕到上房而來。剛一腳跨進房門，忽覺眼前一亮，心
> 頭一跳卻見威毅伯床前，立個不長不短不肥不瘦的小姑娘。〔註272〕

小姑娘正是威毅伯之女，她評史論人，題詩發議，獨有見地，使得崘樵一讀
銘感涕零：

> 焚車我自寬房琯，乘障誰教使狄山。宵旰甘泉猶望捷，群公何以慰
> 龍顏。痛哭陳詞動聖明，長孺長揖傲公卿。論材宰相籠中物，殺賊
> 書生紙上兵。宣室不妨留賈席，越臺何事請終纓！豸冠寂寞犀渠盡，
> 功罪千秋付史評。……當下崘樵看完了，不覺兩股熱淚，骨碌碌的
> 落了下來。〔註273〕

〔註270〕曾樸，《孽海花》，頁57。
〔註271〕曾樸，《孽海花》，頁57。
〔註272〕曾樸，《孽海花》，頁158。
〔註273〕曾樸，《孽海花》，頁159。

李家小姐之作詩評議，流露惜才愛才之意，終使孤傲名士、落魄罪臣熱淚直流。從前「參過威毅伯驕奢罔上」，卻不料當日所參奏之威毅伯，最後成爲自己之泰山大人。鏡面上莊崙樵的面目姿態，迭經轉變，既諷且謔，趣味盎然。

莊崙樵之外，知名人物龔自珍父子之軼聞亦有可觀。小說人物龔孝琪乃思想家龔自珍之子。藉由龔孝琪侍妾愛林轉述龔孝琪之言，記龔自珍爲情遭害、龔孝琪爲父報仇之軼事。

> 愛林道：「他說他的主張燒圓明園，全是替老太爺報仇」〔註274〕
>
> 我老子和我犯了一樣的病，喜歡和女人往來。他一生戀史裡的人物，差不多上至王妃，下至乞丐，無奇不有。〔註275〕
>
> 那日，天正下著大雪，遇見明善和太清並轡從林子裡出來，太清內家裝束，外披著一件大紅斗篷，映著雪光，紅的紅，白的白，豔色嬌姿，把他老人家的魂攝去了。從此日夜相思，甘爲情死。〔註276〕

龔自珍曾任宗人府主事，其時屬明善王爺所管，而太清西林春則是王爺側室。

小說寫龔自珍眼中雪裡佳人的豔色嬌姿，又寫一代名士攝魂失魄的風流情狀。然而一椿風流韻事，卻不想在這上頭竟枉送了名士性命，當眞出人意料、匪夷所思。

> 先試探昨夜的事。太清笑而不答。後來被他問急了，才道：「假使眞是我，你怎麼樣呢？」他答道：「那我就登仙了！但是仙女的法術太大，把人捉到雲端裡，有些害怕了！」太清笑道：「你害怕，就不來。」他也笑道：「我便死，也要來。」……從此月下花前，時相來往。〔註277〕
>
> 箋上寫著娟秀的行書數行，認得是太清筆跡：我曹事已洩，妾將被禁，君速南行，遲則禍及。附上毒藥粉一小瓶，酖人無跡，入水，色紺碧，味辛，刺鼻，愼茲色味，勿近，恐有人酖君也。〔註278〕

已知及禍的龔自珍緊急南下避難，卻仍不免遭害。收到太清示警便箋，他雖連夜南下避禍，豈知數年之後，戒心漸無之際，在丹陽縣衙遇見昔日宗人府同事兼賭友，二人博戲敘舊，把酒言歡，詎料對方竟於水酒中動了手腳：

〔註274〕曾樸，《孽海花》，頁25。
〔註275〕曾樸，《孽海花》，頁26。
〔註276〕曾樸，《孽海花》，頁26。
〔註277〕曾樸，《孽海花》，第四回，頁30。
〔註278〕曾樸，《孽海花》，頁30～31。

> 一夜回來，覺得不適，忽想起纔喝的酒味，非常刺鼻，道聲不好，
> 知道中毒。臨死，把這事詳細告訴了我，囑我報仇。……我從此就
> 和滿人結了不共戴天的深仇。庚申之變，我輔佐威妥瑪，原想推翻
> 滿清，手刃明善的兒孫，雖然不能全達目的，燒了圓明園，也算盡
> 了我做兒子的一點責任。〔註279〕

英法聯軍攻入北京，火燒圓明園；龔孝琪投效英人，被目爲漢奸。然而在小
說的鏡面上，漢奸的面目交疊著爲父報仇的孝子面目，正如龔孝琪自言：「人
家說我漢奸也好，說我排滿也好」，卻是一個忠奸未辨的形影。

龔自珍的形貌在史筆之上添上幾道緋彩。小說寫他「日夜相思，甘爲情
死」，而「我便死，也要來。」的笑言譫語，生動諧趣，使得在鏡面現影的形
象與傳統印象大異其趣。

名士之外，小說攝時人入鏡，其中「大刀王五」爲當時傳奇人物。大刀
王五眞有其人其事，小說中轉爲大刀王二。

> 這位王老爺，又是城裡半壁街上有名的大刀王二，是個好漢，江湖
> 上誰敢得罪他？〔註280〕

小說藉無恥士人欺凌孤寡，來對比映襯大刀王二的俠義形象：

> 你看這《長江萬里圖》，又濃厚，又超脫，眞是石谷四十歲後得意之
> 作，老爺子見了，必然喜出望外，你求的事情，不要說個把海關道，
> 只怕再大一點也行。……剛纔從上海趕來的那個畫主兒，一個是寡
> 婦，一個是小孩子，要不是我用絕情手段，硬把他們關到河西務巡
> 檢司的衙門裡，你那裡能安穩得這幅畫呢！……這婦人的丈夫，也
> 是個名秀才，叫做張古董，爲了這幅畫，把家產都給了人，因此貧
> 病死了。臨死叮囑子孫窮死不准賣。如今你騙了他來，只說看看就
> 還，誰知你給他一捲走了，怎麼叫她不給你拼命呢！

此處由奸歹惡人自白其罪行。強買孤寡已是不該，居然不是強買而是分文未
給的騙取；騙取已極惡劣，居然還入受害者於罪。尤其此畫來歷，其主張古
董曾爲此傾家蕩產，是以臨終遺命叮囑決不言售，一干人等均知之甚詳，卻
仍冷酷絕情騙奪陷害。無行士子之卑劣行徑，令人不齒；其罪惡在鏡光照視
下，惡形惡狀，層層渲染，更顯貪婪無恥、卑污醜陋。而士人們愈是卑劣無

〔註279〕曾樸，《孽海花》，第四回，頁31。

〔註280〕曾樸，《孽海花》，頁219。

恥，就愈見大刀王二仗義之勇武高尚，小說以此烘托之法，使得人物露臉之際，倍增光輝。

> ……原來他們在那裡做傷天害理的事情。……忽見西面壁上，一片雪白的燈光影裡，歘的現出一個黑人的影子，彷彿手裡還拿把刀，一閃就閃上梁去了。〔註281〕

> 忽聽稚燕指著牆上叫道：「這幾行字兒是誰寫的？剛剛還是雪白的牆。」雯青就踱過來仰頭一看，見幾筆歪歪斜斜的行書，雖然粗率，倒有點倔強之態。雯青就一句一句的照讀道：「王二王二，殺人如兒戲。空際縱橫一把刀，專削人間不平氣！有圖曰《長江》，王二挾之飛出窗。還之孤兒寡婦手，看彼笑臉開雙雙！笑臉雙開，王二快哉！回鞭直指長安道，半壁街上秋風哀！」〔註282〕

「寫人物的行動自然也應該使讀者從中見到人物的性格〔註283〕」，英風爽颯的俠義之士，瀟灑快意的扶弱懲惡之行止，讀者拊掌稱快之際，大刀王二「回鞭直指長安道，半壁街上秋風哀！」仗義行俠的傳奇形象，亦在心目之上奔騰躍動。

學者認為《孽海花》寫英雄總飽蘸了熱情：

> 那是一個需要英雄的時代，不但需要對外抵抗侵略的豪傑，而且需要對內推翻舊制度的志士。作品寫到英雄總是飽蘸熱情的〔註284〕。

大刀王五之外，俄國虛無黨之夏雅麗，不讓鬚眉，尤見膽識氣魄。夏雅麗在由中國返回俄國船上初遇主角金雯青，其時已顯露其膽氣與識見。回到俄國，她與同為虛無黨人之克蘭斯相愛至深，卻為了完成革命宗旨，暫捨私情忍嫁貌粗性鄙的表哥加克奈夫。不知詳情的克蘭斯傷心憤怒，去至夏、加婚後居處，正看到人後垂淚的夏雅麗：

> 呀，那不是夏雅麗嗎？只見她手裡拿著個小照兒，看看小照，又看看鏡子裡的影兒，眼眶裡骨溜溜的滾下淚來。〔註285〕

小說以簡單數筆，由克蘭斯所見側寫其不為人知的痛苦。當晚她手刃助紂為虐的夫婿加克奈夫，並助仍然未明究裡的克蘭斯逃離現場。次日即傳出她驚

〔註281〕曾樸，《孽海花》，頁221。
〔註282〕曾樸，《孽海花》，頁222～223。
〔註283〕劉世劍，《小說概說》，頁257。
〔註284〕黃清泉、蔣松源、譚邦和，《明清小說的藝術世界》，頁340。
〔註285〕曾樸，《孽海花》，頁187。

天動地的壯舉：

> 本日皇帝在溫宮讌各國公使，開大跳舞會，車駕定午刻臨場，方出
> 內宮門，突有一女子，從侍女隊躍出，左手持炸彈，右手揥帝胸，
> 叱曰：「咄！爾速答我，能實行一千八百八十一年二月十二日民意黨
> 上書要求之大赦國事犯，召集國會兩大條件否？不應則炸爾！」帝
> 出不意，不知所云，連呼衛士安在。衛士見彈股慄，莫敢前。相持
> 間，女子舉彈欲擲，帝以兩手死抱之，其時適文部大臣波別士立女
> 子後，呼曰：「陛下莫釋手！」即拔衛士佩刀，猝砍女子臂。臂斷，
> 血溢，女子踣。帝猶死池彈不敢釋。：衛士前擒女子，女子猶蹶起，
> 摳一衛士目，乃被捕，送裁判所。〔註286〕

被押送裁判所之夏雅麗，旋即被處決。她爲爭取同胞之平等自由，甘心犧牲
愛情、奉獻生命，「臂斷，血溢」、「猶蹶起，摳一衛士目」在危急之際，生死
一線，猶勇毅過人，奮力不已。其壯烈之風，聖潔之美，塑造了罕見的巾幗
形象。

小說中的英雄人物豪氣干雲，深印讀者心目；寫英雄的小說作者，甘冒
朝廷禁忌，頌揚革命，亦見膽識勇氣：

> 孽海花不比當時秘密發行的文學作品，是公開發賣的。在清室的淫
> 威之下，作如此描寫，作者之思想膽識，也就可見了。這些，在官
> 場現形記、二十年目睹之怪現狀裡，何嘗能夠得到？〔註287〕

曾樸的勇氣，使他敢於寫革命也敢於寫自家師友親朋。「余作《孽海花》第一冊
既竟，岳父沈梅孫見之，因內容俱係先輩及友人軼事，恐余開罪親友，乃藏之
不允出版。〔註288〕」他將小說視爲鏡子〔註289〕、攝影機〔註290〕，收攝三十年
之時事人物，即如其父曾之撰亦如實攝入，而太老師金汮則成爲小說主角：

> 馮桂芬是老一輩官僚中的先覺者，極力主張辦同文館，鼓勵士人精
> 通外語、學習西方文化。在小說第三回，他告誡剛剛蟾宮折枝的金

〔註286〕 曾樸，《孽海花》，頁193～194。
〔註287〕 阿英，《晚清小說史》，頁23。
〔註288〕 魏紹昌編《孽海花資料》中華書局1962，頁142。
〔註289〕 時萌，《曾樸研究》，上海古籍出版社，1982年08月一版，頁84：「曾樸反對
　　　　 將小說看作茶餘酒後的消遣物，而是把它看成爲時代的鏡子」。
〔註290〕 曾樸，〈修改後要說的幾句話〉收於三民《孽海花・附錄》，頁457：「合攏了
　　　　 他的側影或遠景，和相連繫的一些細事，收攝在我筆頭的攝影機」。

> 雯青應以「周知四國，通達時務」、「更上一層」為目標。第四回，
> 雲仁甫等議論西國政法學藝，使毫不懂西學的金雯青「茫無把握，
> 暗暗慚愧」；仁甫關於興學堂、廢科舉的過人見解——「與其得一兩
> 個少數傑出的人才，不如養成多數完全人格的百姓」——都相當深
> 刻。〔註291〕

與新派人物的接觸，使得金汸自知不足，馮桂芬對外語能力的強調，雲仁甫
（即容閎）對西方政法之見解，都成為這位狀元郎、四國公使的努力目標。
然而做為士大夫代表的金雯青卻是有心無方，傳統的名士心態，仍是求新求
變之阻礙。如第八回何玨齋所言吉林勘界，其事在光緒十一年，何玨齋即吳
大澂。他奉詔赴吉林，會同副都統伊克唐阿與俄使勘侵界，即所侵琿春黑頂
子地。最後援引咸豐十一年舊界圖立石碑、建銅柱，並自篆銘刻「疆域有表
國有維，此柱可立不可移」，使侵界復歸中國〔註292〕。金雯青聞此，卻不思取
法請益：

> 金雯青本該虛心向何玨齋討教他是如何不畏強敵，通過艱巨的勘界
> 談判，收復被俄國非法占據的黑頂子地方的成功經驗，以為日後折
> 衝樽俎的借鑒，但他不僅未留意於此，卻單單注意到銅柱拓本的古
> 雅，從書法藝術角度稱讚《銅柱銘》「將來定可與《關特勒碑》《好
> 大王碑》並傳千古」，正是這種名士的心態，預示了金雯青的西方之
> 行，將會所獲無多。〔註293〕

金雯青的西方之行，從一開始原配夫人將隨行出使之任務，推給傅彩雲開始，
就一再對照出金雯青在科舉功名以外的庸弱與無知。夫人張氏對丈夫包養名
妓早已了然於胸，順勢推舟「就叫她跟隨出洋」，自己可以「在家過清閒日子」。
三言兩語把個狀元公弄得局促不安，「雯青忸怩了半天」、「這事原是下官一時
糊塗……」，吞吐了半天，最後「得了夫人的命」〔註294〕，放膽娶回傅彩雲以
隨行出使。

　　至於活潑豔麗的侍妾傅彩雲，更非金雯青所能招架。她除了學習能力強，
外交手腕尤為金雯青所不及；此外，風流美麗、到處留情，是西方人眼中的

〔註291〕楊聯芬，《晚清至五四：中國文學現代性的發生》，頁189。
〔註292〕參見《清史稿》列傳二百三十七。
〔註293〕歐陽健，《晚清小說史》，一版，頁207。
〔註294〕以上引文見曾樸，《孽海花》，頁90。

放誕美人：

> 與金沟這個朽物相比，傅彩雲卻是一個時刻都不能安靜的活躍人
> 物，可以用維多利亞皇后的話來評價，這不是一個「泥美人」，而是
> 一個「放誕的美人」。她之美，使她從一個妓女成為狀元侍妾和「公
> 使夫人」，但她的「放誕」卻是本性難移。作品裡寫了她不少的風流
> 韻事，而以他與德國中尉瓦德西的艷情最有傳奇色彩。〔註295〕

> 在曾樸的《孽海花》中，傅彩雲既是肆無忌憚的妖，又是自我解放
> 的新女性；既是駭人聽聞的悍婦，又是革命女英雄。〔註296〕

在西方為充滿活力之放誕美人，在中國卻視為妖孽潑婦。小說中的傅彩雲成
為對照主角金雯青最有力的女角，作者並未將她寫成反面人物，這是中國傳
統小說中所罕見。她與《桃花扇》之李香君雖皆風流美麗，亦同出風塵，然
卻不類其識大局、明大義，即詩書琴畫歌舞，亦形遜色：

> 但傅彩雲並非李香君，不是那種參與了士大夫精神活動而又具備識
> 大局、明大義、關鍵時刻代表正義挺身而出的巾幗女傑，她更像法
> 國小說中那些活躍於上流社會社交場所、缺少道德約束而更體現赤
> 裸人性的女主人公。〔註297〕

在傅彩雲對照之下的金雯青，面目立體而多面。小說在其生命彌留之際的描
繪，尤見精彩，藉由幻覺，他以語言具現所憂所思：

> 你們看一個雄糾糾的外國人，頭頂銅兜、身掛勳章，他多管是來搶
> 我彩雲的呀！〔註298〕

> 阿福這狗才，今兒我抓住了，一定要打死他！…

> 我明明看見他笑嘻嘻手裏還拿了彩雲的一支鑽石蓮蓬簪，一閃就閃
> 到床背後去了。〔註299〕

> 那簪兒是一對兒呢，花了五千馬克，在德國買來的。你不見如今只
> 賸了一支嗎？這一支，保不定明兒還要落到戲子手裏去呢！〔註300〕

〔註295〕黃清泉、蔣松源、譚邦和，《明清小說的藝術世界》，頁338。
〔註296〕王德威，《被壓抑的現代性——晚清小說新論》，頁44。
〔註297〕楊聯芬，《晚清至五四：中國文學現代性的發生》，頁273。
〔註298〕《晚清小說大系·孽海花》，頁261。
〔註299〕《晚清小說大系·孽海花》，頁262。
〔註300〕《晚清小說大系·孽海花》，同上註。

以上歷數德將瓦德西、家僕阿福以及戲子孫三兒，一則見傅彩雲之放誕不羈，一則顯金雯青之狼狽無措。尤其與傅彩雲的一個照面，今昔交疊，遭棄自盡的薄命紅顏梁新燕隱隱浮現，金雯青心底最不敢正視的卑鄙無情，一下逼進到眼前來：

> 彩雲……說時已到床前，鑽進帳來，剛與雯青打個照面。誰知這個照面不打，倒也罷了，這一照面，頓時雯青鼻搐脣動，一手顫索索拉了張夫人的袖，一手指著彩雲道：「這是誰？」張夫人道：「是彩雲呀！怎麼也不認得了？」雯青咽著嗓子道：「你別冤我，那裏是彩雲？這個人明明是贈我盤費進京趕考的那個煙台妓女梁新燕，我不該中了狀元，就背了舊約，送她五百兩銀子，趕走她的。」說到此，咽住了，倒只管緊靠了張夫人道：「你救我呀！我當時只為了怕人恥笑，想不到她竟會吊死，她是來報仇的！」一言未了，眼睛往上一翻，兩腳往下一伸，一口氣接不上，就厥了過去。〔註301〕

到此，出國公使、金裝狀元的形象模糊了，綠雲罩頂的憤恨與薄倖負心的面目交疊，而傅彩雲的面目形象亦與梁新燕交疊纏繞。此刻用以逼顯金雯青自身心目間自我形象的傅彩雲，作者對她的形塑自不同於傳統之模式：

> 雯青生命彌留之際，幻覺中仍擔心外國人來搶他的彩雲。《孽海花》的人物塑造，彩雲的形象及作者對她的態度，顯然大大出乎傳統小說的道德模式。〔註302〕

而在此映照之下，緞面金裝的狀元郎，遂現影為闇弱無能的庸才：

> 金洳和傅彩雲是很見作者筆墨功夫的兩個藝術形象。金洳出身狀元，又是中國公使，學問文章及德行都儼然是一朝棟梁，然而順著作者的描寫看下去，卻是一個嫖妓好色、醜陋虛偽、愚蠢無能的庸才。〔註303〕

嫖妓好色、醜陋虛偽、愚蠢無能的指責不免稍覺沉重。實則，在晚清特殊的文化氛圍中，小說旨在真實地呈現中西文化對比中，士大夫的尷尬處境：

> 作者將主人公金雯青放置在中西文化的對比中，金的境遇，代表著傳統士大夫在新的文化潮流猛烈侵襲時的尷尬處境。〔註304〕

〔註301〕《晚清小說大系・孽海花》，頁263。
〔註302〕楊聯芬，《晚清至五四：中國文學現代性的發生》，頁275。
〔註303〕黃清泉、蔣松源、譚邦和，《明清小說的藝術世界》，頁337。
〔註304〕楊聯芬，《晚清至五四：中國文學現代性的發生》，頁190。

《孽海花》描摹時代人物有讚美有諷刺，其實表現了更多屬於作者本人的文字趣味。如清代大考閱卷注重書法，除必求字體大小粗細之整齊一致，尚須求其珠圓玉潤，講究墨色；小說寫金雯青在保和殿大考前調了一壺極勻稱的墨漿，作者對此並發了一番「極有機鋒的議論」〔註305〕：

> 原來調墨漿這件事，是清朝做翰林的絕大經濟，玉堂金馬，全靠著
> 墨水翻身。墨水調得好，寫的字光潤圓黑，主考學台放在荷包裡；
> 墨水調得不好，寫的字便晦蒙否塞，只好一世當窮翰林，沒得出頭。
> 所以翰林調墨，與宰相調羹，一樣的關係重大哩。〔註306〕

此外，小說第二十八回記中日馬關議和，李鴻章遭日人六之介刺殺，卻言「威毅伯雖耗了一袍袖的老血，和議的速度卻添了滿鍋爐的猛火，只再議了兩次，馬關條約的大綱差不多快都議定了」〔註307〕，亦自然流露其巧譬善喻的揶揄諷刺風格。

> 作者還表現出文人作風和興趣，除留心文句辭藻外，還常常把些典
> 故學問明徵暗引，有的地方增加了情節的品味厚度，有的地方則難
> 免有書袋之嫌。例如金洵之死，被寫成「卻把個文圓病渴的司馬相
> 如，竟做了玉樓赴台的李長吉了，」比較適合死者身份，而又有發
> 人深想其人醜陋一生的幽默在內。〔註308〕

揶揄之筆、極有機鋒之論，小說所表現出的掉書袋文人趣味，正是曾樸的文人特色。然而不論庶民趣味或文人特色，人物的形塑與軼事的流傳，常常融合了傳播者的經驗和見聞：

> 特別是那些英雄故事，流傳的過程也就是人物的創造過程，傳播者
> 幾乎總是將自己有關的經驗和見聞或多或少地融合進去，爲英雄添
> 枝添葉，增加光彩，使其某種性格特徵日趨顯著和完善。〔註309〕

曾樸寫革命志士、寫戚友親長，又寫不符傳統道德的傅彩雲；不但寫，還出之以歌頌讚美〔註310〕、調侃諷刺，具見其膽識氣魄。其歌頌讚美、調侃諷刺

〔註305〕黃清泉、蔣松源、譚邦和，《明清小說的藝術世界》，頁340。
〔註306〕曾樸，《孽海花》，第五回，頁44。
〔註307〕曾樸，《孽海花》，第二十八回，頁351。
〔註308〕黃清泉、蔣松源、譚邦和，《明清小說的藝術世界》，頁340～341。
〔註309〕馬振方《小說藝術論稿》，頁92。
〔註310〕黃清泉、蔣松源、譚邦和，《明清小說的藝術世界》，頁340：作品寫到了孫
　　　　中山領導的民主革命鬥爭，並且用「霹靂一聲革命團特起」來加以贊美。

又間以駢偶譬喻、文史典故，表現較多的文人色彩。四大小說之中，李伯元、吳趼人有較多巷議街譚的蒐集，表現較多的庶民趣味，因而抑制自身的文人特色。相對於此，劉鶚與曾樸則表現了較多的自身特色。劉鶚小說中的老殘即是劉鶚本人之化身。老殘之見聞，從人物到景物，即是劉鶚之見聞。因此，小說字裡行間表現的特色自然是劉鶚的偏文人特色。至於曾樸更不待言，來自於親朋師友的見聞，信手拈來，熟悉而順暢。出自於自身的見聞，表現了曾樸的個人特色，包括受法國文學影響之批判現實主義：

> 《孽海花》以「歷史小說」的宏大背景，竟將金雯青這樣一個喪失了道德元氣的怯儒者和傅彩雲這樣一個不道德的女性作主人公，這部小說便成為一部沒有英雄和失去道德楷模的歷史小說——在這裡，我們看到的是曾樸對中國傳統歷史小說的背離，卻捕捉到了法國 19 世紀那些沒有理想形象的「批判現實主義」小說的影子。〔註311〕

有將藝術誇張分為四層次者：第一層次為「神異的幻想性誇張」。如夸父逐日、孫悟空大鬧天宮；第二層次為「變態的幻想性誇張」。如守株待兔，堂·吉訶德大戰風車之；第三層次為「顯揚的現實性誇張」，即現實可能範圍內的極度誇張，常由許多同類事跡聚合而成。如西洋小說人物之惰性事跡、貪財事跡等；第四層次為「隱蔽的現實性誇張」，即作者自知、讀者不覺的誇張，多用以刻畫圓形人物，或用以表現尖形人物的非尖端特徵。〔註312〕

　　綜觀四大小說人物之顯影現形，可以見得人物顯影現形之際的尖形特徵。扁形人物單用第一、第二兩個層次的幻想性誇張；尖形人物則運用第三層次顯揚的現實性誇張；圓形人物則逼似生活中的真人，有明顯的多面性和複雜性。而「以特徵型扁形人物為主人公的作品，只要加入一段切實、有效的現實性描寫，人物就有了立體感，一變而為尖形人物」〔註313〕。

　　曾樸一生，參與立憲運動、曾以候補知府分發浙江，並在民國成立後擔任過官產處處長、財政廳長、政務廳長等職，政治閱歷可謂豐富。而真正為世人所知，卻是因為《孽海花》一書：

> 曾樸的一生是文學家（兼出版家）與政治家交替發展的一生，而使他傳名後世的卻只是他的文學活動，也就是那部斷斷續續修修改改

〔註311〕楊聯芬，《晚清至五四：中國文學現代性的發生》，頁273。
〔註312〕參見馬振方，《小說藝術論稿》，頁36。
〔註313〕同上注，頁37。

　　寫了二十多年的長篇小說《孽海花》。〔註314〕
實則豐富的政治閱歷，法國文學的汲取涵養，甚至士大夫文化的濡染，都是
完成此一具備晚清色彩之傳世著作的必要因素。

　　儘管晚清小說家偏重創作內容的政治性，而無意加強作品的藝術性〔註315〕，四大小說人物現形顯影之際，來自真實見聞之時人時事雖有庶民與偏文人之些微差異，卻仍具備特有之風格與趣味。

　　對於晚清小說作品、讀者與作者間的互動，若與其後的五四小說作一對照，尤能藉由其間之差別，看出晚清之特色：

> 魯迅等人的藝術探索，無疑為中國小說發展開拓了一個新天地，可
> 也以拋棄大多數中、下階層讀者為代價……而新時期小說家藝術探
> 索的步伐邁得更大更快，必然甩下更多的一般讀者，這就難怪通俗
> 小說要走大紅運。〔註316〕

抒情式的文人創作小說，有更深入之藝術探索，然而亦「必然甩下更多的一般讀者」。晚清讀者範圍之擴大，讀者地位之提昇，作者、作品與讀者之互動密切，前所未有。小說成為攝影照妖之鏡，小說之世界，不止於作者之想像世界，更是讀者眼中之世界，即時傳播，不但取消讀者、作者之距離，即時回應，又使作品、作者與讀者之界域相互滲透延伸。

　　本章由讀者與人物之視角切入，正期呈現此一由著述意識與時代風潮沿續而下的晚清小說特色，頭緒雖繁，角色亦夥，而耙梳析論之際，期能提供不同之研究視野。

〔註314〕黃清泉、蔣松源、譚邦和，《明清小說的藝術世界》，頁 336～337。

〔註315〕參見方正耀，《晚清小說研究》，頁 356。

〔註316〕陳平原，《小說史：理論與實踐》，頁 293。

第柒章 嘲諷、譴責與省思——
晚清四大小說之文學與思想

　　關於晚清小說，阿英曾指出其特徵：包括「廣泛的從各方面刻劃出社會每一個角度」、「以小說作爲了武器，不斷對政府和一切社會惡現象抨擊」、「利用小說形式，從事新思想新學識貫輸，作啓蒙運動」以及「雜誌《新小說》、《繡像小說》所刊載作品，幾無不與社會有關」〔註1〕兒女情長之作較不爲社會所重等等。

　　以小說爲武器，對社會惡現象進行抨擊即是譴責；而利用小說，灌輸新思想新學識，作啓蒙運動則與譴責成一體之兩面。所謂知其是明其非，有了正確之認知，才知非之所以爲非，是之所以爲是。換言之，正確認知是譴責之基礎，以譴責出之的小說，思想之啓蒙成爲必需之基礎。在晚清，小說對社會之刻劃、抨擊，其中之思想要素佔相當大之比例。小說從各方面刻畫出社會每一個角度，或不斷對政府和一切社會惡現象抨擊，其實正源於新思想新學識之啓蒙。細究之，無論任何文學形式，皆或多或少有其思想成份，然就晚清小說而言，源於上古之著述意識，與時代背景風狂雨驟之衝擊，使得此一能量幾達於頂端，晚清小說可謂是思想性極強之小說。議論不但出現於篇章中，並且長篇大論，滔滔不絕，非止一處，尤爲明顯。晚清小說之思想性，不但是作品產生之動機，亦牽動整體作品之走向，甚至影響其評價。

　　晚清小說文學與思想關係如此緊密，則對於晚清小說文學與思想之探究便有其必要。因此本章特就此一議題，分從「笑與哭」、文學之「嘲笑、諷刺

〔註1〕 參見阿英，《晚清小說史》，香港太平書局，1966年01月一版，頁4～5。

與譴責」與思想之「衝擊、腐蝕、剝落與省思」三節以論述之。

第一節　笑與哭

　　晚清四大小說被魯迅歸爲譴責一類。譴責確爲小說之成份，亦爲有別於前此小說之特色。然而此譴責乃廣義之譴責，包括嘲笑、戲謔、諷刺、譴責、怒罵甚至詛咒。其中嘲謔最受讀者注目，亦廣爲學者討論。作品中所顯現之笑謔特質，其實來自哭泣，百姓哭而作者哭。林紓述譯小說《黑奴籲天錄》，且泣且譯，且譯且泣，非僅悲黑人之苦況，實悲四百兆黃人〔註2〕；其譯述小說《埃司蘭情俠傳》，乃在冀以救吾種人之衰憊，而自屬於勇敢者矣。〔註3〕凡此，都道出晚清時代之危亂背景下，發自作者憂國憂民，至於哭泣隨之的著作心懷。

　　然林紓之哭，其文亦哀，「文長於敘悲，巧曲哀梗」〔註4〕；至於劉鶚則有所不同：

> 舉世皆病，又舉世皆睡。眞正無下手處，搖串鈴先醒其睡。無論何等病症，非先醒無治法。具菩薩婆心，得異人口訣，鈴而曰串，則盼望同志相助，心苦情切。〔註5〕

「舉世皆病」之景況，著實令人心苦情切。劉鶚於晚清所見家國之禍亂、社會之凋敝、百姓之苦痛，又兼以自身之經歷，心苦情切，潸然淚下，其哭泣則來自於靈性：

> 吾人生今之時，有身世之感情，有家國之感情，有社會之感情，有種教之感情。其感情愈深者，其哭泣愈痛。
>
> 靈性生感情，感情生哭泣。
>
> 蓋哭泣者，靈性之現象也，有一分靈性即有一分哭泣，而際遇之順逆不遇焉。

〔註2〕靈石，〈讀《黑奴籲天錄》〉，見《晚清文學叢鈔》，頁280。

〔註3〕林紓，《埃司蘭情俠傳·序》，光緒二十九年，1908年，收於《晚清文學叢鈔》，頁205。

〔註4〕濤園居士，《埃司蘭情俠傳·敘》光緒三十年1904年。見《晚清文學叢鈔》，頁282。

〔註5〕劉鶚，《老殘遊記》，台北：三民書局，2007年06月，二版，第一回自評，頁12。

對於哭泣，劉鶚於小說初編〈自敘〉中，有獨到之見解：

> 哭泣計有兩類：一爲有力類，一爲無力類。癡兒騃女，失果則啼，遺簪亦泣，此爲無力類之哭泣。城崩杞婦之哭，竹染湘妃之淚，此有力類之哭泣也。有力類之哭泣又分兩種：以哭泣爲哭泣者，其力尚弱；不以哭泣爲哭泣者，其力甚勁，其行乃彌遠也。

不哭之哭卻是最有力之哭泣蓋化悲憤爲力量也。劉鶚所舉不哭之哭之實例包括屈原之寫《離騷》、蒙叟之寫《莊子》、太史公之寫《史記》、杜甫之作《草堂詩集》以及李後主之作詞，八大山人之作畫，率皆作者不哭之哭；並明白指出「其感情愈深者，其哭泣愈痛」，而洪都百鍊生之作《老殘遊記》，即此愈痛一類。

化情感爲文字，正能使悲憤成爲力量。《老殘遊記》之作，有身世、家國、社會、種教之種種感情，感之愈深，哭之愈痛；至於不哭之哭，則以文字出之，成爲傳閱流播之作品，一則對於舉世皆病，冀搖鈴以醒之治之，二則其匯聚而成之力，必強而深遠。所謂「千芳一哭，萬豔同悲也」：

> 棋局已殘，吾人將老，欲不哭泣也得乎？吾知海內千芳，人間萬豔，必有與吾同哭同悲者焉！〔註6〕

作者之哭，來自家國之痛、生民之痛，這其中當然有自身之痛。百姓哭，作者哭。劉鶚所言之舉世皆病，大多來自官僚吏屬，包括盤剝鄉民、濫刑株累、囹圄凌虐種種。晚清大臣劉坤一、張之洞上奏指陳官場弊害，包括書吏「把持州縣，盤剝鄉民」；差役皆鄉里無賴充任，其爲民害不可殫數，包括「結案之株連，過堂之勒索，看管之凌虐，相驗之科派，緝捕之淫擄，白役之助虐」等等。至於州縣有司及部選之官亦莫能發揮治事之成效：

> 「州縣有司，政事過繁，文法過密，經費過絀，而實心愛民者不多，於是濫刑株累之酷，囹圄凌虐之弊，往往而有」；「部選之官，皆係按班依次選用，查冊之外，輔以掣籤，並無考核賢否之法，候選人員，多係倩人投供，必托部吏查探」；文法過繁，則日力精力，皆有不給，必至疲勞於虛文，而疏略於實事；吏治過密，則賢者苦於束縛，不能設施，不肖者工爲趨避，仍難指責，以致居官者但有奉法救過之心，並無愛國憂民之誠意。」〔註7〕

〔註6〕以上引文見劉鶚，《老殘遊記・初集自敘》，頁1～2。
〔註7〕參見《張之洞全集》卷五十三，河北人民出版社，1998年08月一版，頁1410。

二人並提出「中法之必應整頓變通者」之十二條建議。包括崇節儉、破常格、停捐納、課官重祿、去書吏、去差役、恤刑獄、改選法、籌八旗生計、裁屯衛、裁綠營、簡文法〔註8〕等等。

　　劉坤一、張之洞所言情況，在小說中比比皆是。寫官場種種最爲淋漓者當推李伯元之《官場現形記》。在第六十回甄閣學胞兄病中走入深山之夢，以寓言式的說白，呈現官場之大體印象：

> 原來這山上並不光是豺、狼、虎、豹，連著貓、狗、老鼠、猴子、黃鼠狼，統通都有，至於豬、羊、牛，更不計其數了。老鼠會鑽，滿山裡打洞，鑽得進的地方，他要鑽，倘若碰見石頭，鑽不進的地方，他也是亂鑽；狗是見了人就咬，然而又怕老虎吃他，見了老虎就搖頭搖尾的樣子，又實在可憐；最壞不過的是貓，跳上跳下，見了虎豹，他就跳在樹上，虎豹走遠了，他就下來了；猴子是見樣學樣；黃鼠狼是顧前不顧後的，後頭追得緊，他就一連放上幾個臭屁跑了；此外還有狐狸，裝做怪俊的女人，在山上走來走去，叫人看見了，眞正愛死人；豬、羊是頂無用之物；牛雖來得大，也不過擺樣子看罷了。我在樹林裡看了半天，我心上想：「我如今同這一班畜生在一塊，終究不是個事。」又想跳出樹林子去，無奈遍山遍地，都是這般畜生的世界，又實在跳不出去……

鑽營如鼠，亂咬如狗，狐狸精、無用豬羊等等，「這般畜生的世界」正是官場世界。劉坤一、張之洞由官僚體制審視其弊病叢之所由；小說則由官場之人物、事件，刻劃官場百態。

> 通過對於官僚來源和構成的全面揭露，小說已經將這些大小官僚貪婪搜括的無恥一面暴露無遺；撇開這一層不論，作爲一個在官僚體系中的個體成員，至少應該具備起碼的獨立工作精神和責任感，而小說通過大量細緻入微的事件和場面描寫，準確傳神地描畫出了官僚個體在政事活動中因循守舊，只講形式，不圖實效，辦事拖拉，不負責任的種種弊病。〔註9〕

官僚體系之主體爲官員，官員良莠關係著治績，官員對自身工作職責之認知成爲良莠之分的基本條件，而這亦是小說最先關注的焦點。透過諸多事件的

〔註8〕參見《張之洞全集》，光緒二十七年八月《楚江會奏變法三摺》。
〔註9〕歐陽健，《晚清小說史》，頁66。

描寫、場面之構現，描繪出晚清官僚只講形式、不負責任之弊病。此外，文法過繁，官員疲勞於虛文，造成束縛賢官卻縱容不肖官員，亦為助長弊風之因素；尤其無確實考核賢否之法，官員為求得任升遷，或是免罪避罰，經常走後門、行苞苴：

> 朝廷頒汰淘之法，定澄敍之方，天子寄其耳目於督撫，督撫寄其耳目於司道，上下蒙蔽，一如故舊。尤其甚者，假手宵小，授意私人，因苞苴而通融，緣賄賂而解釋，而欲除弊而轉滋之弊也。〔註10〕

因無確實考核之法，寄借耳目的人治之法，終至於苞苴賄賂盛行；而此苞苴賄賂又必取之於民脂民膏，雖枉法貪贓，但使錢即能解釋通融，於是有恃無恐，惡性循環，甚且變本加厲，肆無忌憚。

《官場現形記》於終篇之際饒富深意的夢境，把一個官場比喻成畜牲的世界，在這世界中的百姓，卻無處可逃。生民之病，病在官箴，黎庶之痛，痛由官來。「只要官怎麼，百姓就怎麼」〔註11〕人間已不知安樂國何在，作者為家國生民一掬傷心淚之際，乃以劉鶚所謂最有力之哭泣，訴諸文字，形諸筆墨，寫成《官場現形記》，做為一部教科書：

> 上帝可憐中國，貧弱到這步田地，一心要想救救中國。然而中國四萬萬多人，一時哪能夠統通救得。〔註12〕

> 原來這部教科書，前半部是專門指摘他們做官的壞處，好叫他們讀了知過必改。後半部方是教導他們做官的法子。如今把這後半部燒了，只剩得前半部。〔註13〕

以救民之心所寫成的《官場現形記》，非但是最有力的不哭之哭，甚而乃以滑稽諧謔出之，不哭反笑：

> 南亭亭長有東方之諧謔，與淳于之滑稽，又熟知夫官之齷齪卑鄙之要。〔註14〕

> 惟有以含蓄蘊釀，存其忠厚，以酣暢淋漓，闡其隱微，則庶幾近矣。窮年累月計，殫精竭神，成書一帙，名曰《官場現形記》。〔註15〕

〔註10〕茂苑惜秋生，《官場現形記・敍》。
〔註11〕李伯元，《官場現形記》六十回，頁 964。
〔註12〕李伯元，《官場現形記》六十回，頁 963。
〔註13〕李伯元，《官場現形記》六十回，頁 964。
〔註14〕吳趼人，《官場現形記・原序》，台北：三民書局，2004 年 01 月二版，頁 3。
〔註15〕同上註。

憤世嫉俗之念，積而愈深，即砭愚訂頑之心，久而彌切，始學爲嘻
笑怒罵之文，竊自儕於譎諫之列。〔註16〕

李伯元之著小說，砭愚訂頑即是教導爲官之道。雖憤世嫉俗，深刻眞切，卻
以嘻笑怒罵出之。學者指出，晚清四大小說期刊所登載的作品，其主旨之一
即在令人發笑：

據保守估計，清朝末年至少有十二種滑稽小報與雜誌進入市場，這
一勢頭在民國初年更爲強勁。晚清四大小說期刊所登載的作品許多
旨在令人發笑。〔註17〕

以李伯元所主辦的《遊戲報》而言，雖在其出版啓事中，徵求各種稿源，「上
自列邦政治，下逮風土人情」以及「匪徒奸宄，倡優下賤之儔，旁及神仙鬼
怪之事」然「以詼諧之筆，寫遊戲之文」卻是其基本的要求。以晚清四大小
說而論，《官場現形記》、《二十年目睹之怪現狀》即以笑話諧語，穿插各回：

「官場中的笑話，眞是千奇百怪，說三年也說不盡」（14 回）。《二
十年目睹之怪現狀》中繼之也有類似的說法：「其實官場上的笑話，
車載斗量，也不知多少」（47 回）。於是作爲貫串線索的「我」（九
死一生）就不斷請人講笑話，也不斷給人講笑話，…並且明言是在
「講笑話」！〔註18〕

二書不但記述笑話，甚且直接讓書中人物不斷講笑話，因此笑話穿插第6、第
7、第23、第26、第30、第36、第43、第46、第47、第53、第66、第77、
第78、第93等各回。其笑話亦新舊並陳，老笑話或來自舊聞之轉錄，新笑話
或謂有杜撰之嫌，但實則大多是徵求採集而來。李伯元之外，吳趼人亦喜「爲
嘻笑怒罵之文」，其用心在以改良笑話輸入「新意識，新趣味」〔註19〕。

用陳平原的話來說：「吳趼人、李伯元把小說當官場、社會笑話寫還
不過癮，而且還眞的讓書中人一再講起官場、社會的笑話來。可能
是書中人可笑，也可能是書中人講的笑話可笑，倘若書中人可笑，

〔註16〕吳趼人，《近十年之怪現狀・自敘》宣統二年（1910），見《晚清文學叢鈔》，
頁185～187。

〔註17〕王德威，《被壓抑的現代性——晚清小說新論》，北京：北京大學出版社，2005
年05月一版，頁242。

〔註18〕陳平原，《中國小說敘事模式的轉變》，臺北：久大文化有限公司，1990年05
月一版，頁176。

〔註19〕同上註。

可笑的人講的笑話也可笑，那全書可就真的笑話連篇了。」〔註20〕

二書笑話連篇，吳趼人認為小說的「諧語」較諸「壯詞」，更具改變人心之力量：

> 吳趼人指出，倘若小說真有傳奇般的力量來改變人心，那並非因為
> 小說的「壯詞」，而應歸功於「諧語」、「笑話」之類的喜劇性表達方
> 式。〔註21〕

吳趼人作品中有許多笑話集如：《新笑史》、《新笑林廣記》、《俏皮話》與《滑稽談》等；李伯元也不遑多讓，其《時事新談》與《滑稽新語》撰寫了數百則笑話與諧文。學者指出，吳、李二人對笑話之概念與運用，可與明代小說家馮夢龍前後輝映：

> 就其對人性的矛盾、虛榮與弱點所懷抱的好奇而言，吳、李兩人令
> 我們想起明末偉大的短篇小說家馮夢龍。雖然馮夢龍最常被後人憶
> 為「三言」的創作、編撰者，他實際上也是一系列笑話作品的作者，
> 包括《笑史》、《雅謔》與《廣笑府》等。〔註22〕

三者共同之處，即在於認識到笑話諧語較諸莊言訓詞，更具娛人耳目之效，讀者在哈哈大笑之際，更易於心領神會，印象深刻。

實則晚清四大小說固多見嘲笑諧謔之筆，然亦不乏啼淚哭泣之控訴。必須留心者，其笑非樂而笑，而是憤慨悲苦，有所諷刺嘲謔而笑。魯迅曾指出晚清四大小說嘻笑怒罵效果之所由：

> 它所寫的事情是公然的，也是常見的，平時是誰都不以為奇的，而
> 且自然是誰都毫不注意的。不過這事情在那時卻已經是不合理、可
> 笑、可鄙、甚而至於可惡。但這麼行下來了，習慣了，雖在大庭廣
> 眾之間，誰也不覺得奇怪。現在給它特別一提，就動人。〔註23〕

換言之，四大小說之取材是人人所公開習見的種種現象，然於笑罵之間，卻能動人。此一動人效果應至少包含兩層意義：一是讀者同作者同感，感其可笑；一是讀者對於習而不察、習以為常之種種亂象，省覺其怪。

〔註20〕王德威，《被壓抑的現代性──晚清小說新論》，頁243。

〔註21〕王德威，《被壓抑的現代性──晚清小說新論》，頁242。吳趼人語見吳趼人，〈兩晉演義序〉，收於《晚清文學叢鈔》，頁184：「蓋以為正規不如諷諫，莊語不如諧詞之易入也。」

〔註22〕王德威，《被壓抑的現代性──晚清小說新論》，頁242。

〔註23〕魯迅，〈什麼是「諷刺」？〉見魯迅，《且介亭雜文二集》，台北：風雲時代出版公司，1990年03月一版，頁145。

　　四大小說中的笑，多是嘲笑、笑謔之笑，慣以戲謔、冷嘲熱諷的形式出現。在其嘲諷譏刺中，諧趣是其中的主要因素：

> 劉勰與佛萊（Northrop Frye）雖地域的東西與時代的前後千差萬別，他們卻不謀而合地都指出諧趣成為諷刺文學的特性：精心構思的權譎與出乎意料的機智，都產生諷刺的諧趣，強調此兩者成為諷刺最主要的兩種因素。〔註24〕

其諷刺亦可謂是苦諷，言笑心苦：

> 苦諷：以一種反諷的技巧，挖苦的語諷，嘲弄或取笑的態度，來表達尖酸、苦澀的情感。〔註25〕

本文下節將由嘲諷入手，由此心苦情切，笑以出之的諷刺手法，探究晚清四大小說在嬉笑怒罵之際，所表現的文學特性。

第二節　嘲笑、諷刺、譴責與詛咒

　　出之以心苦情切之嘲諷，可大別為嘲笑、諷刺、譴責與詛咒四類。雖表現形式、呈現效果各有不同，然其用心則一。以下言小說嘲諷譴詛之呈現並進而做一評析。

一、嘲笑

　　嘲笑方式可略分為自嘲與他嘲。

> 「詩人起可以沒有別號？倘若不弄別號，那詩名就煙沒不彰了。所以古來的詩人，如李白叫青蓮居士，杜甫叫玉溪生。」我不禁撲嗤一聲笑了出來。忽然一個高聲說道：「你記不清楚，不要亂說，被人家笑話。」「玉溪生是杜牧的別號，只因他兩個都姓杜，你就記錯了。」姓梅的道：「那麼杜甫的別號呢？」那人道：「樊川居士不是麼？」
>
> 「我今日看見一張顏魯公的墨跡，那骨董掮客，要一千元，字寫得真好：看了他，再看那石刻的碑帖，便毫無精神了。」一個道：「只要是真的，就是一千元也不貴，何況他總還要讓點呢？但不知寫的

〔註24〕吳淳邦，《晚清諷刺小說的諷刺藝術》，頁149。
〔註25〕吳淳邦，《晚清諷刺小說的諷刺藝術》，頁103。

是什麼？」那一個道：「寫的是蘇東坡前赤壁賦。」〔註26〕
在書生一來一往的兩相應答中，呈現二人的淺薄無知、不學無術。然其可笑
之處，不在其無知，而在其鬥強逞能，自以爲知。盛讚唐顏眞卿之墨寶，似
是內行風雅、知之甚深，卻不料唐人之墨寶，內容竟是宋人的文賦，他不但
不察，還稱讚字佳，這是讓見者捧腹大笑的主要笑點。

> 「前兩個禮拜，我就託你查查杜少陵是甚麼人，查著了沒有？」姓
> 梅的道：「甚麼書都查過，卻只查不著；我看不必查，一定是杜甫的
> 老子無疑的了。」那個人道：「你查過幼學句解沒有？」姓梅的撲嗤
> 一聲，笑了出來道：「虧你只知得一部幼學句解，我連龍文鞭影都查
> 過了。」我聽了這些話，這回的笑，眞是忍不住了；任憑咬牙切齒，
> 總是忍不住。〔註27〕

小說一路緊扣其無術無知之特點，在二人自矜自是，「切磋」自得之間，借旁
觀之忍俊不住，清楚呈現其滑稽荒唐。

> 本來一般的讀書人，雖在亂離兵災燹，八股八韻，朝考卷白摺子的
> 功夫是不肯丟掉，況當歌舞河山拜揚神聖的時候呢！〔註28〕

對於讀書人之熱中科舉，寒窗苦讀，甚至戰亂逃難仍是緊抱著「八股八韻」
不放的行徑，說者略無煙火，僅在語氣中隱約夾雜著一絲嘲弄。以上是他人
的嘲弄、嘲笑，或是言語，或是笑聲，或是神態舉止；以此使讀者明瞭其可
笑。

> 第五十七回「慣逢迎片言矜奧秘」，寫了單道台對同僚講的一番話：
> 《中庸》上有兩句話我還記得，叫做「在下位，不獲乎上，民不可
> 得而治矣」。什麼叫「獲上」？就說會巴結，會討好，不叫上司生氣，
> 如果不是這個樣子，包你一輩子不會得缺；不能得缺那裡來的黎民
> 管呢？這便是「民不可得而治矣」的注解。

此則則爲自嘲。說者自我戲謔嘲笑，表面上以爲《中庸》下一新注解，似爲
自己之行爲找到經典上的支持；實則在引經據典，玩笑戲謔之際，點出其逢
迎巴結的重點，順帶不著痕跡地嘲弄一下官員任用之病，可謂一箭雙鵰。

> 中舉之後，一路上去，中進士，點翰林，……點了翰林，就有官做，

〔註26〕吳趼人，《二十年目睹怪現狀》文化圖書公司，頁181。
〔註27〕吳趼人，《二十年目睹怪現狀》，頁182。
〔註28〕曾樸，《孽海花》，頁5〜6。

> 做了官，就有錢賺；還要坐堂打人，出起門來，開鑼喝道，呵唷唷，
>
> 這些好處，不唸書，不中舉，那裡來呢？〔註29〕

小說對於八股科舉集中火力加以批判，用的是笑中帶刺的詼諧語言。塾師教孩童的觀念是：讀書目的在中舉，中舉爲做官，做官在得好處、「有錢賺」；尤以其理所當然的生動語氣，傳神描繪芸芸諸生之心態。《莊子》以其曼衍謬悠之詼諧言語，表現其「正言若反」〔註30〕之特色；亦即所言實爲眞理，聽來卻像在胡說八道。小說則承其精神反用其法，分明是錯誤的觀念，不當的行爲，說者說來卻理所當然，甚至一派合理自得的口吻，變《莊子》之「正言若反」爲「反言若正」，順勢而爲，恣意發揮，最是淋漓。

對於知識份子在科場中的人心陷溺，宗族家門、社會群眾對科舉功名的盲目熱衷，四大小說立場一致地給予譏笑嘲謔。在功名利祿的途徑上奔競翻滾的芸芸眾生，有時爲達目的不擇手段，罔顧公平正義，行險作弊而滿紙仁義道德；另一方面，他們前仆後繼、絡繹於途，竭精耗慮、銷磨青春，卻有可能終無所得，成爲科舉制度最直接的受害者。在小說中涉入科舉、熱中科舉的人物面目既是可憐，亦復可恨。在看似茶餘飯後的談笑之間，借助小說人物「反言若正」的趣味口吻，小說輕輕嘲弄，留白亦多。

而比較自嘲、他嘲二種，前者顯然更見嘲謔之效。自嘲猶如自打巴掌，他嘲則略有隔靴之感。自嘲在言語之間，生動呈現自身之所思所感，較爲深刻。

小說寫官員之懼外媚外，他嘲以小民之口說出「我們中國的官，見了外國人，比老子還怕些；你和他打官司，那裏打得贏！〔註31〕」的社會普遍觀感；自嘲則在自道之時更清楚具體，呈現自己的卑劣可笑，讀之感觸尤深：

> 不要看我是個道臺，我的膽子比沙子還小！設或鬧點事出來，你我
>
> 有幾個腦袋呢！也不光我是這樣，或是上頭制臺，亦同我一樣呢！
>
> 上頭尚且如此，你我更不用說了。〔註32〕

平日作威作福的官員們，面對外人外教時則心態畏蒽怯懦。其自嘲「膽子比

〔註29〕李伯元，《官場現形記》，第一回，中頁4。

〔註30〕唐陸德明撰，《經典釋文》卷第一，〈序錄〉：「莊子者，姓莊，名周……然莊生弘才命世，辭趣華深，正言若反，故莫能暢其弘致；後人增足，漸失其眞。」鄧仕樑、黃坤堯校訂索引，臺北：學海出版社，1988 年 06 月一版，頁 17。

〔註31〕吳趼人，《二十年目睹怪現狀》，第五十回，頁 269。

〔註32〕李伯元，《官場現形記》，頁 792。

沙子還小」，「上頭制臺，亦同我一樣呢！」讀者聞此，輕笑鄙薄之際，能不深有無奈之感？

除病官員所作所爲，小說對於整體官僚制度，亦常發出笑聲。以下一則乃關於捐官之浮濫，極盡戲謔之能事。藩台大人爲嫡妻之長子花錢捐道臺之官，本不足奇，豈知不但二姨太爲其七歲子要求循例辦理，連三姨太也爭取要爲五個月身孕之胎兒捐官：

> 我們大人說：「將來養了下來，得知是男是女？倘若是個女怎麼辦？」
> 二太太不依，說道：「固然保不定是個男孩子，然而亦拿不穩一定是
> 個女孩子。姑且捐好一個預備著，就是頭胎養了女兒，還有二胎哩！」
> 大人說他不過，也替他捐了；不過比道臺差了一級，祇捐得一個知
> 府。二姨太太才鬧完，三姨太太又不答應了。三姨太太更不比二姨
> 太太，並且連著身孕也沒有，也要替兒子捐官，大人說：「你連著喜
> 都沒有，急的那一門？」三姨太太說：「我現在雖沒有喜，焉知道我
> 下月不受胎呢？」因此也鬧著，一定要捐個知府。聽說：昨兒亦說
> 好了。〔註33〕

莫說七歲捐官，尚在娘胎也捐官，就連沒個影兒的也捐官。小說在層遞的誇張中，逐次地加大笑聲，加重荒唐之感。從大太太、大姨太、二姨太到三姨太，一連捐了兩個道臺、兩個知府；官員非但妻妾成群，並且銀錢極豐，可以隨意揮霍，何以致之，不言可喻。小說極盡挖苦之能事，而大清王朝的官僚政治，就在這看似逗趣可笑的畫面中，呈現出荒唐混亂的景象。

二、諷刺

風者，諷也。中國文學之諷刺，可上溯至《詩經》：

> 《毛詩序》：詩有六義焉，一曰風、二曰賦、三曰比、四曰興、五曰
> 雅、六曰頌。上以風化下，下以風刺上，主文而譎諫，言之者無罪，
> 聞之者足以戒，故曰風。至於王道衰，禮義廢，政教失，家殊俗，
> 而變風變雅作矣。國史明乎得失之跡，傷人倫之廢，哀刑政之苛，
> 吟詠情性，以風其上，達於事變而懷其舊俗者也，故變風發乎情，
> 止乎禮義。

〔註33〕李伯元，《官場現形記》，第六十回，頁953。

因禮義廢，政教失，故哀之傷之，以諷喻之；而「發乎情，止乎禮義」爲其原則，「達於事變而懷其舊俗」，使衰廢復得其正爲其目標。《文心雕龍・隱秀》有「義欲婉而正，辭欲隱而顯」之說，強調「委婉曲折，藏鋒不露」，而意義明確顯現〔註34〕。

　　源於風詩之諷刺，在中國文學傳統慣以婉曲隱微爲其傳統，在諷刺小說中被推爲正宗極品者即是《儒林外史》：

　　　　迨《儒林外史》出，乃秉持公心，指摘時弊，機鋒所向，尤在士林，戚而能諧，婉而多諷。於是說部中乃始有足稱諷刺之書。〔註35〕

　　　　有清一代小說繁多，而諷刺小說則是到《儒林外史》出現，才成爲清代小說的主流。〔註36〕

不同於《儒林外史》大多婉而多諷之風格，晚清四大小說之諷刺出現更多的直諷：

　　　　當咸豐末年，庚申之變，和議新成，廷臣合請回鑾的時代，要安撫人心，就有舉行順天鄉試之議。那時蘇常一帶，雖還在太平軍掌握，正和大清死力戰爭，各處縉紳士族，還是流離奔避；然科名是讀書人的第二生命，一聽見了開考的消息，不管多壘四郊，總想及鋒一試。〔註37〕

小說直言科舉八股、功名富貴是讀書人的第二生命，儘管戰火方熾，流離奔避之間所掛懷者，不在國事民生，只在科考。

　　　　中國的大臣，都是熬資格出來的。等到頂子紅了，官升足了，鬍子也白了，耳朵也聾了，火性也消了。……人人只存著一個省事的心，能夠少一樁事，他就可以多休息一回。……人人又都存了一個心，事情弄好弄壞，都與我毫不相干，只求不在我手裡弄壞的，我就可以告無罪了。〔註38〕

明代之亡，人譏士大夫「平日袖手談心性，臨危一死報君王」。至若晚清官員，只剩一個省事的心、好壞與我毫不相干的心，平日只趨炎附勢，逢迎巴結上司唯恐不及，至於國事艱難、百姓疾苦等等則一概裝聾作啞。頂子紅了，官

〔註34〕吳淳邦，《晚清諷刺小說的諷刺藝術》，頁15。
〔註35〕魯迅，《中國小說史略》，香港太平洋圖書公司，1973年02月二版，頁230。
〔註36〕吳淳邦，《晚清諷刺小說的諷刺藝術》，頁23。
〔註37〕曾樸，《孽海花》，頁19。
〔註38〕李伯元，《官場現形記》，第五十八回，頁920。

升足了，鬍子白了，耳朵也聾了，火性也消了；譏諷調侃之餘，直言無心救國，無意治事。較諸晚明官員之以身殉國，晚清官員則是自私冷漠之心態。

> 那外面買傳遞的，不知多少。這一張紙，你有本事拿了出去，包你
> 值得五、六百元。……防這些士子，就如防賊一般。他們來考試的，
> 直頭是來取辱。〔註39〕

小說中記述考場舞弊情形，竟有「飛鴿傳書」之例，讀書人為求功名不擇手段，因而洩題價碼也隨之水漲船高，至於五、六百元之譜。更可悲的是防士子如同防賊，考試直是來自取其辱，寥寥數語之譏諷，卻點出科舉取士之矛盾荒謬。

> 不是兄弟瞧不起捐班，實在有叫我瞧不起的道理。譬如……，誰有
> 錢，誰就是個官，還不同窯姐兒一樣嗎？〔註40〕

小說記述時人對捐官之不屑，竟至以窯姐兒相譬。士子如賊，捐官如娼，明刀明槍，諷刺是直來直往。

直諷之外，誇飾亦是常見之諷刺手法：

> 繼之道：「自從開捐之後，那些官兒，竟是車載斗量；誰還去辨甚麼
> 真假？我看將來是穿一件長衣服的，都是個官。」〔註41〕

誰有錢，誰就是個官，朝廷貪圖捐銀又時而大力勸捐之下，捐納之官，極為浮濫，竟至車載斗量。「將來是穿一件長衣服的，都是個官」，雖稍嫌誇張，然頗見諷刺之效。猶有甚者，晚清小說之諷刺還常以誇張鋪敘之型態出現，《官場現形記》《官場現形記》有一段中孝廉的描述尤稱淋漓盡致。中舉的是趙老頭的孫子，小說鋪寫趙老頭的得意非凡，除了對三五成群賴在他家的報錄人整天「大魚大肉的供給」、鴉片煙侍候之外，並且對所有往來的姻親世誼，都寫了報條，一家家送去報喜。此外，祭宗祠、請喜酒，卯足勁地大肆慶祝：

> 又忙著看日子，祭宗祠，到城裡雇的廚子，說要整豬整羊上供，還
> 要砲手樂工禮生。又忙著檢日子，請喜酒；一應鄉姻世族誼，都要
> 請到。還說如今孫子中了孝廉，從此以後，又多幾個同年人家走動
> 了。又忙著叫木匠做好六根旗杆；自家門前兩根，墳上兩根，祠堂
> 兩根。又忙著做好一塊匾，要想求位翰林老先生，題「孝廉第」三

〔註39〕吳趼人，《二十年目睹怪現狀》，頁226。
〔註40〕李伯元，《官場現形記》，第十九回，頁276。
〔註41〕吳趼人，《二十年目睹怪現狀》，頁348。

> 個字。想來想去，城裏頭沒有這位闊親戚可以求得的；只有墳鄰王
> 鄉紳，春秋二季下鄉掃墓，曾經見過幾面，因此淵源，就送去了一
> 份厚禮，央告他寫了三個字。連夜叫漆匠做好，掛在門前，好不榮
> 耀！〔註42〕

若是中狀元，猶有可言；只是中了孝廉，排場竟如此鋪張，大魚大肉、鴉片
煙，祭祠、請酒之外，又是立杆，又是題匾，他自覺「好不榮耀」，讀者看來
卻好不誇張，好不諷刺；在誇張的描繪上，由此以見作者隱然藏伏、不言可
喻的諷刺。

　　喜慶之外，喪禮之鋪陳夸飾猶勝於此。除了沿途包括油漆行、煤行、洋
貨行、木工行等商號，衣冠濟濟、擺設豬羊祭筵外，群眾爭看熱鬧，幾至萬
人空巷：

> 大馬路雖寬，卻也幾乎有人滿之患。只見當先是兩個紙糊的開路神，
> 幾乎高與簷齊；接著，就是一隊五彩龍鳳燈籠；以後接二連三的旗
> 鑼扇傘，銜牌職事；那銜牌是甚麼布政使，什麼海關道，什麼大臣，
> 甚麼侍郎，弄得人目迷五色；以後還有什麼頂馬，素頂馬，細樂，
> 和尚，師姑，道士，萬民傘，消遙傘，銘旌亭，祭亭，香亭，喜神
> 亭，功布，亞牌，馬執事……還有一隊西樂。〔註43〕

儀仗繁多之外，居然用奉天詔命，誥封恭人，晉封夫人，累封一品夫人的素
銜牌舉在魂轎之前；棺木則開了六十四擡，覆以大紅緞子平金大棺罩。衣冠
縞素、列隊送行者不計其數，內眷轎子則「足有四五百乘」。而路祭除前述各
行號，沿路尚有「甚麼公司的，甚麼局的，甚麼棧的，……」。在長篇鋪敘之
後，小說畫龍點睛，機鋒突現：

> 「犯了法的，有遊街示眾之條；不料這位姨太太死了，也給人家抬
> 了棺材去遊街。」正是：任爾鋪張誇閭閻，有人指點笑遊街。

鋪排喪禮，正顯示貪官不法所得之豐厚豪奢。小說描寫督辦姨太太出殯，排
場極大，謂之「大出喪」。一個小小督辦姨太，喪禮窮奢極侈、僭越常儀，顯
示督辦所得豐厚，並且大多是不法所得。職是之故，百姓的怨怒就從一番冷
嘲熱諷的譏刺中宣洩而出，「犯了法的，有遊街示眾之條；不料這位姨太太死
了，也給人家抬了棺材去遊街。」開路神、五彩龍鳳燈籠、旗鑼扇傘、銜牌

〔註42〕李伯元，《官場現形記》，頁5。
〔註43〕吳趼人，《二十年目睹怪現狀》，頁439。

職事等等鋪敘，強化了讀者印象，也深化了諷刺之刻痕。

　　從士子之不學無術、讀書人之熱中科舉，到捐官之浮濫、官場之貪賄，甚至整個官僚體系之弊病，晚清四大小說抨擊之對象，交集在官場一域。

> 諷刺小說的難處有二：一、作者筆鋒所指的諷刺對象，必須是一種值得批評或應該打倒的惡勢力。（譬如《儒林外史》中諷刺得最厲害的便是那害人不淺的舉業。）否則捉一兩個「自己」所不愜心的人或事，來諷刺譏嘲一番，其結果只不過變成了私人的攻訐，不足以入諷刺小說之列。二、作者在字行之間，必須有力量使讀者明白，它他之所以將這對象予以諷刺的理由，那理由也必須是光明正大的真理。〔註44〕

孟瑤之第二點主張正呼應《文心雕龍》隱而顯之主張。至於第一點，夏志清有更明確之定義：

> 根據傳統史家的看法，一個朝代的滅亡是由於佞臣當道，當政者未能力行儒家仁政愛民的政治理想所致，因此，儒家的政治理想從未成為作家筆下的諷刺對象。根據這種理論，儒家的政治理想，異族朝廷照樣也可求之實現。所以中國傳統文學的諷刺對象，只是那些違反聖賢遺教、社會法則的人物或風俗而已。〔註45〕

據此，吳淳邦歸納晚清小說諷刺對象，分為十大類型：

> 晚清諷刺小說的諷刺對象：1貪官污吏、2虛偽清官、3昏官贓吏、4窮官小吏、5酷官虐吏、6怯兵弱將、7王公大臣、8科舉奴隸、9狐群狗黨、10名士才子。〔註46〕

以上十類，或是為官前或是為官後，然皆在官場出沒活動。晚清四大小說抨擊之對象不但交集在官場一域，並且還對整體官僚制度進行批判諷刺。小說一而再、再而三地重覆諷刺官場的「做生意」特徵，換言之，其諷刺手法乃暗用譬喻法，將官場喻為商場。

> 「大概要報效多少銀子？這銀子幾時要交？」黃胖姑道：「銀子繳的愈快愈好，早繳早放缺；至於數目看你要得個什麼缺，自然好缺多些，壞缺少些。」賈大少爺道：「向上海這麼一個缺，要報效多少銀子呢？」黃胖姑把頭搖了兩搖道：「怎麼你想到這個缺？這是海關

〔註44〕孟瑤，《中國小說史》，頁496。
〔註45〕夏志清，《中國現代小說史》，友聯出版社，1979年07月，頁462。
〔註46〕吳淳邦，《晚清諷刺小說的諷刺藝術》，頁37。

　　道，要有人保過記名，以海關道簡放才輪的著。然而有了錢呢，亦
　　辦得到，隨便弄個什麼人，保上一保，好在裡頭明白，沒有不准的。
　　今天記名，明天就放缺，誰能說我們不是？至於報效的錢，面子上
　　倒也有限。不過這個缺，裡頭一向當他一塊肥肉；從前定的價錢，
　　多則十幾萬，少則十萬也來了；現在這兩年，聽說出息也比前頭好，
　　所以價錢也就放大了。新近有個什麼人，要謀這個缺，裏頭一定要
　　他五十萬。他出到三十五萬，裏頭還不答應。」賈大少爺聽說，把
　　舌頭一伸，道：「要報效這許多麼？」〔註47〕

官員候補放缺，就如做生意一般按等級喊價。至於等級之分亦有依據，乃按
各缺未來獲利之肥瘠調整標價，並且再難取得的職缺，只要「有了錢呢，亦
辦得到」；被視為「一塊肥肉」的上海職缺，要價五十萬兩，而這當中居然也
像生意買賣一般有討價還價「出到三十五萬」的情況。官場的光怪陸離、可
愕可笑之事，小說以「買官之道」出之，儼然莊重，莊中帶謔，有識者讀此
內心能不五味雜陳？

　　而以重金購得肥缺，一旦就任，必加倍索還。除節禮例錢之外，凡下屬
下民有所請託，一概須額外付錢：

　　「現在莫說家務，就是我做兄弟的，替你經手的事情，你算一算：
　　玉山的玉夢梅，是個一萬二。萍鄉的周小辮子八千。新昌胡子根六
　　千。上饒莫桂英五千五。吉水陸子林五千。盧陵黃霽甫六千四。新
　　番趙苓州四千五。新建王爾梅三千五。南昌蔣大化三千。千山孔慶
　　隔、武陵盧子庭，都是二千。還有些一千八百的，一時也記不清，
　　至少亦有二三十注，我筆筆都有帳的。」〔註48〕

多至萬兩，少亦千兒八百，一事事、一筆筆直如做生意一般清楚記帳，有謂
「做官的利錢頂好〔註49〕」，果不其然！把做官視同做生意，將本求利、唯利
是圖，牟利之心尤甚於做買賣的生意人：

　　那捐班裡面，更不必說了，他們那裡是做官，其實也在那裡同我此
　　刻一樣的做生意。他那牟利之心，比做買賣的還利害呢！〔註50〕

〔註47〕李伯元，《官場現形記》，頁376。
〔註48〕李伯元，《官場現形記》，頁53。
〔註49〕李伯元，《官場現形記》，第六十回，頁953。
〔註50〕吳趼人，《二十年目睹怪現狀》，頁107。

花錢購缺不限捐納候補，八股進士亦有，然仍以捐納為多，不論如何，就其
「預計取償」之居心言，任官之後，必然搜括更多。

　　科舉考試被視為進入官場的正途，然已有諸多弊端；至於捐納授官，向
被視為入仕的旁門左道，其中種種較諸科舉更有過之而無不及。而捐納之浮
濫固然源於孜孜為利的貪婪人性，然問題的癥結恐怕還在朝廷治國無方，頭
痛醫頭、腳痛醫腳，無長遠規劃，明知捐官浮濫，素行低劣，計本取利，禍
害多端，但一時需用，仍開方便之門，大力勸捐，倉皇應付眼下一時緊急，
貽下往後無數禍患。因此，即使皇朝聖君、天子威儀，小說硬是放膽嘲諷了
一下：

　　　　至於拿官當貨物，這個貨只有皇帝有，也只有皇帝賣〔註51〕。
這一刮，也許稍犯聖威，卻點出了問題關鍵。

　　較諸科舉，捐納進用的人選材質極為低劣，品行堪慮，是官場極大的隱
憂。小說對於捐納嘲弄的笑聲較為宏大響亮，對於社會競相捐納的諷刺也更
加辛辣，這群摩拳擦掌、磨刀霍霍的蟊蟲，是大清國未來沉重的負擔，而開
啓無窮禍患的聖朝國君，也「若不經意」地納入嘲諷之列。補正史之遺，收
勸懲之功，四大小說的輕重緩急，亦由此以見。

　　皇室尚且拿官當貨物賣，以下臣民如何，自然可知；所謂風行草偃、上
行下效，整個官僚體系更勝似營利機構，官員依樣畫葫蘆，以生日壽禮之名
義，行買賣職缺之實；生日壽禮其實只是收賄之藉口。小說中有一段謔而不
虐的精彩議論：

　　　　我也知道打了票子進去最輕便的，怎奈大人先生，不願意擔這個名
　　　　色，所以才想法做成這東西送去；人家看見，送的是筆墨，很雅的
　　　　東西；就是受了，也不取傷廉。我道：「這是一份贄禮，卻送的那麼
　　　　重？」洞仙道：「凡有所為而送的，無所謂輕重，也和咱們做買賣一
　　　　般，一分行情一分貨。你還沒知道，去年裡頭，大叔生日，閩浙蕭
　　　　制軍送的禮，還要別緻呢。是三尺來高的一對牡丹花，白裕的花盆，
　　　　珊瑚碎的泥，且不必說；用了一對白珊瑚坐樹，配的是瑪瑙片穿出
　　　　來的花，蔥綠翡翠做的葉子，都不算數；這兩顆花，總共是十二朵，
　　　　那花心卻是用金絲鑲的，金剛鑽做的；有人估過價，這一對花，要
　　　　抵得九萬銀子。送過這份禮之後，不上半年，那位制軍便調了兩廣

總督的缺。」〔註52〕

分明是「一分行情一分貨」生意人的現實嘴臉，卻要塗抹成風雅高尚的清廉面目，「生日壽禮」不過是行賄買缺慣用的名目，口頭上掛個「不取傷廉」的說辭，實際所代表的是令人咋舌的價碼行情。儘管動輒十數萬、數十萬銀兩的高價，令人瞠目，然而不入此賄上門徑，「候到七八百年」尚無一職半缺；而送過禮之後，升遷之速，「不上半年」，甚且可以獲得「軍機」「特簡」之高位，在官僚體系的陟升遷降作業中，錢之爲用大矣哉！至於小說以示現手法詳細鋪陳價值不菲的牡丹盆景，精巧雅緻之極，令人目眩神迷；而「要抵得九萬銀子」，卻在風雅之中嗅到濃重的銅臭味。

學者對於晚清諷刺小說的諷刺藝術曾指出「懸殊的譬喻」〔註53〕是其中之一法，而所謂懸殊即指官場如商場之譬喻。晚清四大小說之諷刺，除將官場比作生意場之取譬運用外，尚有反諷之手法。

> 冤枉個把鄉下人，有甚麼要緊！我在上海住了幾年，留心看看官場
> 中的舉動，大約只要巴結上外國人，就可以升官的；至於民間疾苦，
> 冤不冤枉，那個與他有甚麼相干！〔註54〕

中國官員媚外懼外之情結嚴重若此，何以致之？對此，小說即曾借官員之口指出，得罪外國人要丟腦袋，而相反地，巴結外國人則可升官發財。「冤枉個把鄉下人，有甚麼要緊！」「民間疾苦……那個與他有甚麼相干！」運用激問之修辭，說者對昏庸官員之諷刺，更形生動。

> 老把弟！你知道我的錢是那裡來的？就是你們山東藩庫的銀子啊！
> 我當著糧臺差使時，便偷著用了幾顆印，印在空白文書上；……後
> 來撤了差，便做了他提餉文書，到這裡來提去一筆款。〔註55〕

加捐同知、已經指省江蘇的捐官，以「比做買賣的還利害」的牟利之心，爲官任職之際，只要一有機會便貪贓枉法，膽大包天、爲所欲爲。而他傳授自己爲官生財致富之道，居然是僞造公文，冒領庫銀，並且言談之間，自喜沾沾，自以爲高明。

小說讓人物自問自答、自道自破，使得一椿僞造文書、盜領庫銀的罪行，

〔註52〕吳趼人，《二十年目睹怪現狀》，頁418。
〔註53〕吳淳邦，《晚清諷刺小說的諷刺藝術》，頁117：「一、懸殊的譬喻……一分行情一分貨，你拼得出大價錢，他肯拿行貨給你嗎？（《現形記》廿五回）」
〔註54〕吳趼人，《二十年目睹怪現狀》，第六十七回，頁369。
〔註55〕吳趼人，《二十年目睹怪現狀》，頁290。

竟似成了瞞天過海，殊堪讚嘆的傑作。

> 現在還有難辦的事情嗎？佛爺早有話：「通天底下一十八省，那來的
> 清官？但御史不說，我也裝作糊塗罷了；就是御史參過，派了大臣
> 查過，辦掉幾個人，還不是這們一件事；前者已去，後者又來，眞
> 正能懲一儆百嗎？」這才叫明鑒萬里呢！〔註56〕

「這才叫明鑒萬里呢！」對於整個官僚體系的肅貪無功，官官相護，罪魁禍
首正是統攬大權的慈禧太后。位高權重如斯，卻仍貪取賄禮，縱容貪官污吏
花錢消災。慨言通天底下一十八省無清官，其實自身正是帶頭貪污受賄之人。
此處有雙重之自道自破，太監的自道自破中又包孕著老佛爺的自道自破。對
於帶頭收賄，無心澄清吏治的慈禧太后以明鑒萬里形容之，足見反諷之功。

> 其實也不過敷衍了事而已，現在的事情，無論那一樁那一件，不是
> 上瞞下，就是下蹁上。幾時見查辦參案，有壞掉一大票的？非但兄
> 弟不肯做這個惡人，就是制台也不肯失他自己的面子。他手下的這
> 些人雖然不好，難道他平時是聾子瞎子，全無聞見，必要等到都老
> 爺說了話，他才一個個的掀了出來，豈不愈顯得他平時毫無覺察麼？
> 不過其中，也總得有一兩個當災的人，好遮掩人家耳目。〔註57〕

行賄受賄已成將本求利的爲官之道，諛上賄上既成普遍之風，行賄受賄乃必
然之事；至於民瘼民怨，眼不見爲淨、裝聾作啞、不做不錯，無利可取，自
不與我相干；甚至等而下之者，竟視黎民爲榨取對象，千方百計搜括民脂民
膏。

> 何如我們做典使的，既不比作州縣的，每逢出門，定要開鑼喝道，
> 叫人家認得他是官；我們便衣就可上街，什麼煙館裡、窯子裡、賭
> 場上，都可去得。認得咱的，這一縣之內，都是咱的子民，誰敢不
> 來奉承？不認得的，無事便罷；等到有起事情來，咱一還他一個鐵
> 面無私。不上兩年，還有誰不認得咱的？一年之內，我一個生日，
> 我們賤內一個生日，這兩個生日，是刻板要做的，下來老太爺生日，
> 老太太生日，少爺作親，姑娘出門，一年總算有好幾回。〔註58〕

典史爲州縣佐官，掌管全縣監察和刑獄，因執事有權以致「誰敢不來奉承」？

〔註56〕李伯元，《官場現形記》，第18回，頁260。
〔註57〕李伯元，《官場現形記》，第三十三回，頁500。
〔註58〕李伯元，《官場現形記》，頁20。

其取賄之道亦包括生日文章。夫妻父母的壽禮之外，兒女婚喪喜慶也都是收錢良機，受賄在此成了例行、普遍的通則。靠著一連幾次的收禮受賄，「一年上有五、六椿事情……就有好兩千」，接著小説借典史小吏之口，自道自破其劣行：

> 眞眞大處不可小算。不要說我連著兒子閨女都沒有，就是先父老母，我做官的時候，都已去世多年；不過託名頭說在原籍，不再任上，打人家個把式罷了。〔註59〕

兒女是不存在的，父母則已然去世多年，小説借人物之口，對這荒謬的爲官之人、取財之道，作了極深刻之諷刺。

> 藩台道：要掛這張牌，至少叫他們拿五千現銀子。代理雖不過兩三個月；現在離著收漕的時候也不遠了，這一接印，一分到任規，一分漕規，再做一個壽，論不定新任過了年出京，再收一份年禮，至少要弄萬把銀子。〔註60〕

例行的賄銀包括大宗的到任、漕銀、壽禮以及年禮四項，因此代理雖不過兩三個月，入帳已至萬兩之普。有謂「三年清知縣，十萬雪花銀」，以此估算，其數約略相當。小説中官員撥打著如意算盤，賣缺計利定價，由其自道所以，暴露行徑之荒謬。

行賄受賄、賣缺計利之外，別說民間疾苦毫不掛意，即便是興亡大事也都與官員「毫不相干」：

> 將來外國人，果然得了我們的地方，他百姓固然要，難道官就不要麼？沒有官，誰幫他治百姓呢？所以兄弟也決計不愁這個。他們要瓜分，就讓他們瓜分，與兄弟毫不相干。〔註61〕

出自官員口中的荒唐之言，清楚呈現其無恥心態，作者走筆之際，字裡行間，應藏有更多無聲的譏刺之意。對於晚清小説之諷刺，學者指出「人物自白，故意賣弄，自顯愚昧，出盡洋相，而顯喜劇色彩〔註62〕」之特點。實則藉人物之自道自破，更顯其愚昧，使其丑相更具體鮮明。

以上之自道由其言自破。另有一類則是言僞行破，此屬言語與行爲相反

〔註59〕李伯元，《官場現形記》，頁20。
〔註60〕李伯元，《官場現形記》，頁49。
〔註61〕李伯元，《官場現形記》，第五十四回，頁861。
〔註62〕方正耀，《晚清小説研究》，華東師範大學出版社，頁322。

之矛盾，並由其矛盾寓寄作者的反諷之意。

> 「這位老中堂，他的脾氣，我是曉得的，最恨人家孝敬他錢。你若
> 是拿錢送他，一定要生氣，說『我又不是鑽錢眼的人，你們也太瞧
> 我不起了！』本來他老人家，做到這麼大的官，還怕少了錢用？你
> 們送他錢，豈不是明明罵他要錢，怎麼能不碰釘子呢？所以他愛古
> 董，你送他古董頂歡喜。」〔註63〕

說是愛古董，看似清雅撇開了銅臭味，但古董價錢之高，令人咋舌，「煙壺二
千兩，古鼎三千六，玉磬一千三，掛屏三千二，一共一萬零一百兩。」不但
要價高，並且還定價硬，面對「一聲不響，仰著頭，眼望到別處去」的賣者，
夤緣苞苴者也只能吞聲忍痛，願打願挨了。而官員吸血啃骨，分明是獅子大
開口的豺狼嘴臉，卻硬是特意以風雅塗抹粉飾。說是愛古董，除了一件件價
值不菲之外，這送上去的古董甚且還一再回鍋重售。因著老中堂喜愛所送一
對煙壺，「中堂的意思，還要你報效他一對呢！」於是再到古董商處選購，卻
不料拿出一看，分明就是先前所送，「竟與前頭的一對，絲毫無二」，卻不料
價格翻了數倍，急漲至八千兩。與古董商質理，只自討沒趣；而掮客的一番
勸解，亦令人聞之瞠目結舌：

> 黃胖姑便告訴他道：「你既然認得就是前頭的一對，人家拿你當傻
> 子，重新拿來賣給你。你以傻子自居，買了下來，再去孝敬，包定
> 一定得法的就是了。」說到這裡，賈大少爺也就恍然大悟；想了一
> 想，說道：「仍舊要我二千也夠了，一定要我八千，未免太貴了些。」
> 黃胖姑把頭一搖道：「不算多。他肯說價錢，這事情總好商量。」

對於聽勸回轉要買回煙壺的賈大少爺而言，古董商的一番言語，讓他更清楚
地看懂了這番古董買賣、收禮送禮的運作脈絡：

> 「我早曉得潤翁去了，一定要回來的。如今連別的東西，我都替你
> 配好了。」取出看時，乃是一個搬指、一個翎管、一串漢玉件頭，
> 總共二千銀子，連著煙壺，一共一萬。〔註64〕

官員求索萬端，無復天良；而被敲詐求索者爲著補缺，明知被人當傻子，還
是得當傻子，並且要毫無尊嚴地當一個高高興興的傻子，「肯說價錢，這事情
總好商量」，表示門徑仍開，補缺有望，錢有地方使，還該高興地花。一方面

〔註63〕李伯元，《官場現形記》，頁368。
〔註64〕李伯元，《官場現形記》，頁388。

是求缺者卑汙苟賤的悲哀,一方面又是索賄者佯裝清高風雅的貪婪無恥。「我早曉得潤翁去了,一定要回來的」,被欺壓的下層,早被料定、吃定,賣古董與收古董者,其實是一體運作。而分明是原來的煙壺,「誰知竟與前頭的一對,絲毫無二」,則醉翁之意不在古董,昭然可知;對照中堂先前的佯怒發威:「我又不是鑽錢眼的人」、「做到這麼大的官,還怕少了錢用?」則其言行矛盾,以子之矛攻子之盾,言僞而自以行破,反諷之意盡寓其中矣。

言僞行破之反諷外,小說之諷刺亦常以對比、映襯行之。

前述晚清之獎懲機制是貪贓受賄、官官相護的共犯結構,查參等等不過掩人耳目,應付了事。小說在人物言談之間點出官場結構中的生態與食物鏈上層的高官心理;其中「一兩個當災的人」,通常就是共犯體制中,較弱勢的一群,一二小官常成爲擔罪的犧牲品:

> 藩臺回省,查的參案,預先請過制臺的示,無非是「事出有因」,「查無實據」。大概的洗刷一個乾乾淨淨,再把官小的,壞上一兩個。什麼羊紫辰、孫大鬍子、趙大架子一干人,統通無事。稟復上去,制臺據詳奏了出去。凡有被參的人,又私底下託人到京裡打點,省得都老爺再說別的閒話。一天大事竟如此瓦解冰銷。這是中國官場辦事,一向大頭小尾慣的。〔註65〕

《官場現形記》中的趙大架子是制臺大人的幕友,遭到三位都老爺的參奏,參奏罪名是「霸持招搖」、收取賄賂;而告發者「甚至某月某日,收某人賄賂若干」〔註66〕亦詳述有據,然最終仗著麻木不靈的獎懲機制,大事化無,一干人等,毫髮無傷,這是中國官場習見的常態。雷聲大雨點小的查賄作風,大官與小官的不平等待遇,無怪乎吏治難清、貪污常在。而「大頭小尾慣的」、「再把官小的,壞上一兩個」,大小映襯之間,對晚清官僚制度,也深深地挖苦了一番。

學者言晚清諷刺小說的諷刺藝術有「尖銳的對比」之法:

> 四大諷刺小說作家都善用尖銳的對比,這些手法大抵是把完全相反的兩象加以比較,如將欺凌屬下與依順洋人這兩種相反的行爲集中於制台一身時,他便成爲崇洋媚外的典型人物。〔註67〕

〔註65〕李伯元,《官場現形記》,第三十三回,頁508~509。
〔註66〕李伯元,《官場現形記》,第三十三回,頁497。
〔註67〕吳淳邦,《晚清諷刺小說的諷刺藝術》,頁123。

除了一人身上兩種相反行爲之反襯對比，亦有兩種相反人物之映襯對比。在
《二十年目睹怪現狀》之污濁社會中，作爲正面人物，以之對比一般貪官污
吏、跳樑小丑者，當推蔡侶笙爲代表。

> 弓兵道：「蔡大老爺麼？那是一位眞正青天佛菩薩的老爺！少爺你和
> 他是朋友麼？那找他一定好的。」我道：「他是鄰縣的縣大老爺，你
> 們怎麼知道他好呢？」弓兵道：「今年上半年，這裡沂州一帶起蝗蟲，
> 把大麥小麥吃個乾淨；各縣的縣官，非但不理，還要徵收上忙錢糧
> 呢；只有蔡大老爺墊出款子，到鎮江去販了米糧，到蒙陰散賑。非
> 但蒙陰百姓，忘了是個荒年，就是我們鄰縣的百姓，趕去領賑的，
> 也幾十萬人。蔡大老爺也一律的散放。直到六月裏方才散完。這一
> 下子，只怕救活了幾百萬人。這不是青天佛菩薩麼？」〔註68〕

一般地方官員枉爲父母官，遇上蟲災，想的不是黎民生計，掛意的是壓榨稅
賦，以求向上交待；能夠放賑救災，不分本州他縣，人饑己饑，一視同仁、
一體救助，著實難能可貴。小說借鄰縣弓兵之口，說出蔡侶笙的仁政德惠。
然而，這樣的好官在「否陟臧罰」的獎懲機制中，註定要蒙冤受屈：

> 四月裏各屬鬧了蝗蟲，十分利害；侶笙便動了常平倉的款子，先行
> 賑濟；後來又在別的公款項下，挪用了點，統共不過化到五萬銀子。
> 這一帶地方，便處置的安然無事。誰知各鄰縣，同是被災的，卻又
> 匿災不報；鬧的上頭疑心起來。說是蝗蟲是往往來來無定的，何以
> 獨在蒙陰？就派了查災委員下來查勘。也不知他們是怎樣查的，都
> 報了無災。上面說這邊捏報災情，擅動公款，勒令繳還。侶笙鬧了
> 個典盡賣絕，連他夫人的首飾都變了。連我歷年積蓄的，都借了去；
> 我幾件衣服也當了；七拼八湊，還欠著八千多銀子。上面便參了出
> 來，奉旨革職。上頭一面委人來署理，一面委員來守提，你想這件
> 事冤不冤枉？〔註69〕

「情節對照，細節誇張，寄寓諷刺意蘊〔註70〕」，匿災不報，罔顧饑民生死之
官員安然無事，出錢出力，放賑救災者反倒革職查辦，諷刺冤枉莫此爲甚。
　　至於兩種相反的行爲集中一人之身的反襯之法，可以下一則對同一對

〔註68〕吳趼人，《二十年目睹怪現狀》，第一百八回，頁628。
〔註69〕吳趼人，《二十年目睹怪現狀》，第一百八回，頁630。
〔註70〕方正耀，《晚清小說研究》，頁323。

象，前後不同態度之對比爲例：

> 「……就是眞正皇上的法堂，咱來了亦是不跪的。」老耶被他這一
> 說，氣極了，問他：「有幾個腦袋，敢不跪？」他從從容容從懷裡掏
> 出一尊銅像來……頭上有四個叉架子。委員老爺一見這個也明白
> 了，曉得他是在教，頓時臉上顏色，和平了許多……這句話，可把
> 委員老爺嚇死了，臉上頓時失色！……也顧不得旁邊有人無人，立
> 刻走下公案，滿臉堆著笑，拿手拉著咱娘舊的袖子……〔註71〕

小說寫官員臉上氣色變化，從「有幾個腦袋，敢不跪？」的氣燄高張，到「臉上顏色，和平了許多」，以及「嚇死了，臉上頓時失色」，可謂層次分明，尤其最後滿臉堆笑、以手拉袖的情狀描寫，映襯對照之淋漓，著實深刻。

> 老爺又親自送茶……老爺道：「統通是我不是，你也不用說了。今兒
> 委屈了你們的夥計，拿我的四轎，送他回去。打碎的傢伙統通歸我
> 賠。鬧事人，我明天捉了來辦給你看，就枷在你們店門口。你說好
> 不好？」〔註72〕

小說趁勢追寫官員對待庶民與教民天淵之別的差異態度，一般平民百姓面對官員，只能飽受欺凌；然而一遇上外教、教民，官員立刻換上堆笑拉袖的親熱模樣。「老爺又親自送茶」、「就枷在你們店門口。你說好不好？」柔蕙討好，無過於此；無怪乎教民要有「幸虧在教」，否則「只好壓著頭受你的氣！」之慨嘆。

由於懼外媚外之心態，對於在中國犯罪的外國人或是處理百姓與外人的糾紛，官員們的態度一面倒地苛責自家百姓，極力爲外人開脫，萬萬不敢得罪外國人：

> 一件爲了地方上的壞人，賣了塊地基給洋人，開什麼玻璃公司。一
> 椿是一個包討債的洋人，到鄉下去，恐嚇百姓，現在鬧出人命來
> 了。……制臺……說：「老哥，你還不曉得外國人的事，是不好弄的
> 嗎？地方上百姓，不拿地賣給他，請問他的公司到那裡去開呢？就
> 是包討帳，他要的錢，並非要的是命。他自己尋死，與洋人何干呢？」
> 〔註73〕

〔註71〕李伯元，《官場現形記》，頁790。
〔註72〕李伯元，《官場現形記》，頁791。
〔註73〕李伯元，《官場現形記》，頁840。

　　《二十年目睹怪現狀》中有一段「鄉下人與牛」的橋段堪稱經典。有個鄉下農夫不小心讓所養的一頭牛走脫，闖入一位洋人宅院，踩壞了兩棵花，送官之後，官員一見是得罪外國人，處置極重，不但用五十斤大枷，枷號在洋人所居寓所的馬路上遊行示眾，並且一個月期滿後，還要重責三百板。得知消息的洋人跑至官府瞭解情形，原以為中國律法較為嚴厲，不料卻是官員刻意重責「因為他得罪了密司脫，所以特為重辦的」，因此要求改判：

　　　外國人道：「我不是嫌辦的輕，倒是嫌太重了。」那官聽了，以為他
　　　是反話，連忙說道：「是是！兄弟本來辦得太輕了，因為那天密司脫
　　　沒有親到，兄弟暫時判了枷號一個月；既是密司脫說了，兄弟明天
　　　改判枷三個月，期滿責一千板罷！」那外國人惱了道：「豈有此
　　　理！…」

洋人斥責官員，說明只需罰他幾角洋錢，「申斥他兩句，警戒他下次小心點」即可，對於官員為了一點小事凌辱一個「耕田安分的人」大為生氣，官員這一聽才知道自己馬屁拍到馬腳上了：

　　　這一下馬屁，拍在馬腳上去了。連忙說道：『是！是！是！既是密司
　　　脫大人大量，兄弟明天便把他放了就是。』外國人道：『說過放，就
　　　把他放了；為甚麼還要等到明天，再押他一夜呢？』那官兒又連忙
　　　說道：『是！是！是！兄弟就叫放他。』外國人聽說，方才一路乾笑
　　　而去。那官兒便傳話出去，叫把鄉下人放了。又恐怕那外國人不知
　　　道他馬上釋放的，於是格外討好，叫一名差役，押著那鄉下人，到
　　　那外國人家裏去叩謝。面子上是這等說，他的意思，是要外國人知
　　　道他唯命是聽，如奉聖旨一般。〔註74〕

小說在此段對談間，巧妙且自然地運用多重映襯。「敝國法律上，並沒有這一條專條，兄弟因為他得罪了密司脫，所以特為重辦的」是中國官員面對外人與自家百姓厚彼薄此的諂媚心態，這是第一重映襯；「用五十斤大枷，枷號在尊寓的一條馬路上遊行示眾；等一個月期滿後，還要重責三百板」與「原不過請你申斥他兩句，警戒他下次小心點，大不了罰他幾角洋錢就了不得了」是一罪之刑罰認定不同的輕重對比，這又是一重映襯；「他總是個耕田安分的人。誰料你為了這點小事，把他這般凌辱起來」、「說過放，就把他放了；為甚麼還要等到明天，再押他一夜呢」外國人對中國善良百姓與中國官員對自

<hr>

〔註74〕吳趼人，《二十年目睹怪現狀》，第六十七回，頁368。

家百姓的態度尤其是極其鮮明的對比，這是第三重映襯。小說以諧趣的手法寫官員「馬屁，拍在馬腳上」的糗態，而良民最終得釋的收場，轉悲爲喜，稍稍柔化了譏刺的尖銳。然而在此對比映襯之際，懼外媚外官員的荒唐行徑，益顯諷刺可悲。

三、譴責

　　晚清之諷刺較諸《儒林外史》，確乎較大多數地表現了淺顯平直之特點，「與《儒林外史》委婉含蓄的諷刺藝術相較，晚清小說的譴責諷刺的另一特點是淺顯平直〔註75〕」，其中尤以譴責爲最。魯迅將諷刺與譴責區而別之，但有學者將二者統稱爲諷刺：

> 西方有一種諷刺叫霍雷斯式諷刺（Horatian Satire）以溫和與廣泛憐憫的笑意來糾正俗世的錯誤與缺失——而魯迅的諷刺觀念和這種諷刺大抵相同。此外，還有一種諷刺稱爲朱文諾爾式諷刺（Juvenalian Satire）——以辛辣、令人難堪而激憤的語調，挾以道德性的義憤，去攻擊人類及社會制度的腐敗與罪惡——魯迅所稱的譴責小說的特色，如辭氣浮露、筆無藏鋒和朱文諾爾式諷刺大同小異。而且西方兩種諷刺手法與中國古代詩歌所表現的兩種諷刺風格——《毛詩序》所說的「不用直言以微辭托意」的諷刺手法、班固所稱的怨刺詩「直陳時弊，嚴屬指斥」的諷刺風格——不謀而合。因此，可說婉曲式諷刺，並非諷刺小說的不二法門，其語氣大抵歸於兩種：婉曲與直斥。〔註76〕

對中西諷刺之定義作一對照，則魯迅所指譴責辭氣浮露、筆無藏鋒之特點，同於朱文諾爾式諷刺（Juvenalian Satire），吳淳邦因此納譴責於廣義之諷刺中。將諷刺分爲婉曲與直斥二類。簡言之，譴責即直斥之諷刺。

　　諷刺與譴責有其差異，然亦有模糊地帶，一如諷刺與嘲謔。不過嚴格細究，魯迅之辭氣浮露、筆無藏鋒其實未必等於班固之直陳時弊，嚴屬指斥。本文認爲諷刺與譴責之分野正在於此。

　　諷刺與譴責區別之關鍵在諷刺雖亦有對諷刺對象之指責，但在字面上看不到正面指責之文字。諷刺必使讀者明白被諷對象之錯誤，但不在字面上指

〔註75〕方正耀，《晚清小說研究》，頁317～318。
〔註76〕吳淳邦，《晚清諷刺小說的諷刺藝術》，頁101。

陳其錯誤，反諷甚至在字面上還似在肯定其錯誤。譴責則常指陳譴責對象之錯誤，甚至加上分析、解釋以及責難咒罵等。大略言之，魯迅之譴責含括晚清之諷刺，而班固之定義則只在譴責。

> 柯臘克（A. Melville Clark）曾經將諷刺語氣作了詳細的分類：它又藉著使用諷刺光譜中的各種語氣：機智（wit）、譏笑（ridicule）、反諷（ironty）、嘲諷（sarcasm）、譏誚（cynicism）、諷罵（the sadonic）以及痛罵（invective）等以呈現一種類似變色蜥蝪般的外表。〔註77〕

> 機智、譏笑、反諷較溫和，它們在攻擊對象時，能讓讀者與作品中的人物保持適當的諷刺距離，而嘲諷、譏誚、諷罵、痛罵則不能維持這種距離，攻擊時也不留餘地。這就是魯迅「諷刺小說」與「譴責小說」的分野。〔註78〕

吳淳邦傾向於將晚清風格之諷刺納入，他引柯臘克與張宏庸之說以「指正」魯迅的諷刺觀念。因此其諷刺是包含譴責之廣義諷刺：

> 所以我們討論諷刺語氣時，其語氣可歸于四種：機智、譏笑、苦諷、直責。〔註79〕

本文以下所討論之譴責是暫將譴責由諷刺分離出來之狹義譴責。譴責有時只是心平氣和的說明，然而在說明之中，自見是非曲直。晚清捐官不計其數，尤其朝廷需款孔亟之際，唯恐「報捐的不踴躍」，因此特別簡化發照程序，以促進「買氣」，因此變通辦理，先把填了號數的空白官照，發給各捐局去勸捐，報捐者官照可立捐立領。至於若有剩餘未發之官照，則交由各捐局自行焚燬，然而此一處理過程卻出現疏漏，捐局員吏雖將須焚燬之剩餘官照註明照號呈報上級，卻未必真皆焚燬，因此出現官照為真、印信也為真的作廢官照在市面流通，甚至販賣：

> 也有就此穿了那個冠帶，充作有職人員的，誰還去追究他；也有拿著這廢照去騙錢的，聽說南洋新加坡那邊最多。大約一個人，有了幾個錢，卻不想去做官，也想弄個頂戴。到新加坡那邊發財的人很多。那邊坐官，極不容易，因就有人搜羅了許多廢照，到那邊去騙人〔註80〕。

〔註77〕吳淳邦，《晚清諷刺小說的諷刺藝術》，一版，頁100。

〔註78〕張宏庸，〈中國諷刺小說的特質與類型〉，《中外文學》第五卷第七期，頁30。

〔註79〕吳淳邦，《晚清諷刺小說的諷刺藝術》，頁103。

〔註80〕吳趼人，《二十年目睹怪現狀》，頁347。

儘管捐官不學無術、愛財貪利人盡皆知，瀆職貪贓亦所在多有，朝廷不能不有所耳聞；但溺於捐納所得銀數，清廷仍無革弊之意。朝廷非但沒有停止捐納的打算，並且爲方便勸捐，大量印行官照，於是產生未用完須作廢的廢照。開了方便之門做爲變通之道的結果，反倒是讓宵小有了可乘之機，拿著註銷廢照四處去招搖撞騙。

　　小說不但指責朝廷政策錯誤，也指出整個官僚系統，位居最上位的慈禧太后之干政受賄：

> 這回耿義的入軍機，原是太后的特簡。祇爲耿義祝嘏來京，騙了他屬吏造幣廳總辦三萬個新鑄銀圓，託連公公獻給太后，說給老佛爺預備萬壽時賞賜用的。太后見銀色新，花樣巧，賞收了，所以有這個特簡。不知是誰，把這話告訴了今上，太后和今上商量時，今上說耿義是個貪鄙小人，不可用。太后定要用，今上垂淚道：「這是親爺爺逼臣兒做亡國之君了！」太后大怒，親手打了皇上兩個嘴巴，牙齒也打掉了。皇上就病不臨朝了好久。恰好太后的倖臣西安將軍永潞也來京祝嘏，太后就把廢立的事，和他商量。永潞說：祇怕疆臣不伏。這是最近的事。〔註81〕

三萬新鑄銀圓的賄銀還是瞞騙上司得來的贓款，行賄對象正是最高層的慈禧太后；收了賄銀，果然特派官職，貪鄙小人竟可入職軍機重地。而貴爲天子之尊的光緒皇帝知情力爭，結果非但無效，甚且受辱，面臨被廢之虞。說者陳述事由的來龍去脈，亦同時指陳了慈禧之錯誤。

> 這防營的統領管帶，無論甚麼人，只要有大帽子八行書，就可當得；
> 眞正打過仗立過功的人，反都擱起來沒有飯吃。〔註82〕

由於朝廷皇宮都賄賂成習，整個晚清官僚體制的升遷任用難求其公平。有關係引薦可以居要職，有能有功者反倒連個餬口的差使也得不到。

> 剛才這個是陳仲眉的妻子；仲眉是四川人也是個榜下的知縣，而且人也很精明的；卻是沒有路子，到了省十多年，不要說是補缺署事，就是差事也不曾好好補過幾個。〔註83〕

最後足足七年盼不到一官半職的候補知縣居然上吊自盡了。

〔註81〕曾樸，《孽海花》，頁317。
〔註82〕吳趼人，《官場現形記》，第十二回，頁153。
〔註83〕吳趼人，《二十年目睹怪現狀》，頁64。

　　大約一省裡面的候補人員，可以分做四大宗：第一宗，是給督撫同
　　鄉，或是世交，那不必說是一定好的了；第二宗，就是藩臺的同鄉
　　世好，自然也是有照應的；第三宗，是頂了大帽子，挾了八行書來
　　的；有了這三宗人，你想要多少差事，才夠安插？除了這三宗之外，
　　賸下哪一宗，自然是絕不相干的了。不要說是七八年，只要他的命
　　儘長著，候到七八百年，只怕也沒有人想著他呢！〔註84〕

這四大宗之最大差別即在關係、門徑之有無。如果沒有攀上門徑，「七八百
年」、「也沒有人想著他」，絕無補缺署事之望。而「世交」、「世好」、「八行書」
即是所謂的「拜結師生同門，互通聲氣」，主要還是「納賄權勢之家」而來，
假交游往來、收受贄禮之名，行攀附納賄之實。納賄權勢還須得有門徑，有
時門徑還頗為曲折；光緒十九年曾爆發一起收賄糾紛，詳其始末可以見賄賂
門徑之一斑：

　　十一月丁未，內務府大臣福錕等奏：「臣等奉命派查陝西正考官丁惟
　　禔於放差後，有太監數人持票向索謝銀案……據楊少舫供：係直隸
　　淶水縣廩生，在京教書，本年五月，有同鄉方小山託我聲言，伊受
　　二酉堂書舖掌櫃饒丹詔所託，因伊族兄饒士騰與丁惟禔均係同年，
　　轉託饒丹詔代給丁惟禔謀放四川考官，方小山教我轉託，我隨找素
　　識之裁縫呂德魁找得剃頭趙三轉託太監張三謀辦。……又剃頭趙三
　　供：係直隸殼河人，常在內裡（即宮內）挑擔剃頭，本年夏間我素
　　識之裁縫呂德魁找我說：有教書先生楊少舫說給丁惟禔謀放考官，
　　我隨找得御膳房飯局掌案太監張秀林即張三號張小峰謀辦……即在
　　海軒茶館會面，同呂德魁在場，楊少舫與張秀林當面說明：如丁惟
　　禔放四川考官，謝給太監張秀林二千五百兩，由二酉堂打水印開票，
　　並應許事成後謝給大眾銀兩……至六月二十六日，丁惟禔放出陝西
　　考官，當日太監張姓帶領楊少舫數人屢至舖內要銀吵鬧，聲稱無論
　　四川陝西既係放出，均須給銀……」〔註85〕

其中運用的關係有同族、同年、同鄉之誼等；而轉託各色人等則包括書舖掌
櫃、教師、裁縫師、剃頭師傅，以及內宮太監；門徑曲折，共犯結構可稱龐
雜。而御史安維峻更在奏摺中指出「為丁惟禔其人者，指不勝屈」，可見未爆

〔註84〕吳趼人，《二十年目睹怪現狀》，頁65。
〔註85〕吳相湘，《晚清宮廷與人物》，頁44～45。

發者爲數可能不少。

不但國內有資格的候補人員得缺既不易亦不公，即便是特別派遣到外國學成歸國的需用人才，也一樣遭到閒置；郭嵩燾、曾紀澤等人深悉西洋國情，學有專精，仍苦無一展長才之機會。〔註86〕

小說對此亦記述了時人的觀感批評：

> 本來爲的是要人才，才教學生；教會了，就應該用他……就如從前
> 派到美國去的學生，回來了也不用，此刻有多少在外頭當洋行買辦，
> 當律師翻譯的；我化了錢，教出了人，卻叫外國人去用，這才是楚
> 材晉用呢！〔註87〕

除了職缺分派之不公，不懂珍用人才，已任官職者亦常有官官相護、欺下瞞上之情事。爲求升遷快速，早日位居要員，以求得更大之獲利，瞞上邀功是常用之法，《官場現形記》就記述了共同欺瞞朝廷的治河事例。原來黃河氾濫，一般總在三汛之時，此時水漲不及防堵，常能潰堤。然而水勢一退，堤岸被水衝開處，滴水不留，可以輕易填補合攏：

> 故而河工報告人員，只要上頭肯收留，雖然辛苦一兩個月，將來保
> 舉是斷乎不會漂的。此時賈大少爺，既然委了這個差使，任憑他如
> 何賺錢，只要他肯拿土拿木頭，把他該管的一段填滿，挨過來年三
> 汛，不出亂子，他便可告無罪。就是出了亂子，上頭也不肯爲人受
> 過，但把地名換上一個，譬如張家莊改作李家莊，將朝廷矇過去，
> 也就沒有處分了。自來辦大工的人，都守著這一個訣竅。所以這回
> 賈大少爺的保舉，竟期十拿九穩。〔註88〕

朝廷撥款治理黃河，想不到卻是虛而不實，「凡是黃河開口子」、「到後來沒有不合龍的」，整治與否並無差別，只平白提供小人工程貪賄的賺錢良機，甚且讓這些敷衍塞責、貪婪無恥的官僚，得以謊報治河有功，迅速獲得拔擢升遷。尤有甚者，是更換地名，瞞上避過之行徑，小說道出實情以責之；而以「訣竅」言之，荒唐之中可見反諷之意。

治河之外，軍事更爲大事，中日甲午海戰之敗，有將矛頭指向最上位者：

〔註86〕參見段昌國、林滿紅、吳振漢、蔡相煇編著《現代化與近代中國的變遷》，台
北：國立空中大學，1997 年 01 月一版，頁 41。

〔註87〕吳趼人，《二十年目睹怪現狀》，頁 149。

〔註88〕李伯元，《官場現形記》，頁 345。

中國海軍在九一年後進入「冬眠」，最大的損失，不是裝備數量的增
加受嚴重影響，而是質量級未能及時進步。甲午戰前，丁汝昌已感
到船炮老化的問題迫在眉睫。他提出了一個花十五萬兩銀子和十年
時間，爲二十五條軍艦更換鍋爐；花六十一萬兩銀子添購二十一尊
克虜伯快炮的補救方案。這是一個提高北洋艦隊航速與射速的方
案。但因慈禧六十大壽在即，李鴻章「未敢奏咨瀆請」。〔註89〕

爲光緒二十年十月初十慈禧太后之六十壽辰，清廷續修園苑，朝廷官員〔註90〕
並竭慮盡心，自光緒十八年起即積極籌備，加速趕工「石塊均起刨，椎鑿之
聲盈野，匠卒幾數千人矣。〔註91〕」諸重臣工匠全力投入，其中僅外圍「點
景〔註92〕」一項，就耗銀二百萬兩以上〔註93〕。

而不到百萬兩之數，可以提高北洋船速射速，李鴻章身爲北洋大臣卻因
不敢得罪慈禧太后，連上奏都不敢。甲午海戰致敗，砲彈不足、速度過慢正
是主因；怕有違上意「未敢奏咨瀆請」，致誤軍機，實屬不智。

《孽海花》對李鴻章未定期汰舊換新軍備，及時提升戰鬥力，提供了另
種說明：

我不是袒護中堂，前幾個月，大家發狂似的主戰，現在戰敗了，又
動輒痛罵中堂。我獨以爲這回致敗的原因，不在天津，全在京師。
中堂思深慮遠，承平之日，何嘗不建議整飭武備？無奈封章一到，
幾乎無一事不遭總署及戶部的駁斥。直到高陞擊沉，中堂還請撥巨
帑購械和倡議買進南美洲鐵甲船一大隊，又不批准。有人說，蕞爾
日本，北洋的預備，已足破敵。他說這話，大概已忘卻了歷年自己

〔註89〕 錢鋼，《海葬──甲午戰爭100年》，台北：黎明文化公司，1994年11月一版，
頁150。

〔註90〕 「準備慶典第一項工作，就是趕築頤和園未完工程……重要大臣如李鴻藻翁
同龢等都奉派「恭理」此一工作」，見吳相湘，〈癸巳談往〉。收於作者《晚清
宮廷與人物》臺北：傳記文學出版社19790年3月二版，頁40。

〔註91〕 所引爲翁同龢九月二十七日日記所載，見吳相湘，〈癸巳談往〉。收於作者《晚
清宮廷與人物》，頁39。

〔註92〕 景點乃指修葺自西華門至西直門兩旁之街道鋪面，並搭蓋經壇戲台，分段「點
設景物」。

〔註93〕 「點景」費用分別於京內外文武百官俸餉內公攤扣呈，計京內滿漢官吏共「報
效銀二十六萬三千九百兩」，京外各省共報效銀九十四萬三千兩，兩共一百二
十萬六千九百兩。

駁斥的案子了！諸位想，中堂的被罵，冤不冤呢？〔註94〕
當時朝廷充斥著諛上氛圍，官員們公攤扣呈、報效壽慶銀錢之不暇，何敢有
礙太后高興，要回北洋軍備的預算呢？小說在此把指責之對象轉向總署及戶
部之官員，分辯說明之外，「他說這話，大概已忘卻了歷年自己駁斥的案子
了！」顯然亦有諷刺之意。

晚清吏治不清，上行下效，官衙僚屬，需索多方，即如營役兵丁，也仗
勢欺人，白吃白喝：

> 忽聽得那賣湯圓的高叫一聲：「賣圓子咧！」接著，又咕噥道：「出
> 來還沒有做著兩百元的生意，卻碰了這幾個瘟神；去了二十多個圓
> 子，湯瓢也打斷了一個。」一面嘮叨，一面洗碗；猛然又聽得一聲
> 怪叫，卻是那幾個查夜的，在那裏唱京調。我問那賣湯圓的道：「難
> 道他們吃了不給錢的嗎？怎麼說去了二十幾個？」賣湯圓的道：「給
> 錢不要說，只得兩隻手，就再多生兩隻手，也拿他不動。」

查夜兵丁吃湯圓不給錢，對此小說中藉由與湯圓小販的一問一答，呈現小人
物在被壓榨底層的辛酸與無奈：

> 我道：「這個何不同他理論？」賣湯圓的道：「哪裏鬧得他過！鬧起
> 來，他一把辮子，拉到局裏去，說你犯夜。」我道：「何不到局裏告
> 他呢？」賣湯圓的道：「告他！以後還想做生意麼？」我一想，此話
> 也不錯。歎道：「那只得避他了！」賣湯圓的道：「先生！你不曉得，
> 我們做小生意的難處；出來做生意，要喊的，他們就聞聲而來了。」
> 我聽了，不覺嘆氣。〔註95〕

賣湯圓的升斗小民，遇上白吃白喝的兵丁，只得自認晦氣，敢怒不敢言；若
要理論，「一把辮子，拉到局裏去」，就給安上個「犯夜」的罪名。而即使想
要避免損失，忍氣吞聲，卻因必須叫賣，避無可避，損失無計可免，真是聞
之令人心酸。「給錢不要說，只得兩隻手，就再多生兩隻手，也拿他不動。」
小生意人在說明指控之外，亦夾有一絲無奈之諷刺。

> 我說起方才冬防查夜兵的情形。述農道：「你上下江走了這兩年，見
> 識應該增長的多了，怎麼還是這樣少見多怪的？他麼穿了號衣出
> 來，白吃兩個湯圓，又算得甚麼？你不知道這些營兵，有一個上好

〔註94〕曾樸，《孽海花》，頁335。
〔註95〕二段引文見吳趼人，《二十年目睹怪現狀》，頁284。

> 徽號，叫做『當官強盜』呢。」近邊地方，有了一個營盤，左右那
> 一帶居民，就不要想得安逸；田裏種的菜，池裏養的魚，放出來的
> 雞子鴨子，那一種不是任憑那些官兵任意攜取，就同是營裏公用的
> 東西一般。來住的鄉下婦女，任憑他調笑，誰敢和他較量一句半句。
> 你要看見那種情形，還不知要怎樣大驚小怪呢？〔註96〕

穿著長衣的是官，穿上號衣的是兵，說者指陳其魚榮雞鴨，任意攜取；婦女，
任憑他調笑的囂張行為；「誰敢和他較量一句半句？」被欺壓的善良百姓，申
告無門，只能逆來順受。其中「少見多怪」、「白吃兩個湯圓，又算得甚麼？」
以及「有一個上好徽號，叫做『當官強盜』呢。」亦都是在譴責之餘，所抒
發之諷刺無奈。

　　在晚清官僚體系中，下層的小官常成為擔罪祭品，是被欺壓的第一層，「凡
百事情，都是官小的誨氣〔註97〕」，至於無所憑恃的下民，位在封建體系的底
層，種種傷害痛苦、折磨損失，經常直接間接地轉嫁到他們身上：

> 此一戰爭中，中國是受侵略的一方，所受到的人命、財產損失又遠
> 超過英國，卻得單獨負起賠償戰亂造成的破壞。而真正受害最深的
> 中國人民非但無處求償，反得承當由賠款轉嫁來的稅賦負擔。〔註98〕

其中最常見者，是蠻橫無理的不樂之捐。《官場現形記》有一上控的事件，起
因即是知府強索超過小生意人所能負擔的不樂之捐，無力應捐之下，竟以抗
捐之罪名，遭到監禁拘押：

> 他的兒子，東也求人，西也求人，想求府大人將他父親釋放。府大
> 人道：「如要釋放他父親，也甚容易：除每年捐錢三百弔之外，另外
> 叫再捐二千弔，立刻繳進來，為修理衙署之費。」他兒子一時那能
> 拿得出許多。府大人便將他父親打了二百手心、一百嘴巴。打完之
> 後。仍押班房。…兒子急了，只得到省上控。〔註99〕

無力承擔的稅捐，卻硬被扣上「抗捐」的罪名，孝順的兒子前去求情，卻反
害父親冤受打手掌嘴的刑罰，並且「另外叫再捐二千弔」；人民的身家財產，
全無保障，要多少、拿多少，要拘禁、要刑罰，全憑為官者一句話。被迫害

〔註96〕吳趼人，《二十年目睹怪現狀》，頁285。
〔註97〕李伯元，《官場現形記》，第二十八回，頁418。
〔註98〕段昌國、林滿紅、吳振漢、蔡相煇編著《現代化與近代中國的變遷》，頁34。
〔註99〕李伯元，《官場現形記》，頁329。

的百姓無法可想，唯有上控一途。然而晚清官僚的共犯結構，必然是官官相
護：

> 把呈子大約看了一遍，便拍著驚堂罵道：「天底下的百姓，刁到你們
> 河南也沒有再刁的了。開學堂是奉過上諭的，原是替你們地方上培植
> 人才，多捐兩個，有什麼要緊，也值得上控？」⋯⋯「你有多大膽子，
> 敢同本司頂撞？替我打，打他個藐視官長，咆哮公堂。」〔註100〕

下民非但申告不成，還被冠上「刁民」的惡名；官僚除一面嚇之以威，「替我
打，打他個藐視官長，咆哮公堂」，一面還強詞奪理「原是替你們地方上培植
人才，多捐兩個，有什麼要緊，也值得上控？」小説將過程歷歷指陳，而曲
直昭然可知。

> 某日某人到你家裏來，送給你四千兩銀子的票子，是某家錢莊所出
> 的票，號碼是第幾號，你拿到莊上去照票，又把票打散了一千的一
> 張，幾百的幾張，然後拿到衙門裡面去。你好好的說了，免得又要
> 牽累見證。你再不招，我可以叫一個人來，連你們在酒樓上面，坐
> 哪一個座，吃哪幾樣菜，説的什麼話，都可以一一説出來的呢。那
> 裁縫沒得好賴，只好供了。説所有四千兩銀子，是某人要補侯官縣
> 丞缺的使費，小姐得了若干，某姨太太得了若干，太太房裏大丫頭
> 得了若干，孫少爺的奶奶得了若干，一一招了，畫了供。〔註101〕

此處之譴責，乃是以指證之形式呈現。要補一個縣丞，除了官員親屬外，連
其丫鬟、奶媽也得一一打點。錢數、票號、人證一應俱在，無可狡抵，而苞
苴之盛，亦由此可知。晚清索賄官員正像一個深黝的坑谷，不斷地求索填補
貪欲的賄銀。更可惡的是，來自刮吮民脂的捐銀，官員還要短報私吞。一般
爲善不欲人知者，捐銀常署無名氏，無恥官員卻趁此吃沒銀錢：

> 内中總有同是無名氏，同是那個數目的；倘使有了這麼二三十個無
> 名氏，同數目的，他只報出六七個，或者十個八個來。就是捐錢的
> 人，只要看見有了個無名氏，就以爲是自己了；那個肯爲了幾元錢，
> 去追究他呢？這個話，我雖然不知道是真的，是僞的，然而沒有一
> 點影子，只怕也造不出個謊言來。〔註102〕

〔註100〕李伯元，《官場現形記》，頁329～330。
〔註101〕吳趼人，《二十年目睹怪現狀》，頁248。
〔註102〕吳趼人，《二十年目睹怪現狀》，頁70。

小說將官員短報捐銀的手腳點破，若非知情者洩露，外人恐難知其所以。一經小說披露，若有其事，能不警戒收斂？

內政之外，官員們軍事上的，怯懦懼戰，亦在指責之列。小說中有一守長門砲台的官兵藍寶堂，有勇有謀，臨事不懼。外國兵船在戒嚴之時擅入中國海疆，他打旗號命其停輪；見置之不理，又打旗號知照，再不停輪便開砲。結果來船仍前行，他於是開砲轟擊：

> 轟的一聲，把那船上的望臺打毀了；吊橋打斷了；一個大副受了重傷；只得停了輪。到了岸上來，驚動了他的本國領事，打官司。一時福建的大小各官，都嚇得面無人色，戰戰兢兢的出來會審。領事官也氣忿忿的來到。這藍寶堂卻從從容容的，到了法堂之上，侃侃直談，據著公理爭辯；竟被他贏得了官司。豈不爭氣？〔註 103〕

然而爲國爭氣，卻未得上司肯定。當時閩省大吏，不但不予獎勵，反責其僥倖；並明令此後不准如此。後法船來時，他只得依令電話請示，回電「不准開砲；等第二艘來了，再請示，仍舊不准；於是法蘭西陸續來了二十多號船；所以才有那馬江之敗呢」〔註 104〕。

一方面是自知訓練不精、實力不足，未敢遽啓外釁；一方面是累戰累敗，畏戰拒戰，竟成常習。在此心態下，縱偶有竭智盡慮、忠勇可嘉之能士，亦無用武之地；《二十年目睹怪現狀》記述官場難得一見的才具膽識兼備且能從容立功之人才，而上司「非獨不獎他，反責備他」。小說具言其事，一面爲能者鳴不平，一面狠批顢頇官員的無能無識，貽誤軍機。

官員對國事的無識無能，不論在內政、外交或軍事都造成國家損失，百姓痛苦。又無心於民瘼，國內的百姓未獲照顧，國外的百姓未得保護：

> 那個乾兒子呢，被他幽禁了兩個月，便把他賣豬仔到吉林去了。賣了豬仔到那邊作工，那邊管得極爲苛虐，一步都不能亂走的。這位先生，能夠設法寄一封信回來，算是他天大的本領了。賣豬仔其實並不是賣斷了。就是那招工館，帶外國人招的工，招去做工，不過訂定了幾年合同；合同滿了，就可以回來。外國人本來招去做工，也未必一定要怎麼苛待；後來偶然苛待了一兩次，我們中國政府，也不過問；那沒有中國領事的地方，不要說了，就是設有中國領事

〔註 103〕吳趼人，《二十年目睹怪現狀》，頁 252。
〔註 104〕同上注。

的地方，中國人被苛虐了，那領事就佯不見不聞，與他絕不相干的一般。外國人從此知道中國人不護衛自己百姓的，便一天苛似一天起來了。〔註105〕

到了國外的百姓處境更為不堪。小説中被訛騙到國外的中國良民，受盡苛虐，小説分析致是之由，在位者「不見不聞」、「與他絕不相干」，中國豬仔、華工血淚，不盡是外國人種族歧視所產生，「人必自侮而後人侮之」，自欺而後人欺之，晚清之中國官員，正在欺民自侮，小説指出關鍵，清楚指出官員失職、冷漠之不該，其理當然。

小説多以指陳實事，明其錯誤之形式進行譴責。諷刺與譴責之運用，小説或分頭進行，或雙掌齊發，以下一段感慨之言，結合二者，既譴且諷，可謂精彩：

這個官，竟然不是人做的；頭一件先要學會卑污苟賤，才可以求的著差使；又要把良心擱過一邊，放出那殺人不見血的手段，才弄得著錢。〔註106〕

所謂的「卑污苟賤」包括了拋卻自尊，奴顏婢膝，逢迎巴結，為求補缺，吮癰舐痔，無所不為。共犯結構中的官員，一面諛上行賄，一面欺下索賄，「學會」、「把良心擱過一邊」隱然見其諷刺之意，「卑污苟賤」、「殺人不見血」則分明怒責之言，小説諷罵這批在食物鏈中迷失翻滾、泯滅人性的貪婪之輩，辭銳意傷，至為深刻。

更為不堪者，貪官污吏謀財之外，還能害命。奉命剿匪的胡統領，或是在轎子裏打瞌睡或是到村莊中下轎踏勘。村中多是十室九空，因為鄉下百姓沒見過大場面，或是嚇得逃走，或是東躲西藏。胡統領見幾個村莊俱無人蹤，就疑心是土匪聞風而逃，居然要拿火燒房子：

這話才傳出去，便有無數兵丁，跳到人家屋裏，四處搜尋。有些孩子女人，都從床後頭拖了出來。胡統領定要將他們正法，幸虧周老爺明白，連忙勸阻。胡統領吩咐待在轎子後頭，回城審問，口供再辦。〔註107〕

胡統領奉旨剿匪，卻令無辜百姓險被正法，官員昏庸情狀令人心驚；其後甚

〔註105〕吳趼人，《二十年目睹怪現狀》，頁321。
〔註106〕吳趼人，《二十年目睹怪現狀》，頁270。
〔註107〕李伯元，《官場現形記》，頁190。

至有「洗滅村莊，姦淫婦女」等令人髮指之行徑：

> 正在說話之間，前面莊子裏頭，已經起了火了。不到一刻，前面先
> 鋒大隊都得了信，一齊縱容兵丁，搜掠劫搶起來；甚至洗滅村莊，
> 姦淫婦女，無所不至！胡統領再要傳令下去，阻止他們，已經來不
> 及了。當下統帥大隊走到鄉下，東南西北四鄉八鎮，整整兜了一個
> 大圈子。胡統領因見沒有一個人出來，同他抵敵，自以爲得了勝仗，
> 奏凱班師，將到城門的時候，傳令軍士們，一律擺齊隊伍，鳴金擊
> 鼓，穿城而過。〔註108〕

殺人放火，無所不至，屠戮善良百姓，卻還自認是打了勝仗、奏凱班師，犒
賞殺害良民的兵丁「每棚兵丁，賞羊一腔、豬一頭、酒兩罎、饅頭一百個〔註
109〕」，大肆慶功並且呈報上級，等著日後敘獎升官。

> 統領送客之後一面過癮，一面吩咐打電報給撫臺，先把土匪猖獗情
> 形，略述數語；後面便報一律肅清，好爲將來開保地步。〔註110〕

前述中日平壤之戰，中國將領事前毫無布置，遇事則畏葸走避，一路潰敗仍
上告捷報者如葉志超，沿途甚且騷擾百姓者如衛汝貴；小說中胡統領卑鄙可
憎，貪儒無勇，行事荒腔走板，讀來甚覺荒謬絕倫〔註111〕，誇張太過，然對
照史事，不能排除其實有所本。

而安居無事卻平白遭禍的哀哀黎民，想要要求公道正義之時，立刻受到
官場官官相護的阻撓：

> 「本縣愛子如民，有意要替你們伸冤，怎麼倒來欺瞞本縣？這還了
> 得！現在你們的狀子，都在本縣手裏，已經稟過統領。統領問本縣
> 要見證，本縣就得問你們要人你們還不指出人來，非但退回剛才發
> 給你們的撫卹銀子，還要辦你們反告的罪。」〔註112〕

身爲父母官不積極爲民申冤，緝拿兇犯，卻反刁難百姓，要受害者在亂軍之

〔註108〕李伯元，《官場現形記》，頁191。
〔註109〕李伯元，《官場現形記》，頁192。
〔註110〕李伯元，《官場現形記》，頁191。
〔註111〕如李伯元，《官場現形記》，頁173所記：我正想先把嚴州沒有土匪的消息，
　　　　連夜稟報上頭，好叫上頭放心。周老爺道：「使不得！使不得！如此一辦，叫
　　　　上頭把事情看輕。將來用多了錢，也不好報銷；保舉也沒有了。如今稟上去，
　　　　越說的凶越好。」胡統一聽此言，恍然大悟，連說：「老哥指教的極是，兄弟
　　　　一準照辦。」
〔註112〕李伯元，《官場現形記》，頁204。

中清楚指認，負舉證之責，並且出言恐嚇，將羅織以誣告之罪。殘殺無辜已是荒唐，又繼之以恐嚇威脅，未撫之慰之，又加重害之，著實欺民太甚，可惡之至。無怪乎小說中百姓要悲憤大喊：「官兵就是強盜，害的我們好苦呀！〔註113〕」

> 整個政府是個上行下效、勒索敲詐的組織，官吏們比明目張膽的盜賊好不了多少……百姓完全無能與之對抗……官僚之間瀰漫著買賣風氣，根本不以國家為前提，反從公眾立場轉向一己之利。〔註114〕

實則晚清之官兵不止於強盜而有更甚於強盜者：

> 「這些事情，本縣知道全是兵勇做的。但是沒有憑據，怎樣可以辦人？現在要替你們開脫罪名，除非把這些事情，一齊推到土匪身上。你們一家換一章呈子，只說如何受土匪蹧蹋，來求本縣替你們伸冤的話。再各人據一張領紙，寫明令到本縣撫卹銀子若干兩。本縣就拿著你們這個，到統領跟前，替你們求情。倘若求的下來，是你們的造化；求不下來，亦是沒法的事。」〔註115〕

強盜殺人放火尚自知罪孽，國法難容，俛首包羞；官兵殺滅百姓宜是罪加一等，到頭來竟要受害者硬生生吞下冤屈，殘民程度，甚於盜匪。受害百姓眼睜睜看著罪魁禍首逍遙法外，並且只能向縱容真凶，瞞上欺下的官僚委屈求助。晚清官僚機制，助長了虐民欺民官員的氣焰，官官相護，因此有恃無恐、變本加厲；真正可憐的，是申告無門的哀哀百姓。小說寫官員口言施惠實則欺壓的官腔，費心思用手段，盡在為官脫罪，卻無視百姓受屈受害的官僚嘴臉，在生動呈現中，以刀筆作了最痛切之譴責。

勦匪而錯殺良民，或可謂一時誤判；然而晚清吏治，諸多是剛愎自用，以致長期苛虐百姓，百姓卻有苦難言：

> 贓官可恨，人人知之；清官尤可恨，人多不知。蓋贓官自知有病，不敢公然為非；清官則自以為我不要錢，何所不可，剛愎自用，小則殺人，大則誤國。吾人親目所睹，不知凡幾矣。……作者苦心，願天下清官勿以不要錢便可任性妄為也。歷來小說皆揭贓官之惡，

〔註113〕李伯元，《官場現形記》，頁254。
〔註114〕謝碧霞譯，〈晚清小說中的情節結構類型〉，收於林明德，《晚清小說研究》，臺北：聯經出版工公司，頁531。
〔註115〕李伯元，《官場現形記》，頁205。

> 有揭清官之惡者，自《老殘遊記》始。〔註116〕

《老殘遊記》中最有名的慘酷刑罰，是人見人怕的「站籠」。有一對父女，父親做些小生意，家是三間草房，一個土牆院子。一日女兒站在門口，遇見府裡馬隊上什長花肐膊王三，居然被他看上並且弄上手了：

> 過了些時，活該有事，被他爸爸回來一頭碰見，氣了個半死，把他
> 閨女著實打了一頓，就把大門鎖上，不許女兒出去。不到半個月，
> 那花肐膊王三就編了法子，把他爸爸也算了個強盜，用站籠站死。
> 後來不但他閨女算了王三的媳婦，就連那點小房子也算了王三的產
> 業。〔註117〕

站籠一站常死人，如此酷刑須是何等滔天大罪？然而良善百姓居家教女，只與官府小員稍有干礙，居然就輕易被冤屈，站籠而死，聞之令人悚然，冤死者如何瞑目？《老殘遊記》中之可怖「清官」，在歷史中實有其人，所指正是毓賢、剛弼等：

> 毓賢：「善治盜，不憚斬戮」〔註118〕

> 剛弼：「以筆帖式累遷刑部郎中，諳悉例案」〔註119〕

史傳所記之「善治盜，不憚斬戮」，思之，真令人不寒而慄、毛髮皆豎；而小說中寫毓賢之冷血殘酷，尤令人切齒：

> 「玉大人凝了一凝神，說道：『我最恨這些東西！若要將他們收監，
> 豈不是又被他多活了一天去了嗎？斷乎不行！你們去把大前天站的
> 四個放下，拉來我看。』

> 「差人去將那四人放下，拉上堂去。大人親自下案，用手摸著四人
> 鼻子，說道：『是還有點游氣。』復行坐上堂去說：『每人打二千板
> 子，看他死不死！』那知每人不消得幾十板子，那四個人就都死了。
> 〔註120〕

對已氣若游絲之囚犯，油然不怪地下令「每人打二千板子，看他死不死！」直把人命視若螻蟻，言語之間，毫無人性。

〔註116〕劉鶚，《老殘遊記》，第16回評，頁170。
〔註117〕劉鶚，《老殘遊記》，頁56。
〔註118〕《清史稿列傳》卷252毓賢傳，頁1424。
〔註119〕《清史稿列傳》卷252，頁1424。
〔註120〕劉鶚，《老殘遊記》，頁47。

不但執法嚴酷，甚至還暗佈鷹犬，箝制言論。有酒醉者出言批評玉賢糊塗冤枉好人，居然亦站籠而死：

> 被玉大人心腹私訪的人聽見，就把他抓進衙門，大人坐堂，只罵了一句，說：『你這東西謠言惑眾，還了得嗎！』站起站籠，不到兩天就站死了。老殘說：「這個玉賢真正是死有餘辜的人，怎樣省城官聲好到那步田地？煞是怪事！我若有權，此人在必殺之例！」老董說：「你老小點嗓子！你老在此地，隨便說說，還不要緊；若到城裡，可別這麼說了，要送性命的呢！」〔註121〕

酷吏虐政下，不但微罪重罰，活罪治死，甚至是極高壓的黑色恐怖，不許批評、不許議論。至此，官場如陰暗鬼域，官差如魍魎魍魅，而太守則是索命閻王：

> 衙門口有十二架站籠，天天不得空，難得有天把空得一個兩個的！
> 〔註122〕

> 俺們這個玉大人真是了不得！賽過活閻王！碰著了就是個死！
> 〔註123〕

小說借老殘之口，譴責如此酷吏為害之大，並指出其殘酷暴虐之動機，正在「過於要做官」、「急於做大官」，為利祿權勢而虐殺無數，營造清明吏治的假象，以求快速遞補升官：

> 老殘道：「不然。我說，無才的要做官很不要緊，正壞在有才的要做官。你想，這個玉太尊不是個有才的嗎？只為過於要做官，且急於做大官，所以傷天害理的做到這樣！而且政聲又如此其好，怕不數年之間就要方面兼圻的嗎？官愈大，害愈甚。守一府則一府傷；撫一省則一省殘；宰天下則天下死！」〔註124〕

玉賢之酷虐，不只老殘指其行為傷天害理，小說更藉百姓對於所謂路不拾遺之政績的說明，譴責其殘忍：

> 席上右邊上首一個人說道：「玉佐臣要補曹州府了。」左邊下首緊靠老殘的一個人道：「他的班次很遠，怎樣會補缺呢？」右邊人道：「因

〔註121〕劉鶚，《老殘遊記》，頁52。
〔註122〕劉鶚，《老殘遊記》，第五回，頁51。
〔註123〕劉鶚，《老殘遊記》，第五回，頁53。
〔註124〕劉鶚，《老殘遊記》，頁65。

為他辦強盜辦得好，不到一年竟有路不拾遺的景象，宮保賞識非凡。
前日有人對宮保說：『曾走曹州府某鄉莊過，親眼見有個藍布包袱棄
在路旁，無人敢拾。某就問土人：「這包袱是誰的？為何沒人收起？」
土人道：「昨兒夜裡不知何人放在這裡的。」某問：「你們為甚麼不
拾了回去？」都笑著搖搖頭道：「拾了，俺還有一家兒性命嗎？」如
此，可見路不拾遺，古人竟不是欺人，今日也竟做得到的！』宮保
聽著很是喜歡，所以打算專摺明保他。」左邊的人道：「佐臣人是能
幹的，只嫌太殘忍些。未到一年，站籠站死兩千多人。難道沒有冤
枉的嗎？」旁邊一人道：「冤枉一定是有的，自無庸議；但不知有幾
成不冤枉的。」〔註125〕

路不拾遺之真象乃由「未到一年，站籠站死兩千多人」之殘酷手法而來，真
是聞之既驚且痛。「冤枉一定是有的，自無庸議；但不知有幾成不冤枉的。」
出以沉痛之諷刺，更強化了殘忍之指責。而冤枉者多，不冤枉者少，十二架
站籠，天天不得空；賽過活閻王的酷吏，浮雲蔽日、隻手遮天，治下直如屠
場鬼域，處處是腥風血雨。老殘壁上之題詩，「得失淪肌髓，因之急事功」說
明致是之由，「冤埋城闕暗，血染頂珠紅」既哀百姓，並諷酷吏，「處處鵂鶹
雨，山山虎豹風。殺民如殺賊，太守是元戎！〔註126〕」痛譴官員求一己之升
遷，為政績率衙役殺民，並且殺之如賊，毫不留情。

四、詛咒

　　由於意在揭露弊病，療其沉疴，因此晚清不論是諷刺或譴責，較諸《儒
林外史》都更為平直；有時怨怒迸發，至以詛咒出之：

相士道：「因為姓賈的這雜種，面子上說要說要做好官，其實暗地裏
想人家的錢。無論什麼案件，縣裏口供已經招的了，到他手裏，一
定要挑唆犯人翻供，他好行文到本縣，把原告鄰舍干證，一齊提到，
提來了，又不立時斷結，把這些人擱到省裏。省裏開銷很大，如何
支持的住？雜種一天不問，這些人一天不能走。就以我們這一案而
論，還是五個月前頭提了來的：一擱，擱到如今。他這樣的狗官，
真正是害人！我想這人，一定不得好死，將來還要絕子絕孫哩！賈

〔註125〕劉鶚，《老殘遊記》，頁28。
〔註126〕劉鶚，《老殘遊記》，第六回，頁61。

臬臺聽他的話，氣的頓口無言。〔註127〕

以好官自命，因此審案務求明察秋毫；然而爲了自身官聲，卻害得百姓無法維持生計。小說借相士之口來宣洩百姓不勝其擾、不堪其害之怨怒，「絕子絕孫」是極其憤怒的詛咒與譴責。

> 因此，主觀說明敍事模式所表達的這些作品，反而予人非常直斥的感覺，直斥的風格並不是專靠言辭的嚴屬攻擊，才能產生出來的，而是各種敍事策略所產生的總和結果。…作者通過故事的中間介人（或敍事人，或書中人物），直接批判議論時，產生替讀者發洩某種鬱憤的淨化作用。〔註128〕

晚清之諷刺較《儒林外史》更爲平直之風格，自與晚清小說種種構成條件有關，其中之一，即是采諸實事生活的庶民趣味。即令《孽海花》是晚清小說中文字較稱精麗者，學者亦認爲其定位爲「民史」而非「君史」。不論耳聞或親見，晚清取諸時代中時事眞人之特點，以及眞實感之強調，從辭氣口吻用語到內心情感想法，常常保存了傳說之原汁原味，其中雖未必全無作者編排組織時之潤飾加工，然而較諸純粹文人之創作想像小說，自有不同，而此亦成晚清之特色。學者從舒鬱淨化之作用，言其諷刺效果，實則，取諸社會，又流傳於社會，讀者與說者，其實並無截然之分。然平直明白，確乎是晚清殊味。

> 晚清小說的譴責諷刺，同樣基於彼時社會普遍存在的事實。與《儒林外史》的差別首先在於，作家譴責諷刺的對象是那些使人覺得可鄙、可惡和可恨的事實。因爲那是一個該詛咒的時代。

晚清社會封建一息尚存，滿清政府腐敗不堪，「外交一蹶不振，軍事一敗塗地，教育一片混亂，社會一團漆黑」。國難當頭之際，官員卻屈膝媚敵、營私舞弊；投機政客，沽名釣譽，中飽私囊。對此，學者認爲，善意的諷刺已經無濟於事：

> 小說家對「他們改善」並不抱希望，企圖以自己的筆毫不留情地揭露無可救藥的「這一群」，強烈譴責，於中加以諷刺。所以，假如說《儒林外史》是在諷刺「這一群」中略加譴責的話，那麼晚清小說則是在譴責「這一群」中加以諷刺。〔註129〕

〔註127〕李伯元，《官場現形記》，頁328。
〔註128〕吳淳邦，《晚清諷刺小說的諷刺藝術》，頁115。
〔註129〕二段引文見方正耀，《晚清小說研究》，頁314。

在諷刺中略加譴責，或是在譴責中加以諷刺，學者以此對《儒林外史》與晚清之諷刺作一簡明的區別。而形成此一區別之重要因素即是晚清極其危急之時代背景。《儒林外史》乃感而能諧，其諷刺假儒，「旨在懲創療救」。作者嘲諷文人士子可憐可悲，譴責科舉制度不合理之際，並未完全否定科舉制度，因此「在諷刺中滲透了同情和婉惜」。晚清小說家則不然：

> 晚清小說家對筆下所描繪的封建官僚，則深惡痛絕。因為他們對「這一群」已經徹底失望，描寫這些人物，主要目的不在於療救，而是剖其潰瘍，揭其堂而皇之的華表，露其吃人喝血的肺臟，以說明「這一群」不可救藥。他們很少同情、惋惜，更多的是憤怒、痛恨，因而作品的譴責諷刺，如匕首，如刀槍，一摑一掌血，一筆畫真形，從而表現出潑辣犀利的特點。〔註130〕

學者從時代背景之衝擊，解釋晚清小說與《儒林外史》諷刺風格之差異。以《儒林外史》其時之弊病仍可療救，晚清小說則否。實則晚清小說剖其潰瘍仍意在療救，只是病況危急，非單藥石，還須咬牙忍痛割腐肉、去癰膿。動刀在去其膿毒，正如掌摑在冀其覺醒；老殘搖鈴行醫就是最好說明。因此，時代背景對諷刺風格之轉變確有影響，包括政治、經濟、外交、軍事、教育甚至社會之種種問題，以及此一緊急狀況對傳統著述用心之激化。此外，小說取材、小說之流播，雜誌報章之盛行等等，都使得晚清小說之諷刺風格有不同於以往之表現。

歐陽健曾指出李伯元《官場現形記》筆伐深刻，盡改《遊戲報》主文而譎諫之風格：

> 余以是錄筆伐深刻，有傷風人敦厚之旨，固謝之。南亭悻悻顧余曰：著書不顯示人，何苦枉拋心力；若謂筆伐深刻，吾所著之書不將飽盡蠹魚耶？」《官場現形記》之筆伐深刻，盡改《遊戲報》主文而譎諫的風格，是李伯元創作思想的重大飛躍。〔註131〕

《官場現形記》固有筆伐深刻之致，亦見嘲弄戲謔之譎諫，換言之，不拘一格，譏刺、訕笑、反諷、詰問、譴責、怒罵甚至詛咒，不一而足。在《儒林外史》之諷刺風格上，作更多嘗試、有更多不同之表現。就劉勰隱而顯之顯，

〔註130〕以上引文見方正耀，《晚清小說研究》，頁315。

〔註131〕歐陽健，《晚清小說史》，浙江古籍出版社，1997年06月一版，頁55。李伯元語見冷泉亭長（許伏民）〈後官場現形記序〉。

或海耶特適當明確的語言文字而言，晚清小說為達成覺醒療救目的，所使用之策略即是嘲謔、諷刺與譴責。此一隱而顯之適當明確的語言文字，有較諸非諷刺文字更為強勁之力道。這亦正是由劉鶚不哭之哭的最有力哭泣，變哭為笑的主要原因。

學者對於晚清之諷刺雖已指出其懸殊的譬喻、尖銳的對比、突現的誇張〔註132〕，或是整體構思、漫畫肖像、情節對照以及人物自白，故意賣弄，自顯愚昧，出盡洋相，而顯喜劇色彩〔註133〕之特點；然亦有諸多指疵，包括：誇張失去分寸、作者強加於人、事件非源於生活以及惡謔庸俗無聊〔註134〕等缺失。前三項所舉之例正在晚清四大小說，第四項則否。

其中作者「強加於人」，乃以《二十年目睹之怪現狀》之溫月江為例。溫月江即槤頂糞，是一假道學人物，在小說中他為求取功名，面對妻子出牆竟似視而不見：

> 所謂「強加於人」，即指作者在描述筆下的人物事件時，違反人物性格和事物發展的一般規律，任意驅使人物去說或者去做違反規定情景或不合常情常理的事，用意在於諷刺，且有時也能博得一笑，但讀者不難看出這是作者擅自為之，而非人物順乎自然的表演。其結果，同樣給人不真實的印象。如《二十年目睹之怪現狀》寫溫月江迷戀功名，科考三場完畢，自鳴得意，以為穩拿頭場首藝。回家後發現武香樓與自己的老婆私通後從臥室裡出來……。〔註135〕

學者認為不合常理，當是面對姦夫不打不罵，反倒請入書房請教文章，實在太不合人之常情。若謂不合人之常情自無庸議，若謂作者強加於人，則可再商榷。

晚清四大小說所述，本以時弊為多，既病既害，自非合理現象。但此非作者可以恣意想像、隨意捏造；不論耳聞目見，必有所本。以此為不合常理，實則小說中多不勝舉，甚至過此遠甚者亦有。

《二十年目睹之怪現狀》第3回、《文明小史》第58回、《檮杌萃編》
第10回，都寫一大帥得病，下僚荐夫人為其「按摩」。這自然是當時

〔註132〕參見吳淳邦，《晚清諷刺小說的諷刺藝術》。
〔註133〕方正耀，《晚清小說研究》，頁319～323。
〔註134〕方正耀，《晚清小說研究》，頁326～329。
〔註135〕方正耀，《晚清小說研究》，頁327。

官場上廣泛流行的笑話。三位作家引述這一笑話時，藝術處理各有千
秋，並不完全重複。吳趼人的小說在前，重在嘲笑這荐夫人的候補道
厚顏無恥，李伯元、錢錫寶之作在後，不能不有所出新。李伯元重在
黃世昌荐夫人為制台「治病」時那一番堂而皇之的鬼話：「卑府猶如
老師的子侄一樣，老師猶如卑府的父母一樣，難道說父母有了病，媳
婦就不能上去伺奉麼？」錢錫寶則從此荒誕中見出悲苦，緒元槇荐太
太是因到省數年未得一件好事，眼看生活無著才不得已為之。〔註136〕

為求升官發財，官員親自將妻子送至上司床上，猶略無愧色；與此相比，假
道學、未中舉的溫月江，為科名利祿，直面姦夫而無動於衷，恐亦不足怪哉！
小說對於人物之寡廉鮮恥，極盡嘻笑怒罵之能事，旨在潰其癰臭，期其療救。

　　第四項「惡謔庸俗無聊」乃以《糊塗世界》「人家是世德傳家，老哥是屎
德傳家了」為例。對於檢查糞便以驗其是否冒領物資之戲謔，固是難登大雅
之堂；但從另一角度看，其實或許正合於庶民俚俗之趣味。

　　至於誇張失去分寸以及事件非源於生活，同以一旗人在茶館喝茶吃芝麻
餅為例，試並而言之。

作家描寫這種「奇事」、「怪事」，若源之於生活，原無不可。小說本
來就以生活為描寫對象，生活中的美與醜，均可聚集於作者的筆端，
只要是作者觀察、親聞、或經歷所得的。如果為了追求作品的「奇」
與「怪」，毫不在乎所寫之事是否屬於生活中會有的或常有的現象，
甚至於收邏道聽途說的軼聞瑣事，或拼湊故事，藉以出「奇」顯「怪」，
那也就失去了諷刺的意義和價值。而晚清小說中有許多「奇事」、「怪
事」，就非來自於作者的經驗。

學者舉例以證，其例乃《二十年目睹之怪現狀》之旗人吃燒餅；並認為其內
容與斬鬼傳所述大同小異，「顯然存在因襲關係」。更由此進一步指責吳趼人
寫怪現狀未從現實生活中取材，即便改造舊題材，也未符合實際生活：

僅僅將人物變換，來諷刺旗人死要面子而各嗇出奇，但所襲故事本
不符合一般生活現象，亦非實有的事，那就只是一段笑料而已。讀
者的笑聲，也就意味著作品價值的降低。〔註137〕

〔註136〕陳平原，《中國小說敘事模式的轉變》，臺北：久大文化有限公司，1990 年 05
　　　　月一版，頁 176～177。
〔註137〕以上引文見方正耀，《晚清小說研究》，頁 329～330。

此一情節之描述包括旗人喝茶吃芝麻餅之過程以及旗人小孩到店裡的父子對話。學者前者用爲事件「非源於生活」之例，後者則是「誇張失去分寸」。

> 看見一個旗人進來泡茶，卻是自己帶的茶葉；打開了紙包，把茶葉盡情放在碗裡。那堂上的人道：「茶葉怕少了罷！」那旗人哼了一聲道：「你那裡懂得？我這個是大西洋紅毛法蘭西來的上好龍井茶；只要這麼三四片就夠了。要是多泡了幾片，要鬧到成年不想喝茶呢！」堂上的人，只好同他泡上了。高升聽了，以爲奇怪，走過去看看。他那茶碗中間，飄著三四片茶葉，就是平常吃的香片茶。那一碗泡茶的水，莫說沒有紅色，連黃也不曾黃一黃；竟是一碗白開水。高升心中，已是暗暗好笑。後來又看見他在腰裡掏出兩個京錢來，買了一個燒餅，在那裡撕著吃；細細咀嚼，像很有味的光景。吃了一個多時辰，方才吃完。忽然又伸了一個指頭兒，蘸些唾沫，在桌上寫字；蘸一口，寫一筆。高升心中很以爲奇，暗想這個人，何以用功到如此，在茶館裡還背著臨古帖呢？細細留心去看他寫甚麼字。原來他那裡是寫字，只因他吃燒餅時，雖然吃的十分小心，那餅上的芝麻，總不免有些掉在桌上；他要拿舌頭舐了，拿手掃來吃了，恐怕叫人家看見不好看，失了架子，所以在那裡假裝著寫字蘸來吃。看他寫了半天字，桌上的芝麻一顆也沒有了。他又忽然在那裡出神，像想甚麼似的。想了一會，忽然又像醒悟過來似的，把桌子狠狠的一拍，又蘸了唾沫去寫字。你道爲甚麼呢？原來他吃燒餅的時候，有兩顆芝麻掉在桌子縫裡，任憑他怎樣蘸唾液寫字，總寫他不到嘴裡；所以他故意做成忘記的樣子，故意做成忽然醒悟的樣子，把桌子拍一拍，那芝麻自然震了出來；他做成寫字的樣子，自然就到了嘴了。〔註138〕

這是一則記述滿族宗親「吃燒餅掉芝麻」的笑談。這段文字中，對旗人在極度窮困中自我膨脹的情狀描繪得極其鮮明生動，「哼了一聲」、「你那裡懂得」的驕矜口吻，對照旁觀者「已是暗暗好笑」的反應落差，讓旗人的處境在一言一行的累進中，愈見尷尬可笑。其中龍井茶標榜來自法蘭西，但是泡得三四片不見一點茶色「竟是一碗白開水」，爲了面子還要誇大一番「要是多泡了幾片，要鬧到成年不想喝茶呢」。一個燒餅吃了一個多時辰，此處裝模作樣，

〔註138〕 吳趼人，《二十年目睹怪現狀》，頁 27～28。

或是蘸唾寫字，或是拍桌震案，費如此大勁，吃幾粒掉桌芝麻，曲折細膩中包藏著幾分誇張荒謬，狹猾逗趣外又透著一絲辛苦悲涼，讀之聞之真是諸感雜陳。

　　學者以為此節「與斬鬼傳大同小異——顯然存在因襲關係」；另則有此一傳聞記述原是當日流傳極廣的「京師熟語」之說：

> 吳趼人《二十年目睹之怪現狀》第 6 回寫旗人茶館吃燒餅，裝著寫字、拍桌子，舔完每一顆芝麻，此乃「京師熟語」，「然不過借供劇談，從無形諸筆墨者」〔註139〕

小說不但形諸筆墨，還針對其中幾分的誇張荒謬，以一問一答的方式自問自破，「那裡有這等事？」、「只怕是有心形容他罷」，　自問自破之後，其用意在引出下文，亦即旗人父子之對答，作一精彩分解：

> 忽然一個小孩子走進來，對著他道：「爸爸快回去吧！媽要起來了。」那旗人道：「媽要起來就起來，要我回去做甚麼？」那孩子道：「爸爸穿了媽的褲子出來，媽在那裏急著沒有褲子穿呢。」那旗人喝道：「胡說！媽的褲子，不在皮箱子裏嗎？」說著，丟了一個眼色，要使那孩子快去的光景。那孩子不會意，還在那裏說道：「爸爸只怕忘了，皮箱子早就賣了，那條褲子，是前天當了買米的，媽還叫我說：屋裏的米只剩了一把，餵雞兒也餵不飽的；叫爸爸快去買半升米來，才夠做中飯呢。」那旗人大喝一聲道：「滾你的罷！這裏又沒有誰給我借錢，要你來裝這些窮話做甚麼？」那孩子嚇的垂下了手，答應了幾個是字，倒退了幾步，方才出去。那旗人還自言自語道：「可恨那些人，天天來給我借錢，我那裏有許多錢應酬他，只得裝著窮，說兩句窮話。這些孩子們聽慣了，不管有人沒人，開口就說窮話；其實在這裏茶館裏，那裏用的著呢！老實說，咱們吃的是皇上家的糧，那裏就窮到這個份兒呢？」〔註140〕

「咱們吃的是皇上家的糧，那裏就窮到這個份兒呢？」正點出諷刺對象的滿族宗親身份；小說以父子兩人的正反諧趣來述說滿族宗親的窘迫，父親一意用心的膨脹包裝，被小兒無心無意間一一戳破，父親在兒子不斷「爆料」中，雖一來一往極力格擋、勉強化解，仍時感左支右絀幾將慌張無措，一場處心

〔註139〕陳平原，《中國小說敘事模式的轉變》，頁 175。
〔註140〕吳趼人，《二十年目睹怪現狀》，頁 28。

刻意與天眞無知的拉鋸，終在羞急佯怒的斥喝下，孩子「嚇的垂下了手」，退下離開，做父親的暫時得以脫困解圍。

學者疵議此則誇張失去分寸、事件非源於生活。認爲其文乃因襲《斬鬼傳》而稍變之，「改造舊題材」，卻不符合實際生活；「僅僅將人物變換，來諷刺旗人死要面子而含齒出奇」，但所襲故事不符生活現象，亦非實有。

小說對旗人之諷刺嘲笑，其實說來話長。

旗人自謂吃的是皇上家的糧，那裏就窮到這個份兒呢？這恐怕也是讀者們共同的疑惑。近來，學者對於晚清皇族的研究，提供了意見：

> 總之，到咸豐年間以後朝廷處於內憂外患，採取減薪的措施，皇族領到的俸餉也逐漸減少。爲了生計問題，朝廷給予王公一百兩津貼。此外，王公階層還有地租和當鋪等項收入。但四品宗室完全仰賴俸餉過日，一旦俸餉被減半，宗室爲了生活便違例經營一些買賣，或者舉債過日。總之，身爲天潢貴胄卻又生活貧困，的確也很可憐。楊學琛等認爲清代王公貴族的衰微到民國成立、清帝遜位以後，朝廷垮台後取消俸銀、俸米，王公貴族的權勢也沒了。事實上從咸豐年間以來皇族的收入明顯減少，皇族面對時局的轉變，似乎無警惕之心，亦無應對之舉，到民國政府成立更是坐以待斃，造成衰亡的契機。〔註141〕

就客觀環境的改變言，滿族宗親自初入關的人數未多到後來的繁衍甚眾，形成財政上日益龐大的支出，而朝廷面對諸多內憂外患所需的多項費用，更造成經濟上沉重的負擔，朝廷對滿族宗親的照顧必須縮減，其中影響最大的便是完全仰賴皇家俸餉過日的四品宗室，亦即所謂的閒散宗室。他們或是違法買賣，或是舉債過日，最後出現「身爲天潢貴胄卻又生活貧困」的奇特景況。尤其自入關以來的特殊照顧，多年優渥富裕的生活，形成了宗親們的奢華習性，因此，就主觀認知言，他們「無警惕之心」，不但無法體認時艱、由奢入儉，還處處要臉、時時擺闊，將自己趕入狼狽出醜的胡同。

> 旗人講氣派與排場的習性，在貧困的現實的生活裡非常尷尬。〔註142〕

小說中自我膨脹的滿族宗親，終究逃不過現實的廊簷，高翹的頭眼終究得垂

〔註141〕賴惠敏，《天潢貴胄——清皇族的階層結構與經濟生活》，台北：中央研究院近代史研究所，1997年06月一版，頁302。

〔註142〕賴惠敏，《天潢貴胄——清皇族的階層結構與經濟生活》，頁298。

首低俯，而捉襟見肘、破落盡現之際，述說者、圍觀者對於其擺架子、裝闊氣的行止，慨嘆嘲笑之餘，亦不免有可鄙可厭之感。

旗人雖自道咱們吃的是皇上家的糧，那裡就窮到這個份兒呢？然而「認真的半文都沒有」。立起身要走，堂上的人向他要開水錢，他伸手掏了半天，「半根錢毛也掏不出來」：

> 任憑你扭著他，他只說明日送來；等一會送來；又說那堂上的人不
> 生眼睛，你大爺可是欠人家錢的麼？那堂上說：「我只要你一個錢開
> 水錢，不管你甚麼大爺二爺；你還了一文錢，就認你是好漢；還不
> 出一文錢，任憑你是大爺二爺，也得要留下個東西來做抵押。你要
> 知道我不能爲了一文錢，到你府上去收帳。」那旗人急了，只得在
> 身邊掏出一塊手帕來抵押。那堂上抖開來一看，是一塊方方的藍洋
> 布；上頭齷齪的了不得；看上去大約半年沒有下水洗過的了。因冷
> 笑道：「也罷，你不來取，好歹可以留著擦桌子！」〔註143〕

連一文錢也拿不出的窘迫，卻還說「那些人，天天來給我借錢」；而許多的膨脹誇嘴，抵不過現實的急迫，茶館夥計「還了一文錢，就認你是好漢」，正是事實勝於爭辯，至於逼不得已拿出來抵押的一方藍巾「齷齪的了不得」，正呼應「半文都沒有」的情狀；虛腫充胖、擺闊端架的滿人，在小說筆下所呈現的是末路窮途的狼狽可悲。

除了擺架子的可笑可悲，等而下之的閒散宗室爲了錢銀，在前述違法經營與舉債之外，竟可以爲領取補助而裝死。咸豐之前，宗室凡娶妻、聘女或喪亡皆有恩賞，皇族經濟不虞匱乏；咸豐以後，因內憂外患，財政短絀，不但減少俸餉，喪事卹銀亦減半，喜事則停止恩賞：

> 貧窮的閒散宗室人等卻爲了生計以及喜喪事件，宗室必須典地或賣
> 地，或違例經營一些買賣，或者舉債過日。乾嘉時期連革退的王公
> 都還可以賞賜奴僕百畝土地，或爲舉喪而賣千畝地。至清末，卻有
> 宗室爲了領取白事賞卹而裝死。總之，皇族與清代政權枯榮與共，
> 清初統治中國時分與王公萬畝圈地，及至清朝衰弱，皇族雖爲天潢
> 貴冑，亦無法獲得賞卹，終究是樹倒猢猻散。〔註144〕

乾嘉時期賞賜奴僕百畝的豪奢，對照清末爲領取白事賞卹而裝死的景況，眞

〔註143〕吳趼人，《二十年目睹怪現狀》，頁28。
〔註144〕賴惠敏，《天潢貴冑──清皇族的階層結構與經濟生活》，頁307。

有無限淒涼；而如此荒唐、戲劇化的情節卻是晚清貴滿統治政策下的眞實世情。小說對於這幫天潢貴冑的滿族宗親更爲詳盡地記述了他們詐欺訛騙的惡形惡狀。京城裡，有一種化子，萬不能得罪，常手裏拿一根香，跟著車子討錢，算是給人送火吃煙：

> 得罪了他時，他馬上把外面的衣服一撩，裡邊束著的不是紅帶子，便是黃帶子，那就被他訛一個不得了……束在裏層，好叫人家看不見；得罪了他，他才好訛人呀。倘使束在外層，誰也不敢惹他了……說是說得好聽得很，「天潢貴冑」呢！誰知一點生機都沒有，所以就只能靠著那帶子上的顏色去行詐的時候，還裝死呢。……他們死了報到宗人府去，照例有幾兩殯葬銀子；他窮到不得了，又沒有法想的時候便裝死了；叫老婆兒子哭喪著臉去報，報過之後，宗人府還派委員來看呢。委員來看時，他便直挺挺的躺著；老婆兒子對他跪著哭。委員見了，自然信以爲眞。〔註145〕

爲了騙取補助錢銀，竟然挺屍跪哭毫無避忌，當眞匪夷所思。至於「變裝」的宗親叫化子，看來讓京城百姓是既厭鄙又畏懼，得罪不起，一旦失察招惹上了，那就災情慘重，被訛詐的損失恐將不小。

> 這一班都是好吃懶做的人，你叫他幹甚麼營生？只怕趕車是會的，京城裡趕車的車夫裡面，這班人不少；或者當家人也有的。除此之外，這班人只帕幹得來的，只有訛詐討飯了。〔註146〕

種種荒謬卑鄙的無賴行徑，其實就是貴滿政策下慣出來的好吃懶做習性，眞實檔案、小說記述都載之歷歷：

> 皇族原本奴僕成群，到後來有逃走的、贖身的、變賣的，家中無奴僕使喚只好找幫傭，卻也有找了幫傭無錢付費。如張三喊告宗室隆瑞欠錢。事因隆瑞族弟於道光三十年（1850）病故，煩張三幫忙，隆瑞說是完謝給張三京錢兩吊，後又因年節仍煩張三在家照料。至咸豐元年（1851）三月間散去，並未付給錢文。〔註147〕

分明無錢無銀卻仍要雇傭使喚，雇傭使喚卻又付不出錢費，因此迭生糾紛。小說記述拿親人作下人充排場之事：

〔註145〕吳趼人，《二十年目睹怪現狀》，頁134～135。
〔註146〕吳趼人，《二十年目睹怪現狀》，頁135。
〔註147〕賴惠敏，《天潢貴冑——清皇族的階層結構與經濟生活》，頁299。

都是他那些甚麼外甥咧，表姪咧，聞得他做了官，便都投奔他去做官親。誰知他窮下來，就拿著他們做底下人擺架子。我還聽見說有幾家窮候補的旗人，他上房裏的老媽子丫頭，還是他的丈母娘，小姨子呢。〔註148〕

在朝廷貴滿防漢的統治政策下，天潢貴胄的滿族宗親或是膨脹擺闊而至狼狽不堪的可笑可悲，又或是訛騙欺詐、無所不至的可畏可厭；而致使旗人敢於要脅訛詐、氣燄高張的主因，仍在於滿漢不平等的統治心態：

從法制史的觀點來看清代統治者對其族人的管制，亦顯出其特殊意義。其一，清代法律對皇族犯私罪時持著寬宥態度，一旦發生鬥毆殺人事件，宗室頂多圈禁空房，或發配盛京，無其它刑責。如此一來，養成皇族倨傲習性，鬥毆殺人的事故更屢見不鮮。因為皇族出門在外身係黃帶子，有些市井小民分不清他們的身分，諂媚地尊稱閒散宗室為「王」，奉為事主，更助長他們驕奢氣燄。〔註149〕

繫著紅帶子、黃帶子的宗親表徵，代表律法上對滿人的寬貸，重罪輕罰養成倨傲習性，而市井小民的畏懼又助長其氣燄。於是仗勢橫行，屢有衝突糾紛，學者根據小說記述，從資料檔案中取得不少佐證：

閒散宗室只領俸餉一項，其收入與兵丁無異。清末民初的小說，如吳趼人的《二十年目睹之怪現狀》和老舍的《正紅旗下》，描述宗室生活之困苦極為生動。我發現檔案中也有很多宗室因生活困窘向人借貸、訛詐的不法行為，故引用若干訴訟案件來描述皇族的城居生活。〔註150〕

宗室皇族的困境來自於苦無錢銀又想維持衣著光鮮的風光生活，以至有借衣、借車、借高利貸者，屆期又無力償還。在其所蒐集約一百多件的宗室與北京市民間的訴訟案件中，包括偽造文書、借貸不還，反倚勢誣告等情事以及賒帳不成砸店搶劫之惡行〔註151〕。

〔註148〕吳趼人，《二十年目睹怪現狀》，頁 29。

〔註149〕賴惠敏，《天潢貴胄──清皇族的階層結構與經濟生活》，頁 308。

〔註150〕賴惠敏，《天潢貴胄──清皇族的階層結構與經濟生活》，頁 18～19。

〔註151〕偽造文書、借貸不還，反倚勢誣告等情事參見上注，頁 297：「咸豐二年（1852），宗室景華向英三借錢二十吊，原定十月十六日歸還到期，因無錢還他緩約日子。英三不允，彼此口角。英三說若無錢歸還，下月扣留錢糧。景華一急就赴提督衙門，控告英三扣留錢糧加一行息等事。景華欠錢不還，且向提督衙門控告人家扣伊錢糧，簡直是無賴的行徑」；賒帳不成砸店搶劫之惡

　　由於重罪輕罰的特殊待遇，助長了滿人的驕恣氣燄，橫行的滿族宗親成爲京城百姓頭痛厭恨的對象，小說記述當日京城流傳的一副對聯：

> 他們雖不識字，然而很會説話；他們那黃帶子，都是四品宗室，所以
> 有人送他們一副對聯是：「心中烏黑嘴明白，腰上鵝黃頂暗藍」〔註152〕

對聯簡潔生動地描繪出滿族宗親由內到外的形象，雖是善於言辭「嘴明白」，然則卻常暗藏歹思、居心不良，故謂「心中烏黑」。這嘴白心黑、上藍下黃的四色鮮明描繪，很能代表深受不平待遇之害的平民百姓的怨怒譏諷。其中善於言辭的「嘴明白」尤其經常表現在強詞奪理、動輒喊告上：

> 這種氣勢凌人的宗室在檔案裡也不少，我們看到一些宗室向提督衙
> 門喊告，那些細小瑣碎的事情實在不足掛齒，卻以搶奪、借錢等名
> 目來喊告。〔註153〕

只是瑣碎細微的小事，卻大動作告上官府，甚至爲小題大作，還誣指一些子虛烏有的情節，其心著實可議。雖是家道貧寒，仗著天潢貴冑，卻又舉止乖張，無怪乎一般百姓要厭之恨之，敬而遠之了。

　　閒散宗室如此可厭可恨，一旦襲封任職爲滿官，則爲害更大：

> 你要知道他得了鎮國公，那訛人的手段更大；他天天跑到西苑門裡
> 去，在廊簷底下站著，專找那些引見的人去嚇唬。那嚇唬不動的，他
> 也沒有法子。他那嚇唬的話，總是說這是什麼地方，你敢亂跑。倘使
> 被他嚇唬動了，他便說你今日幸而遇了我，還不要緊，你謹慎點就是
> 了。這個人自然感激他，他卻留著神看你是第幾班第幾名，記了你的
> 名字，打聽了你的住處，明天他卻來拜你，向你借錢。〔註154〕

仗著天潢貴冑，再加上爲官的權勢，訛詐的金額自然更大，對社會爲禍益烈，學者研究晚清小說對官場社會的譴責批判，就曾指出「滿官比漢官更昏庸」的特點：

> 晚清譴責官場的小說，還是有它不同於以往的特點，比如說罵大官

行則見同書，頁298：「例如道光十年（1830）宗室萬濟邀同色克慎、楊四前往德勝門外太平營地方全祿茶館內飲酒，萬濟喝醉後欲向全祿寫欠賬，全祿不允，萬濟恣將桌上茶碗砸碎，並令楊四將錢櫃砸破，又令色克慎拿走錫酒壺三十把，用棉被包裹，連同剃刀、煤錘、趕麵棍等物一併攜回萬濟家裡」。

〔註152〕　吳趼人，《二十年目睹怪現狀》，頁136。
〔註153〕　賴惠敏，《天潢貴冑——清皇族的階層結構與經濟生活》，頁300。
〔註154〕　吳趼人，《二十年目睹怪現狀》，第二十七回，頁136。

也罵小官，但重點在大官；其次是罵虛官也罵實官，但重在實官，

又雖寫漢官也寫滿官，但不時點出滿官比漢官更昏庸；最重要的結

論是：官場裡面沒有好人。〔註155〕

越是有權有勢，就越肆無忌憚，無惡不作，貪污索賄無所不在，「京城裡面，甚麼軍機處，內閣六部，還有裡頭老公們，那一處不要錢孝敬？〔註156〕」小說借人物之口，就批判了這處處要錢的官場之惡。天潢貴冑、貴滿防漢的統治政策，意在鞏固皇室的領導地位，杜絕漢人對帝位的覬覦，防堵漢人在政治上的反撲。因此，不論是在內政上或是軍事外交上，滿清朝廷所表現的正是學者所謂「征服王朝」的思維。

然而，貴滿政策使滿人恃寵而驕，習驕奢卻無法因應時勢變化以自營生計，至於窮困拮据仍硬要擺闊充富，最終落到遭人識穿恥笑的狼狽地步。

由旗人吃燒餅掉芝麻一則之評，探究出小說嘲諷旗人之所由，以知晚清小說寫旗人其實真有所本，歷歷載於卷冊之種種行徑包括訛詐、砸店、誣告、搶劫等等，非特燒餅芝麻之事而已；並且其嘲諷還關連著極嚴肅的滿漢政策，若僅僅以笑料視之，恐將失之子羽。

不論如何，小說對於晚清官場，從官僚形成之科舉、捐納，到官僚運作之畏蒽欺虐，種種不堪，記述堪稱淋漓。歷來在傳統小說之評論上，晚清雖有四大之稱，無奈卻常以《儒林》的砝碼稱量解讀，單以「諷刺」的標尺衡量，每有扞格，便是晚清不及、晚清小說之病。

實則官場諷刺確是晚清小說致力最多、著墨最深之處，此一部份亦較為讀者學者所熟知。就小說記述以言，其內容可謂形形色色、包羅萬象，而其筆法亦隨事宛轉，不特含蓄諷刺而已。含蓄隱微之筆固然有之，其餘嘲弄打趣、正言若反、反言若正、挖苦、哀嘆、激問、慷慨陳辭甚至詈責、怒罵、詛咒者，亦隨機可見。若不囿以含蓄為唯一標準，則晚清四大小說之嘲謔諷罵，堪稱琳瑯滿目、豐富多樣。以晚清雨暴風狂的時代背景，小說記述的實錄精神，以及其中的勸懲意識而言，則作者或憂或憤，且笑且哭，豈一「諷刺」能盡？若真以「含蓄委婉」自限，恐怕亦難盡晚清之人情！

〔註155〕賴芳伶，《清末小說與社會政治變遷》，頁218。
〔註156〕李伯元，《官場現形記》第28，頁415。

第三節　衝擊、腐蝕、剝落與省思

　　晚清面臨前所未有之危機。國族之存亡，文化之斷續，都受到了挑戰。
西方文明挾洋槍大礮之威侵襲中國，運會之趨，避無可避，開啓了晚清新舊
交疊，中西交會之一頁。然而這既是最精彩熱鬧的一頁也是最狼狽失措的一
頁。中國的不堪一擊，中國的苦思對策、苦苦掙扎，都載在史頁，亦見諸野
史小說。

　　小說之諷刺譴責，且哭且笑，且笑且思；在衝擊挑戰之際，在狼狽掙扎
之間，表現晚清斯土斯民之議論省思。初時中國風氣未開，有人討論西學，
就被視爲漢奸。「郭筠仙侍郎喜談洋務，幾乎被鄉人驅逐；曾劼剛襲侯學了洋
文，他的夫人喜歡彈彈洋琴，人家就說他吃教的〔註157〕」。

　　對於西方文明之來，從先前之嚴厲排斥，而後如「俞西塘京卿在家飲食
起居，都依洋派，公子小姐出門常穿西裝」〔註158〕，然北京應酬場上已無人
議論；中國的感受是複雜的，可謂先驕復慚，既羨又恨。當小說作者以其眼
光對其時社會做一觀察時，在眾以爲常中，見出其怪：

> 當吳趼人以改革的眼光掃描社會的各個方面的時候，他在那人人習
> 以爲常的現狀中，看出了與時代潮流極不相容的「怪」，這些「怪」，
> 不僅包括那些古已有之的舊事物，也包括在歐風美雨挾帶席捲的文
> 明伴隨來的所謂「新事物」：「一切稀奇古怪夢想不到的事，一切都
> 在上海出現，於是乎又把六十年民風淳樸的地方，變了個輕浮險詐
> 的逋逃藪。」〔註159〕

由落伍而文明進步，亦由淳樸變輕浮險詐，在新舊交疊、中西交會的衝擊下，
小說鏡光所及，有諸多不同的觀察，提供了諸多面向的省思。

一、西方文明的衝擊

　　西方文明可略分爲物質文明與精神文明兩類。物質文明包括船堅礮利與
日用民生，精神文明則包括學術教育及宗教文化。

　　晚清之際，西方挾強大先進之武力優勢，敲開中國門戶。面對驚天動地、
排山倒海而來的緊急外患，斯土斯民，自是震撼不已。

〔註157〕曾樸，《孽海花》，頁211。
〔註158〕同上注。
〔註159〕歐陽健，《晚清小說史》，頁141。

此一戰爭中，中國是受侵略的一方，所受到的人命、財產損失又遠超過英國，卻得單獨負起賠償戰亂造成的破壞。而真正受害最深的中國人民非但無處求償，反得承當由賠款轉嫁來的稅賦負擔。因此當在南京條約中清政府首次接受對等外交觀念時，非常諷刺的，中國已開始陷入不平等待遇的桎梏中。〔註160〕

　　在不平等待遇中的中國，仍須奮力自保，第一步是向西方學習其軍事文明；然而並未達成預期之成績。小說中對於中國海軍學習西洋船堅礮利，卻成果不彰的結果有極尖刻的諷刺：

　　「我們南洋的兵船，早就知道是沒用的了；然而也料想不到這麼一著。」〔註161〕

北洋艦隊的潰敗，使得輿論交相指責；中法之戰，福建海軍遭法軍襲擊，亦潰敗覆沒，小說中出現「自沉兵輪」〔註162〕的說法，顯然是針對海戰情況的憤懣反應。

　　此外，自強運動中應當勵精圖治的各機關，卻竟有先嚴後弛之現象：

　　「製造局開辦的總辦是馮竹儒；守成的是鄭玉軒，李勉林；以後的就平常得很了。到了現在這一位，更是百事都不管，天天只在家裡念佛；你想那個局如何會辦得好呢？」我道：「開創的頗不容易。」佚盧道：「正是！不講別的，偌大的一個局，定那章程規則，就很不容易。馮總辦的時候，規矩極嚴，此刻寬的不像樣子了。」〔註163〕

由於官員「天天只在家裡念佛」、「百事都不管」，影響所及，造成用人不當及管理疏失等弊病。小說曾指出地方官員一味迷信洋人的誤謬：

　　梁桂生他有多大的本領！外國人打的樣子，還有錯的麼？不信他比外國人還強。〔註164〕

小說中的梁桂生，是任職於機器製造局的職員。在顢頇上司的領導下，長期未受重視重用，所提意見不被接納外，還橫遭侮蔑。而完全依照洋人圖樣打造的船艦，卻是蹩腳透頂的「兩光」船，小說對此有一大段極盡挖苦的逗趣描寫：

〔註160〕段昌國、林滿紅、吳振漢、蔡相輝編著，《現代化與近代中國的變遷》，頁34。
〔註161〕吳趼人，《二十年目睹怪現狀》，第14回，頁65～66。
〔註162〕同上注。
〔註163〕吳趼人，《二十年目睹怪現狀》，頁152。
〔註164〕吳趼人，《二十年目睹怪現狀》，頁149～150。

> （保民船）出了船塢，便向閔行駛去。足足走了六七點鐘之久，才
> 望見閔行的影子。及至要回來時，卻回不過頭來，憑你把那舵攀足
> 了，那個船只當不知；無可奈何，只得打倒車回來。……那外國人
> 說修得好的。誰知修了個把月，依然如故……桂生道：「這個都是依
> 了外國人圖樣做的；但不知有走了樣沒有？如果走了樣，少不得工
> 匠們都要受罰。」總辦道：「外國人說過。並不曾走樣。」桂生道：
> 「那麼就問外國人。」總辦道：「他總弄不好，怎樣呢？」桂生道：
> 「外國人有通天的本事，那裏會做不好？既然外國人也做不好，我
> 們中國人更是不敢做了！」〔註165〕

梁桂生的結語，正言若反，對迷信洋人的昏庸官員，硬是狠狠嘲諷了一下。
官員對於所用洋人，並未考察其專業能力，只因是洋人就全然盲信，委以重
任；至於本國人才，則鄙薄輕侮，所提意見，不加細究即隨口否決，及至成
舟，後悔已遲。

　　至於在管理上，「百事都不管」的態度正提供了不肖之徒可乘之機。小說
中有諸多令人瞠目的記述：

> 德泉道：「只要是用得著的，無一不偷。他那外場面做得時再好看，
> 大門外面，設了個稽查處，不准拿一點東西出去呢。誰知局裏有一
> 種燒不透的煤，還可以再燒小爐子的，照例是當煤渣子的不要的了，
> 所以准局裏人拿到家裏去燒。這名目叫做『二煤』，他們整籮的抬出
> 去。試問那煤籮裏，要藏多少東西？」我道：「照這樣說起來，還不
> 把一個製造局偷完了麼？」〔註166〕

從運煤渣子的煤籮裏私運局內物資外，又常以公家材料製造私貨

> 他這個是拿皇上家的錢，吃了皇上家的飯，教會了他本事，他卻用
> 了皇上家的工料，做了這個私貨來換錢……做了三千個私貨，照市
> 價算，就是六千洋錢了……其餘切菜刀，劈柴刀，杓子，總而言之，
> 是銅鐵東西，是局裏人用的，沒有一件不是私貨。〔註167〕

或是藉運「二煤」之便，盜運貴重材料；或竟然用公家銅鐵等工料鑄造柴刀、
菜刀、杓子甚至精巧小輪船等私貨，「局裏人用的，沒有一件不是私貨」，自

〔註165〕吳趼人，《二十年目睹怪現狀》，頁150。

〔註166〕吳趼人，《二十年目睹怪現狀》，頁148。

〔註167〕吳趼人，《二十年目睹怪現狀》，第29回，頁146～147。

用外尙且大量販售牟利，凡此種種，眞是教讀者「眼界大開」。

　　貪污舞弊之外，對於西學的無知，亦在因應衝擊之初，亂象疊出，煉煤提油即是一例。由於煤油價高，由外國輸入，可以賣到七十多文一斤，有人聲言可買進號稱一百斤煤，至少可提煉出五十斤油之機器；外國領事則直言煤油並非由煤提煉而成：

> 問道：「照貴領事那麼說，貴國用的煤油，不是在煤裏提出來的麼？」
> 領事道：「豈但敝國；就是歐美各國，都沒有提油之說。所有的煤油，都是開礦開出來的；煤裡面那裏提的出油來？」重慶道大驚道：「照這麼說，他簡直在那裏胡鬧了！」領事冷笑道：「本領事久聞這位某觀察，是曾經某制軍保舉過他留心時務，學貫中西的；只怕是某觀察自己研究出來的，也未可知。」〔註168〕

因「煤油」而望文生義，謂是從煤炭中提煉之油，小說藉外國領事之口指出其誤謬，嘲諷這樣不學無術的「無知」。或是一心牟利，利令智昏遭騙，或是無意細究、無心學習而受欺，西人之冷言冷語冷笑，對學貫中西實際之省思，當是更深刻之刺激。

　　四大小說作者中吳趼人曾任職製造局，使他得眞實目睹自強運動之種種弊病。從製造、購買到使用，無不弊病叢生，更遑論奢望其日益精進、與時俱新：

> 他看到，自從「西人挾其海具，梯航而至」以後，「炮火騰天，輪舶織海，血肉飛縻，性命頃刻，開千古未有之奇局，亦開萬世未有之奇酷」。中國之設立製造局，爲的是「自製船只及槍炮子藥而御侮之」，但「徒以工程浩大」而「終不克成事」（《趼廛外編・水師》），原因在於，「中國近日非不知講求火器也，有講求之名者，無講求之實」：對於泰西來的火器，只知仿造，「而不知求其進」，這是製造之弊；轉爲購買，而「採辦之員或終身未嘗睹火器之面，則顯受欺蒙也，或利心汨其天良，則隱恣其中飽也」，這是購買之弊；火器到手以後，「配用不能一律，訓練未必精良」，這是御器之弊；偶然造出或購得一器，又不知更新，129「他人已視爲窳朽之具，彼猶以爲此吾之奇器也」，這是死守不變、不求精進之弊（《趼廛外編・火器》）。

不論是徒有講求之名，無講求之實，或是利慾薰心，中飽私囊，或是訓練不

────────

〔註168〕吳趼人，《二十年目睹怪現狀》，頁455～456。

足，使用未當，或是死守不變、不求精進，總歸自強運動失敗之因，還在於人心人識。光緒辛卯（1891），吳趼人仲父客死北京，因向製造局預支薪水北上奔喪，於是順道到天津，拜訪任職於水師營之朋友。其於水師營之見聞可做為說明：

> 訪友於水師營，卻見「營兵肅隊奏軍樂」以供奉「金龍四大王」。所謂「金龍四大王者」，不過是一條小蛇，直隸總督李鴻章居然也委員拈香、親至謝過。在近代新型的水師營裡，居然發生這種「無意識之舉動」，吳趼人慨然嘆道：「謬妄無理，一至於此！公卿大夫，匪惟不禁，且亦從而附會之，復何怪有識之士竊笑於其側也。」（《趼塵筆記·金龍四大王》）〔註169〕

在面對西方文明衝擊之初，中國一路奮力求變，卻也漏洞百出。弊病產生所由，尤在身居高位之士大夫，忝為知識份子，然其思想行為卻不但不能為革新精進之表率，反為迷信所誤，附和無理，苟同荒謬。以此觀之，何期由此等士大夫所領導之自強運動，果能革新精進，以達於富國強兵？吳趼人可謂觀察入微，卓有見地。而歷史學者對自強運動的檢討亦包括「貪污腐化」及「心態」等：

> 甲午戰後……事實證明日本明治維新，遠較中國的自強運動有效率、具成果。…自強運動效果不彰的原因…其一，無論官辦、官督商辦、官商合辦，都與官方脫不了干係，難免會導致貪污腐化的結果……其二，…諸事業，多由地方當局主其事，清末督撫掌握地方財政大權…故各行其是…其三，……心態較難調適，不似日本昔從中國轉成西洋（對象改變而已）。〔註170〕

保守派抵制以夷變夏的頑固心態，加上官方的貪污腐化，船堅礮利的強兵政策終是難竟其功。

船堅礮利之外，民生日用之影響亦廣，除畫報、報紙、洋錢、牙粉、墨鏡等之使用外，尚包括西餐文化。文化風潮中的西餐文化雖已東漸，但仍有陌生隔閡，對此一階段的晚清飲食文化衝擊，小說有一節經典的西餐宴客描寫：

> 連夜又把那位翻譯請了來，留他吃飯，同他商量，又請他寫了一張菜

〔註169〕歐陽健，《晚清小說史》，頁128～129。
〔註170〕段昌國、林滿紅、吳振漢、蔡相煇編著，《現代化與近代中國的變遷》，頁82。

> 單，一共開了十幾樣菜，五六樣酒。三荷包接過看時，直見上面開的
> 是：清牛湯、炙鱸魚、冰鼈阿、丁灣羊肉、漢巴德牛排、凍豬腳、橙
> 子冰忌廉、澳洲翠鳥雞、鼈子蘆筍、生菜英腿、加利蛋飯、白浪布丁、
> 濱格、豬古辣冰忌廉、葡萄乾、香蕉、咖啡。另外幾樣酒是：白蘭地、
> 魏司格、紅酒、八德、香檳，外帶甜水、鹹水。三荷包看了，連說：
> 「費心得很！」又愁撫縣大人是忌牛的，第一道湯，可以改作燕菜鴿
> 蛋湯。這樣燕菜，是我們這邊的頂貴重的菜，而且合了撫縣大人的意
> 思。免得頭一樣上來，主人就不吃，叫外國人瞧著不好。那翻譯連說：
> 「改的好。索性牛排改成豬排。」三荷包道：「外國人吃牛肉，也不
> 可沒有。等到拿上來的時候，多做幾份豬排，不吃牛的吃豬，你說好
> 不好？」翻譯又連說：「就是這樣變通辦理。」〔註171〕

冰忌廉即冰淇淋，魏司格酒是威士忌，加利蛋飯宜是咖哩蛋飯，濱格當是培
根，〔註172〕，菜色可謂琳瑯滿目、一應俱全。其中燕菜是中國珍貴食品燕窩，
因吃「牛」排而起的一番調整，可以見到面對中西文化衝突之際，中國士大
夫因應方法之一斑。

　　然而終究是不諳其道，小說將這種文化吸收接受的陌生藉著諧趣表現出
來：

> 後來不曉得上到哪樣菜，三荷包幫著作主人，一分一分的分派，不
> 知道怎樣，一個調羹、一把刀沒有把他夾好，掉了一塊在他身上，
> 把筷心的天青外套，油了一大塊。他心上一急，一個不當心，一隻
> 馬蹄袖，又翻倒了一杯香檳酒。管家們送上洗嘴的水，用玻璃碗盛
> 著。營務處洪大人一向是大營出身，不知道吃大菜的規矩，當作荷
> 蘭水之類，端起碗來喝了一口，嘴裡還說：「剛才吃的荷蘭水，一種
> 是甜的，一種是鹹的；這一種是淡的，然而不及那先兩種好。」他
> 喝水的時候，眾人都不在意，只有外國人看著他笑。後來聽他如此
> 一說，才知道他把的洗嘴水喝了下去。翻譯林老爺拉了他一把袖子，
> 悄悄的同他說：「這是洗嘴的水，不好吃的！」他還不服，嘴裏說：
> 「不是喝的水，為甚麼要用這好碗盛呢？」〔註173〕

〔註171〕李伯元，《官場現形記》，頁81。
〔註172〕冰鼈阿、八德酒、鼈子蘆筍待考。
〔註173〕李伯元，《官場現形記》，頁83。

就餐具使用不伏手,以及「馬蹄袖」翻倒「香檳酒」的笨拙,表現文化觸撞的不適應;誤飲洗嘴水(漱口水)則是在出糗的諧趣中,點出文化認識不足的問題。

　　除了在小誤差中呈現拙樣糗態的趣味嘲弄,對文化西潮的衝擊,小說亦記述中國未及適應認識之失當舉措:

> 「這也是我們中國人自取的;有一回,一個甚麼軍門大人,帶著家
> 眷,坐了大餐房;那回是夏天,那位軍門,光著脊梁,光著腳,坐
> 在各座裏,還要支起著腿,在那裏鉤腳枒;外國人看著,已經厭煩
> 的不得了;大餐間裏,本來備著水廁,廁門上有鑰匙,男女可用的;
> 那位太太,偏要用自己的馬桶,用了,洗了,就拿回他自己房裏,
> 倒也罷了;偏又嫌他濕,擱在客座裏晾著。洗了裹腳布,又晾到客
> 座椅靠背上。外國人見了,可大不答應了,把他們拿了出來;船到
> 了上海,船主便到行裏,見了大班,回了這件事。從此外國人家的
> 船,便不准中國人坐大餐房了。你說這是不是中國人自取的麼?」

　　　　〔註174〕

現代化的水廁與舊有的馬桶、裹腳布對比映照,在象徵現代化空間的輪船上,中國有些慣見的生活文化與之扞格不入。因未及認識或無意瞭解文化西潮所產生的不合宜,在西方文化公共空間的禮儀標準檢視下,亦顯中國之落伍無知。

　　晚清以上海租界洋人聚居,最早接受西方文明之洗禮。上海於 1843 年登記居住之外國人僅 26 人,次年爲爲 50 人,1860 年增至 569 人,1865 年已高達 5000 多人。二十年之間,上海租界迅速發展;被中國人目爲蠻夷的西洋鬼子,在昔日是荒涼蕪穢,「荒墳累累、禽獸出沒」的灘塗土地上,不但建造洋房,修築馬路,改善交通、飲水、照明設備,並且還建築碼頭,架設橋樑,使之成爲一個進步繁榮的現代化都市〔註175〕:

> 西方列強通過貿易、設廠、引進西方先進的城市管理設施和市政管
> 理制度,使上海這座中世紀的城鎮迅速過渡到擁有聲光電化、馬路
> 汽車、洋房花園、報紙雜誌、醫院郵局的近代化城市,到 19 世紀

〔註174〕吳趼人,《二十年目睹怪現狀》,頁 297。

〔註175〕參見程華平,《中國小說戲曲理論的近代轉型》,上海:華東大學出版社,2001 年 10 月一版,頁 230。

> 60 年代中期，從南京路到洋涇濱已「洋樓聳峙，高入雲霄，八面窗
> 櫺，玻璃五色，鐵欄鉛瓦，玉扇銅環；其中街衢弄巷，縱橫交錯，
> 久於其地者，亦易迷其向」。

相對於此，上海舊城卻仍舊持續其狹窄、擁擠、骯髒、破舊之風貌，兩相對
照，著實令人難堪、汗顏：

> 西學的優越性就這麼明顯地展現在人們的面前：「租界之內，街道整
> 齊，廊檐潔淨，一切穢物褻衣無許暴露，塵土垃雜無許堆積……炎
> 天常有燥土飛塵之患，則長設水車為之澆灑；慮積水之淹浸也，則
> 遍處有水溝以流其惡；慮積穢之熏蒸也，則清晨縱糞擔以出其垢。
> 蓋工部局之清理街衢者，正工部局之加意閭閻也……試往城中比
> 驗，則臭穢之氣，泥濘之途，正不知相去幾何耳。」〔註176〕

上海舊城的狹窄、擁擠、骯髒、破舊與聲光電化、馬路汽車、洋房花園、報
紙雜誌、醫院郵局的近代化城市的難堪對比，似正是傳統文化與西方文明之
對比；對比愈是難堪，造成的衝擊自然亦愈大。

　　物質文明之外，精神文明包含亦廣。其中法治觀念一環，尤有可取。前
述「鄉下人與牛」一例，除呈現中國官員之懼外媚外，其中更為重要的是西
方法治文明的觀念。前述外國人與鄉下人之牛一例，官員刻意重判以討好洋
人，雖按洋人所求立即將鄉下人釋放，卻仍命差役押著鄉下人，到洋人家裏
叩謝，小說諷刺他「是要外國人知道他惟命是聽，如奉聖旨一般」，豈知洋人
卻不樂於此：

> 誰知那外國人見了鄉下人，還把那官兒大罵一頓，說他豈有此理；
> 又叫鄉下人去告他。鄉下人嚇得吐出了舌頭道：「他是個老爺，我們
> 怎麼敢告他？」外國人道：「若照我們西例，他辦冤枉了你，可以去
> 上控的；並且你是個清白良民，他把那辦地痞流氓的刑法來辦你，
> 便是損了你的名譽，還可以叫他賠錢呢。」鄉下人道：「阿彌陀佛！
> 老爺都好告的嗎？」那外國人見他著實可憐，倒不忍起來，給了他
> 兩塊洋錢。〔註177〕

人民生命財產與名譽等權益的保障，在現代社會中是普為大眾認識與接受之
概念，但對中國晚清的百姓而言，卻是咋舌瞠目，「嚇得吐出了舌頭」覺得是

〔註176〕以上引文見程華平，《中國小說戲曲理論的近代轉型》，頁230。
〔註177〕吳趼人，《二十年目睹怪現狀》，頁368。

不可思議的想法與做法。

> 郭嵩燾於 1876～1878（光緒 2～4 年）：（對西洋）「從未敢懷輕視之
> 心，以吾心見其不可輕視，考覽其學校風俗，益腆然內自懷愧」（郭
> 嵩燾詩文集・覆姚彥嘉）

> 嚴復（光緒 3～5 年）：在英國留學，曾到英國法廷旁聽英人審理案
> 件「歸邸數日如有所失，嘗語湘陰郭（嵩燾）先生謂英國與諸歐之
> 所以富強，公理日伸，其端在此一事，先生深以爲然，見謂卓識」
> （譯孟德斯鳩法意按語上冊 224 頁）

> 曾紀澤遺集倫敦覆丁雨生中丞：（光榮四～十一年任駐英公使）「目
> 睹遠人政教之有緒，富強之有本，豔羨之極，憤懣隨之」

> （郭所見未全面不知英人在海外與其國內不同曾則較爲全面：「惟西
> 人之赴華者較少安份守禮之徒。工商教士之嗜利者無足論已。即洋
> 官亦昌言於眾曰：『處東方之人不厭譎僞，去詐用誠，難以成事』」）
> 曾紀澤遺集巴黎覆陳俊臣中丞〔註178〕

留學生對西方法治文明尤有深刻之觀察體會，然洋官「處東方之人不厭譎僞」
之言，聞此亦使人感慨萬端。

　　對於向西方取經小說中有一段中西學比較的論述：

> 我們中國怎麼了哪！這兩天你看報紙沒有？小小的一個法蘭西，又
> 是主客易形的，尚且打他不過，這兩天聽說要和了。此刻外國人都
> 是講究實學的，我們中國卻單講究讀書。讀書原是好事，卻被那一
> 班人讀了，便都讀成了名士。〔註179〕

中外學術差異所在，出自小說人物口中，是實學與名士之學的差異，名士口
說筆畫是紙上文章的風雅〔註180〕；實學則重在經世濟民，對社會有實質助益。

　　學術教育之衝擊在著書翻譯上，表現尤爲明顯：

> 據統計，從 1902 年到 1904 年短短三年之間，翻譯、出版西方社會
> 科學方面的書籍多達 136 種，占此期譯作總數的 25%；有關歷史、
> 地理方面的書籍多達 128 種，占總數的 24%；有關哲學方面的也有

〔註178〕以上引文見季平子，《從鴉片戰爭到甲午戰爭》，臺北：知書房出版社，2001
　　　　年 10 月一版，頁 605。
〔註179〕吳趼人，《二十年目睹怪現狀》，頁 105。
〔註180〕參見楊國強，〈晚清的清流與名士〉，《史林》2006 年第 4 期，頁 1～28。

了 34 種，占到總數的 6.5%。而有關西方自然科學、應用科學的，
比起洋務運動期間的比例，已從 29.8% 和 40.6% 分別下降到 21% 和
10.5%，到民國期間，這一趨勢仍然如此。〔註181〕

小說則記述公家在翻譯著述上耗資費力卻成效不彰的誤謬：

> 大凡譯技藝上的書，必要是這門技藝出身的人去譯；還要中西文字
> 兼通的才行。不然，必有個詞不達意的毛病。你想他那裏譯書，始
> 終是這一個人，難道這個人就能曉盡了天文、地理、機器、算學，
> 聲光，電化各門麼？外國人單考究一門學問，有考了一輩子考不出
> 來，或是兒子，或是朋友，去繼他志才考出來的。談何容易，就胡
> 亂可以譯得！只怕許多名目，還鬧不清楚呢！何況又兩個人對譯，
> 這又多隔了一層膜了。〔註182〕

作者並舉局裏所編四裔編年表爲例以見其作品之誤謬粗濫。中國歷史紀年向
從唐堯元年甲辰起，其書則不知如何考證，卻從帝嚳開始，並且到了周朝，
竟然大錯僅此年代合年代，中西合曆，只費點翻檢功夫的著作也要出錯，其
他中國未曾經見的高深學問，更毋庸贅言！小說指出一人兼譯天文、地理、
機器、算學，聲光，電化各門學問之荒唐不當，並由編年對照之錯誤，以見
其編譯品質之一斑。

　　面對西學之衝擊，晚清士大夫自難置身事外，《孽海花》中士大夫的代表
人物金雯青即曾有「總要學些西法，識些洋務」之想，雖是意識到其重要性，
在西法的學習上，不論是語言或地理，甚至於其外交本職，做爲士大夫代表
人物的金雯青，都是失敗者，究其因，亦在閉門造車的消極態度。晚清士人
更有充作內行、招搖矇混者：

> 大略看了一遍，也有懂得的，也有不懂得的。中間還有幾個外國人
> 的名字，看了不知出處，心下躊躕道：如果照本超謄，倘若撫縣傳
> 問起來，還不出這幾個人的出典，就要露馬腳。又想把這幾個人名
> 字拿掉不寫，又顯不出我的學問淵博。想來想去，好在撫台也是外
> 行，不如欺他一欺。倘若問起來，隨便英國也好、法國也好，還他
> 個糊裏糊塗，橫豎沒有查考的。主意打定，他又是聰明絕頂的人，
> 官場款式，無一不知。把頭尾些些改了幾個字，又添上兩行。先謄

〔註181〕程華平，《中國小說戲曲理論的近代轉型》，頁 261。
〔註182〕吳趼人，《二十年目睹怪現狀》，頁 153。

了一張草底，説是自己打肚子裡才做出來的；同姐夫説明原故，請
他指教。〔註183〕

相對於後世學者的高評價，小説特別記述新舊溶匯之際不學無術、招搖撞騙的種種亂象。做爲補史之遺或實事之記述，小説提供在西學衝擊之際，不同視角的觀察。

晚清士大夫固有如上不學無術之輩，然亦見持續努力，「轉型」成功之例，形成「口岸知識分子」的隊伍：

> 他們已拋棄了夷夏大防的嫌隙，以一種自由、開放的心態在洋人開辦的文化機構中發揮著他們的價值，改變著自己的觀念，形成爲被稱作「口岸知識分子」的隊伍。「起初，他們的工作對中國主流中的種種事件似乎幾無影響，但他們最終所提出的東西卻與中國的實際需要逐漸吻合。直到這時，他們才漸次得到一定的社會地位和自尊」。……據記載，從1886年到1897年，曾有86人在上海工藝學校的論文競賽中獲得前三名，他們中除14人身份不明外，其餘57人爲秀才，5人爲舉人。〔註184〕

在西學的傳播上，從以往肩挑、水運，翻山越嶺、渡江涉水的書販模式，轉爲發行網、閱報所模式，這自與交通運輸近代化相關；因船運業、火車以及郵政業之興起，報刊、書籍的流通速度亦隨之加快：

> 各報館、印書局爲了擴大銷售量，在全國各地自設代銷處，組成獨立的發行網。各地的進步人士、學堂、報館、閱報所、書局、書社、公館、公司、民間社團也兼營代售報刊雜誌，這些銷售點分別與各報館書局建立業務聯繫，將報刊書籍迅速地傳播出去。這樣，士紳、文人、學生、商人、官吏、一般的市民都能接觸到報刊。有些開明士紳在各地城鄉還廣開閱書報社，個人出資訂購報刊雜誌供眾人閱讀，或集合眾人，講解報刊雜誌。一些地方還專門爲婦女開設閱報所，供她們閱讀，便於她們獲取新知。小説戲曲理論批評的傳播面也大爲擴大。〔註185〕

〔註183〕李伯元，《官場現形記》，頁85。
〔註184〕程華平，《中國小説戲曲理論的近代轉型》，頁263。引葉曉青，十九世紀下半葉的上海平民文化。
〔註185〕程華平，《中國小説戲曲理論的近代轉型》，頁268。

至於宗教文化，由地方上逐漸傳播滲透。百姓信教，不但官員要禮讓三分，教士對教民的照顧，更可謂無微不至：

> 可曉得我這娘舅，他是做什麼的，能夠眼睛裡沒有官？原來他是在教的。一吃了教，另外有教士管他，地方官就管他不著。而且這教士，樣樣事情，很肯幫他忙，真正比自己親人還要來的關切；連著生了病，都是教士帶了醫生來替他看，一天來上好幾趟……所以凡是我們娘舅一個鎮上，沒有一個不吃他的教。〔註186〕

教民享有一般百姓難以企望的權利，地方官員對教民與非教民之態度更是判若天淵：

> 你想這個老爺，不是我說句瞧不起他們的話：真正是犯賤的！不拿吃教嚇嚇他，沒有五十塊洋錢，他就肯同你了嗎！如今非但五十塊不要，並且賠還我們碗盞；鬧事的人，還要辦給我們看。〔註187〕

以教民之口詬詈執事官員，足見小說用心。

西方宗教文化的強力輸入，造成中國不小之衝擊，亦帶來不少之改變。教會學校培養出諸多優秀人才，神職人員日多，其生活思想之西化亦日深、至於部份士大夫藉由各方管道與西方宗教文化之接觸，不斷地改變學習；而西方教義對教民之影響，自更帶來衝擊，造成社會之變化。

學者論近代風俗演變之時代特點，概括為新舊雜糅併存以及中西合璧之兼容。而不同區域、不同年齡身份，亦呈現個別差異〔註188〕，大致而言，生活習俗，衣、食、住、行和娛樂等等，如辮子變短髮，小腳改為天足，變化較大；而宗法社會結構、心意民俗等等，變化甚微。城市與鄉村相較，通都大邑如上海、廣州、天津、青島、武漢等中心城市，得風氣之先，變化迅速而深遠；邊遠農村、山區，尤其少數民族地區，變化程度甚則小。各階層如新式知識分子、工商界人士和青少年，較快接受新風尚；而思想保守之封建遺老、地主鄉紳和老年人則較難、較慢〔註189〕。常身著長衫馬褂，夏葛冬裘，

〔註186〕李伯元，《官場現形記》，頁789。
〔註187〕李伯元，《官場現形記》，頁790。
〔註188〕參見遲雲飛，〈清末社會的裂變及各階層分析〉，《史學集刊》2003年10月第4期，頁33～39。
〔註189〕參見蔡國斌，論鴉片戰爭以來晚清社會的變化，《湖北省社會主義學院學報》2006年2月（第1期），頁77～80。

頑固不肯剪辮者則盤髮於頂，蓋以小帽，絕難見其西裝革履。〔註190〕

　　至於官方之改革，初期受制於官方系統，或是各行其是，或是貪污腐化，成效大打折扣。尤以官員天朝心態所限，革新自難有顯著成效。〔註191〕

　　小說不但記述中國在受到西方文明衝擊之景況與反應，更在記述之際，以各種形式進行省思。

二、內在傳統之腐蝕剝落

　　中國道德傳統自堯舜禹湯而至於晚清，定格致誠正修齊治平之序，立三綱八目，講忠迅速孝仁愛信義和平之德。時值古今交替，新舊並陳之晚清，面對所未有之狂風暴雨，中國延續數千年之內在傳統，急速腐蝕剝落。

> 家兄一輩子，頂羨的是做官。自從十六歲上場鄉試，一直頂到四十
> 八歲，三十年裡頭，連正帶恩，少說下過十七八場，不要說是舉人
> 副榜，連著出房堂備，也沒有過。〔註192〕

科舉自唐宋而下，至晚清而至極端。小說記述這個五十歲的讀書人，是將三十年的盛壯青春，耗費在科場考試中的資深考生，然而，其結果卻是卻屢試不中。孔曰成仁，孟云取義，讀聖賢書所爲何事？晚清士人之汲汲功名，至死方休，正是道德崩解之起始。

（一）士風之衰

　　士人之不學無術，唐人書宋文，至混商隱杜牧於一爐。前述有書生將李商隱之玉溪生誤爲杜牧；又將杜牧之樊川，誤爲杜甫；不知少陵即杜甫之號，以爲是父子二人。而唐朝顏眞卿寫宋朝蘇子瞻赤壁賦之書墨外，明朝人亦居

〔註190〕「近代風俗演變的時代特點概括起來有如下幾點：第一、從傳統到現代的過渡特徵。……一方面，古老的傳統習俗仍頑固地要保住地盤；另一方面，新的社會習尚在艱難地奪取陣地，守舊勢力與格新勢力激烈鬥爭的結果，是舊俗與新風的併存與雜糅。第二、中西合璧的兼容性。……有兩件事堪稱中西合璧的範例。一是清末民初濫觴之「文明婚禮」。在西洋婚禮的影響下，人們參酌中西禮法，吸收西禮隆重、熱烈、簡便的特點，根據中國的國情摒棄了教堂宗教儀式（基督教徒仍在教堂舉行結婚儀式），創造了「文明婚禮」這種新俗。……另一範例是公曆與夏曆併行使用。」參見嚴昌洪，《中國近代社會風俗史》台北，南天書局1998年01月一版，頁348。

〔註191〕參見段昌國、林滿紅、吳振漢、蔡相煇編著，《現代化與近代中國的變遷》，頁81。

〔註192〕李伯元，《官場現形記》，第六十回，頁959。

然能畫清朝小說《紅樓夢》之情節：

> 我曾經見過一幅史湘雲醉眠芍藥裀圖，那題識上，就打橫寫了這九
> 個字，下面的小字是：『曾見仇十洲有此粉本，偶背臨之。』明朝人
> 能畫清朝小說的故事，難道唐朝人不能寫宋朝人的文章麼？」子安
> 道：「你們讀書人的記性真了不得，怎麼把古人的姓名，來歷，朝代，
> 都記得清清楚楚的。」我道：「這個又算甚麼呢。」侶笙道：「索性
> 做生意人不曉得，倒也罷了，也沒甚可恥；譬如此刻叫我做生意，
> 估行情，我也是一竅不通的，人家可不能說我甚麼；我原是讀書出
> 身，不曾學過生意，這不懂是我分內的事。偏是他們那一班人，胡
> 說亂道的，鬧了個斯文掃地；聽了也令人可惱。」〔註193〕

胸無點墨又滿嘴胡言之輩，固是斯文掃地；即令有舞文弄墨之能，為求入晉
仕途，亦見偷題、換卷種種不堪：

> 繼之道：「通了外收掌，初十交券出場，這券先不要解，在外面請人
> 再作一篇，謄好了，等進二場時交給他換了。廣東有了圍姓一項，
> 便又有壓券及私拆彌封的毛病，廣東曾經鬧過一回，一場失了十三
> 本券子的。你道這十三個人是那裡的晦氣。然而這種毛病，都不與
> 房官相干；房官只有一個關節是毛病。」我道：「這個頑意兒，我沒
> 幹過，不知關節怎麼通法？」繼之道：「不過預先約定了幾個字，用
> 在破題上，我見了，便薦罷了。」我道：「這麼說，中不中還不能必
> 呢。」繼之道：「這個自然，他要中，去通主考的關節。」我道：「還
> 有一層難處，比如這一本不落在他房裡呢。」繼之道：「各房官都是
> 聲氣相通的，不落在他那裡，可以到別房去找；別房落到他那裡的
> 關節券子，也聽人家來找。」〔註194〕

科場員吏多被買通，極少數敬業守法之人，反言為拘迂古執之輩，其所在喚
做黑房。小說並記述事發黑房之際，受賄官員除作揖打拱求饒外，逼不得已，
只得裝瘋佯狂，引刀自刺，以避過究責法辦。「皇上家掄才大典，怎容得你們
為鬼為蜮！」「士人進身之始，即以賄求；將來出身做官的品行，也就可想的
了」〔註195〕，黑房官員之斥，議者之嘆，正點出士風之衰。

〔註193〕吳趼人，《二十年目睹怪現狀》，頁 183。
〔註194〕吳趼人，《二十年目睹怪現狀》，頁 220。
〔註195〕吳趼人，《二十年目睹怪現狀》，頁 221。

小說論者感嘆「然而以『八股』取士，那作『八股』的就何嘗都是正人？」以功名利祿爲職志的士人，恥惡衣惡食，未足與議，自不入正人君子之列；非但不入正人君子之列，還常無所不爲，爲所不當爲。因應講時務之風氣，不學無術者亦計畫開書局，聘人繙譯西書。只是譯成之後，竟想揀頂好的冒以己名，權充自己所著譯，以此求其名利兼收。日後更想用於官場：

> 「到省時，多帶幾部自己出名的書去送上司，送同寅，那時候誰敢不佩服你呢？博了個『熟識時務，學貫中西』的名氣，怕不久還要得明保密保呢。」龍光道：「著的書還可以充得；我又沒有讀過外國書，怎樣好充起繙譯來呢？」彌軒道：「這個容易！只要添上一個人名字，說某人口譯，你自己充了筆述，不就完了麼？」龍光大喜，便託彌軒開辦。〔註196〕

至若入仕的官員，牟利之心勝於商賈，唯無心治事以致政務廢弛。《官場現形記》有一制臺大人「無爲而治」，講求「養氣修道」，每日打坐三點鐘，萬事俱停，設一間黑房於簽押房後面，供奉呂洞賓，設有乩壇，倘遇有疑難即扶鸞，依神仙指示辦理。「簽押房後面，供著呂洞賓，設著乩壇，遇有疑難的事，他就要扶鸞，等到壇上判斷下來，他一定要依著仙人所指示的去辦」。在其治下之屬員，不但打麻雀打出名聲，耍錢、玩女人亦無所避忌。制臺則一天到壇好幾次：

> 他一天也要到壇好幾次，與先人談詩爲樂。一年三百六十日，日日如此，倒也樂此不疲。所以朝廷雖以三省地方，叫他總制，他竟其行所無事，如同臥治一般。所屬的官員們，見他如此，也樂得逍遙自在；橫豎照例公事不錯，餘下工夫不是耍錢，便是玩女人，樂得自便私圖；能夠顧念大局的，有幾個呢？〔註197〕

居上者打坐、談詩，遇事扶鸞，小說調侃他如同臥治；居下者玩女人、打麻雀，可謂官箴散漫。爲官爲財，非錢不行，並且連成一氣，經手過付，利益均霑。

> 調換營官，更是統領一件生財之道。倘然出了一個缺，一定預先就有人鑽門路，送銀子，不是走姨太太的門路，就得走天天同統領在一塊兒玩的人的門路，甚至於統領的相好，甚麼私門子、釣魚巷的

〔註196〕吳趼人，《二十年目睹怪現狀》，頁617。
〔註197〕李伯元，《官場現形記》，頁428。

　　婊子，這種門路，亦都有人走。統領是非錢不行，他經手過付的人，所賺的錢亦都不在少處。〔註198〕

　　晚清官員之散漫無德，尤在荒淫一項。禮部堂官以八十兩銀購讀品花寶鑑、肉蒲團、金瓶梅三書〔註199〕。御史巡街在京城窰姐兒處，一口氣查獲侍郎、京堂、侍講三嫖客〔註200〕。最爲諷刺者，官照竟成嫖妓之護身符：

　　這個雖是官照，卻又是嫖妓的護符；這京城裡面，逛相公是冠冕堂皇的，甚麼王公，貝子，貝勒，都是明目張膽的，不算犯法；唯有妓禁極嚴，也極易鬧事，都老爺查的也最緊。逛窰姐兒的人，倘若給老爺查著了，他不問三七二十一，當街就打；若是個官，就可以免打。但是犯了這件事，做官的照例革職。所以弄出這個玩意兒來，大凡逛窰姐兒的，身邊帶上這麼一張，倘使遇了都老爺，只把這一張東西繳給他，就沒事了。〔註201〕

「爲了逛窰姐兒，先捐一個功名，也未免過於張致了。朝廷名器，卻不料拿來如此用法！」此言恐亦是讀者之感喟。然則荒唐官員卻自有一番「道理」，「這東西正是要他來保全功名之用」，一旦遇查即用上一張，先可免一頓打，又能保全功名，因此不但必辦，還須辦多張，爲的是宴客吃花酒，客人知有保障可以放心前來「有了這個預備，不就放心了麼〔註202〕」？言之侃侃，卻絲毫不以嫖妓爲意。

　　然值此士德淪喪之際，猶有有志之士，立意販書，以期士人回循正軌，共圖經世富國之大業：

　　因爲市上的書賈，都是胸無點墨的，只知道甚麼書銷場好，利錢深，卻不知什麼書是有用的，什麼書是無用的。所以我立意販書，是要選些有用之書去賣，誰知那買書的人，也同書賈一樣。只有甚麼多寶塔，珍珠船，大題文府之類，是他曉得的；還有那石印能做夾帶的，銷場最利害。至於經世文篇，富國策，以及一切與圖冊籍之類，他非但不買，並且連書名也不曉得，等我說出來請他買時，他卻莫名其妙。取出書來，送到他眼裡，他也不曉得看。你說可歎不可歎？

〔註198〕李伯元，《官場現形記》，頁439。
〔註199〕吳趼人，《二十年目睹怪現狀》，頁400。
〔註200〕吳趼人，《二十年目睹怪現狀》，頁420。
〔註201〕吳趼人，《二十年目睹怪現狀》，頁419。
〔註202〕同上注。

這一班混蛋東西，叫他僥倖通了籍，做了官，試問如何得了！〔註203〕
有識者之激問，正道出士風衰微之所由。由士而官，由官而富，「當日曾文正
做兩江時，要栽培兩個戚友，無非是送兩張鹽票；等他們憑票販鹽，這裡頭
發財的不少〔註204〕」。中國傳統之宗族戚黨，亦屬官僚運作之一環，由小見大，
亦值深思。

（二）倫常之變

倫理綱常維繫中國社會之運作數千年。時至晚清，亂象紛乘，倫理綱常
竟似搖搖欲墜。《二十年目睹怪現狀》中最驚人者首推龍光之害父謀財。苟才
之子龍光，為求能得家產以供還債及揮霍，竟膽大包天以二萬銀之價，買通
郎中，以寒熱兼施，攻補並進之法，崩潰其父苟才之老弱臟腑：

> 從次日起，她們便如法炮製起來；無非是寒熱兼施，攻補並進。拿
> 著苟才臟腑，做他藥石的戰場。上了年紀的人，如何禁受的起？從
> 前年十二月，捱到新年正月底邊，那藥石在臟腑裏面，一邊要堅壁
> 清野，一邊要架雲梯施火砲；那站場受不住這等蹂躪，頓時城崩池
> 潰，蔓延起來；就此嗚呼哀哉了。三天成殮之後，龍光就自己當家。
> 正是『一朝權在手，便把令來行。』〔註205〕

小說另記述一吃喝嫖賭的富家子弟，竟率眾為盜對自家父母搶劫放火。對於
此等倫常罔顧之逆子，小說厲聲咒責：

> 客人看了一遍，把借據向桌子上一拍道：「這是那一個沒天理，沒王
> 法，不入人類的混帳畜生忘八旦幹出來的！」老西兒未及開口，票
> 據裡的先生，見那客人忽然如此臭罵，當是一張甚麼東西，連忙拿
> 起來再看；一面問道：「到底寫的是甚麼？我們看好像是一張借據
> 啊！」那客人道：『可不是個借據？他卻拿老子的性命抵錢用了。這
> 不是放他媽的狗臭大驢屁！」〔註206〕

原來借據上寫著等他老子死了還錢票，「這不是拿他老子性命抵錢嗎」？小說
不但斥為梟獍，並且諷刺說「外國人常說雷打是沒有的，不過偶然觸著電氣
罷了；咦！雷神爺爺不打這種人，只怕外國人的話有點意思的！」而大逆不

〔註203〕吳趼人，《二十年目睹怪現狀》，頁107。
〔註204〕吳趼人，《二十年目睹怪現狀》，頁244。
〔註205〕吳趼人，《二十年目睹怪現狀》，頁609。
〔註206〕吳趼人，《二十年目睹怪現狀》，頁555。

道謀害親父之逆子，則略無愧悔，還無視服喪之禮，恣意妄爲：

> 苟才死了，好像還不到百日；龍光身上穿的是棗紅摹本銀鼠袍，泥
> 金寧綢銀鼠馬褂，心中暗暗稱奇。席散回去，和管德泉說起看見龍
> 光，並不穿孝，屈指計來，還不滿百日，怎麼荒唐到如此的話。德
> 泉道：「你的日子也過糊塗了。苟才是正月廿五死的，二月三十的五
> 七開弔，繼之還去弔的；初七繼之動身，今天才三月初十，離末七
> 還有三四天呢，你怎便說到百日了？」〔註207〕

所謂倫理即倫常之理，理寓諸禮，禮者理也。晚清綱常紊亂，至於丫頭作娘，
竟難以開口稱謂：

> 「你這一向當的好紅差使，大清早起就是堂官傳了，一傳傳了三四
> 天，連老子娘都不在眼睛裡了！」二爺道：「兒子的娘早死了，兒子
> 丁過內艱來。」老爺把桌子一拍道：「嚇！好利嘴！誰家的繼母不是
> 娘？」二爺道：「老爺在外頭娶一百個，兒子認一百個娘，娶一千個，
> 兒子認一千個娘；這是兒媳婦房裡的丫頭，兒子不能認他做娘！」
>
> 〔註208〕

原是丫環卻因著意侍候老爺，得其歡心寵愛而收做太太，「甚麼丫頭不丫頭？
我用替你把老子伺候好了，就娘也不過如此！」「你出來！看他認娘不認！」
結果新太太巴不得一聲走了出來，二爺早一翻身向外跑了。對二爺而言，昔
日調笑狎謔的丫環，轉眼收爲父親繼室；然而終究原是妻子房裡的丫頭，如
何認他做娘？

　　父子之外，母子之間亦有難爲者，苟太太可爲一例。石映芝之母亦不遑
多讓，她因不喜歡媳婦，連帶怪罪兒子，逢著人便數說兒子不孝，兒子爲此
休妻她又不准；至於薪水更是兩難：

> 映芝在招商局領了薪水回來，總是先交給母親；老太太又說我不當
> 家，交給我做甚麼？只得另外給老太太幾塊錢零用，他又不要。及
> 至吵罵起來，他總說兒子媳婦沒有錢給我用，我要買一根針，一條
> 線，都要求媳婦指頭縫裡寬一寬，才流得出來。……諸如此類的鬧
> 法，一個月總有兩三回。〔註209〕

〔註207〕吳趼人，《二十年目睹怪現狀》，頁604。
〔註208〕吳趼人，《二十年目睹怪現狀》，頁598。
〔註209〕吳趼人，《二十年目睹怪現狀》，頁379。

石母隨自己高興，或是到街坊鄰舍，訴說兒子不孝；或是找到映芝朋友家裡，「也不管人家認得他不認得，走進去便把自己兒子盡情數落」。後來生氣離家，兒子尋著她後，更加折磨：

> 可憐映芝白天去辦公事，晚上到這裡來捱罵。如此一連八九天，這裡房飯錢又貴，每客每天要三百六十文，五天一結算；映芝實在是窮，把一件破舊熟羅長衫當了，才開銷了五天房飯錢。再一耽擱，又是第二個五天到了。昨天晚上，映芝央求他回通州去。不知怎樣觸怒了他，便把映芝的頭也打破了。〔註210〕

母親離家不歸，直把一家鬧得雞飛狗跳，孝順的兒子不但無法工作，還被打得頭破血流。此中家庭變態，較諸苟太太，可謂有過之而無不及。

不是的父母、荒唐的子孫，晚清倫理綱常，真是岌岌可危。小說中有一篇對死於縱欲者的過諛祭文，尤其夸誕荒唐：

> 農孝廉，某某方伯之公子也。生而聰穎，從幼即得父母歡；稍長，即知孝父母，敬兄，愛弟；以故孝弟之聲，聞於閭里。方伯歷仕各省，孝廉均隨任；服勞奉養無稍間，以故未得預童子試。某科方伯方任某省監司，為之援例入監，令回籍應鄉試。孝廉雅不欲曰：「科名事小，事親事大；兒不欲暫違色笑也。」方伯責以大義，始勉強首塗。榜發，登賢書。孝廉泣曰：「科名雖僥倖，然違色笑已半年餘矣。」其真摯之情如此：越歲，入都應禮闈試。沿途作思親詩八十章，一時傳誦遍都下，故又有才子之目。及報罷，即馳驛返署，問安侍膳；較之夙昔，益加敬謹。語人曰：「將以補前此之關於萬一也。」以故數年來，非有事故，未嘗離寢門一步。去秋，其母某夫人示疾，孝廉侍奉湯藥，衣不解帶，目不交睫者三閱月。及冬，遭大故；孝廉慟絕者屢，賴救得蘇；哀毀骨立。潛告其兄曰：「弟當以身殉母，兄宜善自珍衛，以奉嚴親。」兄大驚，以告方伯。方伯復責以大義，始不敢言。然其殉母之心已決矣。故今年稟於方伯，獨任奉喪歸里，沿途哀泣，路人為之動容。甫抵上海，已哀毀成病，不克前進。奉母夫人柩，暫厝於某某山莊；己則暫寓旅舍。仍朝夕扶病，親至厝所哭奠，風雨無間；家人苦勸力阻，不聽也。至某月某日，竟遂其殉母之志矣！臨終遺言，以衰経殮。嗚呼！如孝廉者，誠可謂孝思

不匱矣！查例載：孝子順孫，果有 行奇節，得詳具事略，奏請旌
表。某等躬預斯事，不便湮沒，除具詳督撫學憲外，謹草具事略。
伏望海內文壇，俯賜鴻文鉅製，以彰風化。無論詩文詞誄，將來彙
刻成書，共垂不朽。無任盼切！〔註211〕

這篇爲陳穉農所作之祭文，寫得文情並茂，不知內情者還可能爲之感動不已；
實則陳穉農「是個色癆〔註212〕」，死因亦是縱慾過度，絕無關於喪母哀毀等
等。小說荒唐諧謔，莊重出之，眞使知者哭笑不得。

　　父母子女之外，小說於祖孫之間，亦見情節之對比。官員符彌軒幼失怙
恃，全賴祖父扶養成人。得官之後，不圖報養，反竟羞辱虐待，食無葷腥、
衣著污破。令人齒冷的是他還強爲之辭，推爲祖父淡泊自甘，屢勸不聽所致。
實際卻是爲免受拖累，欲其速死，「一個人活到五六十歲，就應該死的了；從
來沒見過八十多歲的人，還活著的。〔註213〕」除使其挨餓受凍之外，還常恣
意詈罵，甚至出手砸打：

那老頭子哭喪著臉，不之說了一句什麼話。符老爺頓時大發雷霆起
來，把那獨角桌子一掀，匐訇一聲，桌上的東西翻了個滿地，大聲
喝道：『你便吃去。』那老頭子也太不要臉，認眞就爬在地下拾起來
吃。符老爺忽的站了起來，提起那坐的凳子對準那老頭摔去，幸虧
站著旁邊的老媽子搶過來接了一接：雖然接不住，卻擋去勢子不少；
那凳子還摔在那老頭子的頭上，卻只摔破了一點頭皮；倘不是那一
接，只怕腦子也磕出來了。〔註214〕

相對於此，拜位高權重之太監爲祖父者，在舉手投足之間恭順敬謹，無以復
加：

只見他乾祖父正躺在一張醉翁椅上，雙眼迷矇，便是要瞌睡的光景！
便不敢驚動，垂手屏息，站在半邊。站了足足半個鐘頭，才見他乾
祖父打了個翻身，嘴裡含糊說道：「三十萬便宜了那小子。」說著，
又朦朧睡去。又睡了一刻多鐘，才伸了伸懶腰，打個呵欠坐起來。
受百走近一步，跪了下來，恭恭敬敬叩了三個頭。說道：「孫兒惠祿，

〔註211〕吳趼人，《二十年目睹怪現狀》，頁485～486。
〔註212〕吳趼人，《二十年目睹怪現狀》，頁480。
〔註213〕吳趼人，《二十年目睹怪現狀》，頁411。
〔註214〕吳趼人，《二十年目睹怪現狀》，頁412。

請祖爺爺的金安！」〔註215〕

湍制臺收九姨太之大丫頭為女，稱為寶小姐。瞿耐庵夫婦為取得升遷門路，雖年長寶小姐許多，「臉上起皺紋的老婆婆，再細看看，頭髮也有幾根白了」，仍拜為寶小姐的乾女兒，巴結不已。

符彌軒之親祖父茹苦含辛，恩比天高，卻遭其孫兒虐待；對照太監乾爺爺、寶小姐乾娘之例，倫理蕩然、綱常顛倒，令人不勝欷歔。

至於兄弟手足，有耍無賴、需索無度之輩，為逼使哥哥多給錢，在其兄長職所前蓬頭垢面「賣起煨山芋」，任人指點竊笑：

> 來來往往，必定對他看看。他哥哥知道了，氣得暴跳如雷，叫了他
> 去罵。他反說道：「我從前嫖賭，你說我不好罷了；我此刻安分守己
> 的做小生意，又怪我不好，叫我怎樣才好呢？」氣得他哥哥回答不
> 上來。好容易請了同鄉出來調停，許了他多少錢，要他立了永不再
> 到上海的結據，才把他打發回廣東去。你道奇怪不奇怪呢？〔註216〕

黎景翼為貪圖弟弟財物，逼其自盡，「他的兄弟死了，八口皮箱裡的金珠首飾細軟衣服，怕不都是他的麼？這不是發了財了？〔註217〕」亦有弟爭保薦，譖兄於人，「因他最恨的是吃鴉片煙，舍弟便頭一件說我吃上了煙癮〔註218〕」，弟以此得到貨捐局瀏河釐局的差使。

兄弟友愛不存之外，夫妻間更有送妻為上司「按摩」者，「情願拿命婦去做婊子」〔註219〕。不想被上司偷看的姨太太，看出不好看的事情來，拿門閂、木棒一擁上前，圍住亂打。結果是「花枝招展的來，披頭散髮的去」。溫月江對妻子偷情無動於衷，還取出科場文稿，向姦夫請教〔註220〕。可文之妻原是弟媳，「他那位弟婦過班的太太」，然拋頭露面毫無避諱，「越發出落得風騷，逢人都有說有笑」，可文藉其與知府帳房師爺之「往來」，以謀得職缺。人後嗤他「他那位夫人，一向本來已是公諸同好，作為謀差門路的」。最後，其妻與人，捲款而逃，不知去向。〔註221〕

〔註215〕吳趼人，《二十年目睹怪現狀》，頁524。
〔註216〕吳趼人，《二十年目睹怪現狀》，頁113。
〔註217〕吳趼人，《二十年目睹怪現狀》，頁170。
〔註218〕吳趼人，《二十年目睹怪現狀》，頁184。
〔註219〕吳趼人，《二十年目睹怪現狀》，頁14。
〔註220〕吳趼人，《二十年目睹怪現狀》，頁587。
〔註221〕事見吳趼人，《二十年目睹怪現狀》，頁565～566。

　　《二十年目睹怪現狀》之吳趼人，父親死後遺產遭其伯父侵占；叔父有難，伯父以兄弟分炊，「禍福自當，隆替無涉」為由，不聞不問。〔註222〕至於朋友金蘭，富貴負心，更是不鮮之見。小說記鹽巡道衙門外，一人席地而坐販賣帖子。由其面前之訴詞可知，他與朋友患難相交，朋友要做生意，他為難中籌借本錢，結果虧折盡淨；朋友欲出門謀事，欠缺盤纏，他仍艱難籌借盤費，助其動身，因此兩人義結金蘭成為換帖兄弟，矢言「貧賤相為命，富貴毋想忘」。金蘭兄弟一去絕無音訊，亦無錢銀寄回，數年之間，他又辛苦代他養家等等；及至換帖兄弟補了道臺實缺，卻全然不念舊情：

> 那朋友此刻闊了，做了道臺，補了實缺了；他窮在家鄉，依然如故。
> 屢次寫信和那朋友借幾個錢，非但不借，連信也不回；因此湊了盤
> 費，來到南京衙門裡去拜見。誰知去了七八十次，一次也見不著。
> 可見那朋友嫌他貧窮，不認他是換帖的了。他存了這帖也無用，因
> 此情願把那帖子拿出來賣幾文錢回去。你們有錢的人，儘可買了去，
> 認一位道臺是換帖；既是有錢的人，那道臺自然也肯認是個換帖朋
> 友……云云。〔註223〕

細看所陳帖上之姓名、籍貫、生年月日、祖宗三代，即是現任鹽巡道臺！鹽巡道衙門外陳此一狀，諷刺可謂深刻！而其三代祖宗，地下有知，能不愧煞？

　　此外，亦見臨危託付，卻遭欺詐吞佔，索討無門者。《二十年目睹怪現狀》屈占光之友因案被羈押，他欲侵占朋友託寄財物，假稱受託藏寄之事，已為官府發現，「卻被禁卒看見」，倘若東窗事發，一經調審，「各位都是窩家」，乃召集一干受託戚友，共商大計。他開口即求索一萬八千兩銀子做為打點之用，其實意在串連一氣，聯手侵吞，各得好處：

> 占光呵呵大笑道：「虧你們！虧你們！還當我是壞人，要你們掏腰
> 呢！化了一萬八千，把收條取回來，一個火燒掉了，他來要東西，
> 憑據呢？請教你們各位，是得了便宜？是失了便宜？至於我兄弟，
> 為自己的干係起見，絕不與諸位計較。辦妥這件事之後，酬謝我呢，
> 我也不卻；不酬謝我呢，我也不怪；聽憑各位就是了。」〔註224〕

受託於人，卻乘機算計朋友，利用人性貪婪，聯手侵吞，眾人一起賴個乾乾

〔註222〕吳趼人，《二十年目睹怪現狀》，頁623。
〔註223〕吳趼人，《二十年目睹怪現狀》，頁113。
〔註224〕吳趼人，《二十年目睹怪現狀》，頁590。

淨淨。朋友無信，主僕更不待言。小說中另一人物賈沖，受命留在客棧裡，代主人看守行李，他利用此時機，偷取主人財物，並收拾停當。原來他久存不良之心，早先將主人各箱財物一一列帳存記，主人只略爲過目，並未一一查點。他卻每個衣箱騰出兩件不入帳上，並於此兩件財物上做記，又私下配妥鑰匙。趁此留守之際，一件件偷出來，放進自己箱裡：

> 他爲人又乖巧不過，此時是四月天氣，那單的夾的紗的，他卻絲毫
> 不動；只揀棉的皮的動手。那棉皮東西，是此時斷斷查不著的；等
> 到查著時，已經隔了半年多，何況自己又有一篇帳交出去的。箱子
> 裡東西，只要和帳上對了，就隨便怎樣，也疑心不到他了。你道他
> 的心思細不細？深不深？險不險？〔註225〕

暗中動手腳，監守自盜，如此惡僕，心思細密、聰明過人，卻絕無忠義可言。

最爲不堪者，則是紊亂人倫，如作者至親伯父，「料不到如今晚兒，人倫上都有升遷的，好好的一個大舅子，升做了丈人！」〔註226〕固有傳統，腐蝕剝落，搖搖欲墜。

（三）婦女問題

古代無婦女謀生自立之餘地，而依附於男性之弱勢地位，又逢混亂時局，於是常成爲被欺凌犧牲之俎上肉。

黎景翼在弟弟死後，逼良爲娼，「居然把他的弟媳賣了」，「賣到妓院裏去了」〔註227〕。苟才夫婦則在兒子死後，厚顏將子媳獻給高層，「我前兩天託人對大帥設定，將媳婦送去給他做了姨太太〔註228〕」，以求榮華富貴。後營周總爺，猶有過於此者：

> 我聽見你常提起後營周總爺，不是先把他太太孝敬了統領，才得的
> 差使嗎？〔註229〕

言中丞爲討好師帥侯制軍，幾將親生女兒嫁與「兔崽子」爲妻：

> 言夫人怒道：「……你便老賤，不揀人家；我的女兒，雖是生得十分
> 醜陋，也不至於給兔崽子做老婆！更不至於去填那臭丫頭的房！你

〔註225〕吳趼人，《二十年目睹怪現狀》，頁574。
〔註226〕吳趼人，《二十年目睹怪現狀》，頁461。
〔註227〕吳趼人，《二十年目睹怪現狀》，頁162。
〔註228〕吳趼人，《二十年目睹怪現狀》，頁498。
〔註229〕李伯元，《官場現形記》，頁453。

為什麼便輕輕的把女兒許了這種人？…」……「…幸而你的師帥做
個媒人，不過叫女兒嫁個兔崽子，倘使你師帥叫你女兒當娼去，你
也情願做老烏龜，拿著綠帽子，往自己頭上去磕了！」說話時，又
聽得那位小姐在房理嚶嚶哭泣。…〈移木接花丫鬟充小姐〉〔註230〕

侯制軍作主婚配的對象，是其下之總兵。以其善於「服侍」──「但只可憐
他白天雖然出來當差做官，晚上依然要進去伺候。」深得侯制軍歡喜，「念他
一點忠心，便把一名丫頭指給他做老婆」。後來丫頭病死，於是有此攀親之議。
此議最終以丫鬟充代中丞小姐，移木接花，瞞混過去。小說另位獻女求官之
人，則是冒得官，他將親生女兒，孝敬統領做小：

現在除掉把女兒孝敬統領做小，沒有第二條路，你說我肯不肯！」太
太小姐聽了相對無言。冒得官此時，反有了精神，頂住太太女兒問道：
「你們還是要我自盡，還是等統領稟過制臺，拿我參官拿問？論不定
殺頭充軍，這要看我的運氣去碰，總而言之，同你們是不會再在一塊
兒的了！」說罷，拿袖子裝著擦眼淚，卻不時偷瞧著女兒。〔註231〕

冒得官假吞鴉片自盡，「拿煙抹了一嘴唇」，弄出險些吃糞催吐的鬧劇：「太太
小姐慌了手腳，連哭帶喊，把合公館的人都鬧了起來。一面到善堂裡差人去
討藥，一面弄糞給他吃」、「冒得官抵死不肯吃糞；太太小姐親自動手，要扒
開他的嘴，拿糞灌下去〔註232〕」。女兒在其以死相逼之下，大嘆：

罷罷罷！你們既不容我死，一定要我做人家的小老婆，只要你老人
家的臉過得下，不要說是送給統領做姨太太，就是拿我給叫化子，
我敢說得一個不字嗎？現在我再不答應，這明明是我逼死你老人
家，這個罪名我卻擔不起。橫豎苦著我的身子去幹，但願從今以後，
你老人家升官發財就是了！〔註233〕

官宦千金猶被當成升官發財之工具，被逼嫁做小老婆，其餘庶民之女更無庸
議。「不要說是送給統領做姨太太，就是拿我給叫化子，我敢說得一個不字
嗎？」真是一語道破了女性處境之可憐，充滿無奈與悲哀。女性或被當成工
具，或被視為商品，小說寫販賣婦女，有謂「四川的女人便宜」之說：

〔註230〕吳趼人，《二十年目睹怪現狀》，頁464。
〔註231〕李伯元，《官場現形記》，頁455。
〔註232〕李伯元，《官場現形記》，頁454～455。
〔註233〕李伯元，《官場現形記》，頁456。

「四川的女人便宜，是著名的。省城裡專有那販人的事業；並且爲
了這事業，還專開了茶館：要買人的，只要到那茶館裡揀了個座，
叫泡兩碗茶：一碗自己喝，一碗擺在旁邊，由他空著。那些人販，
看見就知道你要買人了！就坐了過來，問你要買幾歲的。你告訴了
他，他便帶你去看。看定了，當面議價，當面交價。你只告訴了他
住址，他便給你送到。大約不過十吊八吊錢，就可以買一個七八歲
的了。十六七歲的，是個閨女，不過四五十吊錢就買了來。如果是
嫁過人的，那不過二十來吊錢，也就買來了。這位學政大人在任上，
到處收買，統共買了七八十個，這回卸了事，便帶著走。單是這班
丫頭就裝了兩號大船；走到嘉定，被一個釐局委員扣住了！」〔註234〕

而私販人口不特學政大人一位；「其實四川的大員，無論到任卸任，出境入境，
夾帶私貨，是相沿成例的了。〔註235〕」無怪乎小自七、八歲，大至閨女人婦，
都被當作貨物，叫價買賣。幾十吊錢，就剝奪了這些婦女的尊嚴與自由，眞
是令人聞之不忍的婦女悲歌。

隨著西方文明之到來，諸多私密之禁忌亦浮上檯面，打胎、避孕滿街可見：

我聽說便走了出來，找萃文齋的招貼，偏偏一時找不著。倒是沿路
看見了不少『包打私胎』的招紙；還有許多不倫不類賣房藥的招紙；
到處亂貼。在這筆轂之下，眞可爲目無法紀了。〔註236〕

在外省各處，常有聽見私生孩子的事，唯有京城裏出了這一種寶貨，
就永無此項新聞了。豈不是維持風化嗎？你還沒有看見滿街上貼的招
紙，還有出賣婦科絕孕丹的呢，那更是弭患於無形的善法子。〔註237〕

婦女的弱勢，在混亂之晚清，處境更爲不堪；而西風東漸，益使問題複雜。
小說種種記述，爲晚清婦女唱出悲歌，一首令人聞之惻然，思之憮然的弱女
悲歌。

（四）騙行天下

晚清社會，自官場到宗族鄉黨，時見凶殘虎豹、醜怪魍魎。君不君、臣
不臣，父不父、子不子，忠孝不存，信義焉附？至於夫婦、兄弟、友朋，世

〔註234〕吳趼人，《二十年目睹怪現狀》，頁448。
〔註235〕吳趼人，《二十年目睹怪現狀》，頁449。
〔註236〕吳趼人，《二十年目睹怪現狀》，頁402。
〔註237〕吳趼人，《二十年目睹怪現狀》，頁403。

態炎涼，澆薄無情。

　　朝廷賣官鬻爵，捐官浮濫，車載斗量，官箴不彰，貪瀆訛詐，無所不至。而上行下效，蔚為風氣，爾虞我詐，騙行天下。

　　《二十年目睹怪現狀》記述晚清光怪陸離之種種亂象，五花八門之荒唐騙術，自官方到民間，或個人或群體，可謂琳瑯滿目，令人咋舌。前述言中臣嫁千金，即以丫環代替，論者的一段話頗能道出時人觀感：

> 此刻做官哪一個不是自欺欺人，掩耳盜鈴的故智？接穿了底子，那一個是能見人的？此刻武、漢一帶，大家都說是言中丞的小姐，嫁郎陽鎮臺；就大家知道花轎裡面是個替身，侯統領縱使也明知是個替身，只要言中丞肯認他坐女婿，那怕替身的是個丫頭也罷，婊子也罷，都不必論的了。……說的是侯統領一個，其實如今做官的人，無非與侯統領大同小異罷了。〔註238〕

你欺我瞞，心照不宣，檯面上風光的官樣文章，「丫頭也罷，婊子也罷」，實際上，早被眾人看透說破。「做官哪一個不是自欺欺人，掩耳盜鈴？」一句話，打翻滿朝文官武將，說來輕鬆，其實沉重。

> ……定了主意，便把那房產田契，以及金球首飾，值錢的東西，放在一個水桶裡，上面放了兩件舊布衣服；叫一個心腹老媽子，裝做到外頭洗衣服的樣子，堂哉皇哉，拿出了大門。〔註239〕

姨娘與大少爺爭產，於是將田契細軟，一次次偷偷向外運出，請乾娘，亦即楊太史的姨太太暫時代為保管。但是，等到要取回財物時，卻遭對方賴得一乾二淨：

> 楊太史道：「嚇！你把房契田契，金珠首飾，都交給我了。好！好！你家的東西，為甚麼要交給我呢？」姨娘道：「因為我家大少爺要來霸佔，所以才寄到乾爹這裡的。」楊太史道：「那些東西，一股腦兒值多少錢呢？」姨娘道：「那房產是我們老爺說過的，置了五萬銀子；那首飾，是陸續買來的，一時也算不出來，大約也總在五六萬光景。」楊太史道：「你把十多萬銀子的東西，交給我，就不要我一張收條；你就那麼放心我！你就那麼糊塗！哼！我看你也不是甚麼糊塗人！你不要想在這裡撒賴！」……莫怪人情多鬼蜮；須

〔註238〕吳趼人，《二十年目睹怪現狀》，頁473。
〔註239〕吳趼人，《二十年目睹怪現狀》，頁591。

　　知木腐始蟲生。〔註240〕

作者說得是，木腐而後蟲生，維繫道德的機制已然崩解，以人言為信，因此無收條、無字據，這本是信義最古老的模式，如今這傳統反成騙者利用之工具，反倒是一念尚善者的弱點。

　　利用人心之善念，是行騙慣用的手法。《二十年目睹怪現狀》的「我」，偶遇一尋子無著的老婦，為她向發牢騷的船夫代付了船資，又資助老婦吃飯，卻萬想不到，是騙局一場：

　　　乙庚道：「你上了他當了！他那兩個人，便是母子，故意串出這個樣兒來騙錢的，下次萬不要給他！」我不覺呆了一呆道：「還不要緊，他騙了去，也是拿來吃飯，我只當給了化子就是了。但是怎麼知道他是母子呢？」乙庚道：「他時常在這些客棧相近的地方，做這個把戲，我也碰見過好幾次了。〔註241〕

利用他人同心，母子聯手行騙，養兒不教，又從而助虐之。正所謂官貪木腐，倫理崩而根病。

　　騙財物之外，更嚴重者，是拐賣人口。小說記一老婦，在中國認了一個乾兒子、兩房乾媳婦，並將他們連同其梳頭老媽子兩名，一起帶回新加坡。後來在國內的父親接到兒子來信，才知受騙：

　　　你曉得他在新加坡開的是甚麼行號？原來開的是娼寮。那老婆子便是鴇婦。一到新加坡，他便翻轉了面皮，把乾兒子關在一間暗室裡面，把兩房乾媳婦和兩個梳頭老媽子，都改上名子，要他們當娼；倘若不從，他家裏有的是皮鞭烙鐵，便要請你嚐這個滋味。可憐的四個好人家女子，從此便跳落火坑了。那個乾兒子呢，被他幽禁了兩個月，便把他賣豬仔到吉林去了。〔註242〕

誤信對方的熱情親切，卻不料竟是吃人不吐骨頭之殘忍老鴇。而受騙下場之悲慘，令人心驚。

　　行騙天下，不分民間或官方。前述科場考試，時見夾帶舞弊、偷題換卷；此外，還有冒名代考：

　　　「最奇的俗語常說：『沒有場外舉子』廣東可鬧過不曾進場，中舉人

〔註240〕吳趼人，《二十年目睹怪現狀》，頁 592～593。
〔註241〕吳趼人，《二十年目睹怪現狀》，頁 80～81。
〔註242〕吳趼人，《二十年目睹怪現狀》，頁 321。

的了。」述農道：「這個奇了！不曾入場，如何得中？」我道：「他們
買闈姓的賭，所鐸的只在一姓半姓之間；倘能多中了一個姓，便是頭
彩，那一班賭棍，揀那最少人的姓買上一個，這是大眾不買的，他卻
查出這一姓裏的一個不去考的生員，請了槍手，或者通了關節，冒了
他的姓名進場去考，自然要中了。等到放出榜來，報子報到，那個被
人冒名去考的，還疑心是作夢，或是疑心報子報錯的呢。」繼之道：
「犯到了賭，自然不會沒弊的；然而這種未免太胡鬧了。〔註243〕」

《儒林外史》中范進「自古沒有場外舉子」的經典名句，到了晚清已被推翻。
科場中舉甚至與賭博勾連〔註244〕，晚清風氣之敗壞，可見一斑。科考之外，
公家招標亦見串聯一氣，瓜分不當得利。若出現公平競標者，則一夥人聯合
跌價，使人不敢與之競爭；若無外人競標，則哄抬價格，獲取暴利：

他吃虧做了的買賣，便拿低貨去充。譬如今天做的可介子，他卻去
弄了蒲古來充；如果還要吃虧，他便加點石頭下去，也沒人挑剔。
等你明天不去了，他們便把價錢揸住了，不肯跌；再不然，值一兩
銀子的東西，他們要價的時候，卻要十兩；幾個人輪流減跌下來，
到了五六兩，也就成交了。那議價委員，是一點事也不懂得，單知
道要便宜。他們那賺頭，卻是大家記了帳，到了節下，照人數公攤
的。你想初進去的人，怎麼做得他們過？」〔註245〕

真是上有政策，下有對策。從彌封報價到改為當場議價，卻仍是弊端難斷。「買
貨的和那受貨的，聯絡起來」，壟斷制價，真是道高一尺，魔高一丈。一人舞
弊已是禍害，聯合舞弊為害益烈。非利益集團者承攬磚快生意，交貨之時，
小工厚厚相疊為十一寸，薄薄相疊又只九寸。驗收司事則擺出官架，以尺寸
不合，全數退回，並限時趕換：

害得那家人家，催了他的小工，一塊一塊的揀起來；十成之中。不
過三成是恰合二寸厚的。只得到窯裡去商量，窯裡也不能設法一律
勻淨。十萬磚，送了七次，還揀不到四萬。一面又是風雷火砲的催
貨。那家人家沒了法，只得不做這個生意。把下餘未曾交齊的六萬

〔註243〕吳趼人，《二十年目睹怪現狀》，頁333。
〔註244〕參見鄺浩飛，晚清廣東科舉考試槍替之風初探，《五邑大學學報(社會科學版)》
　　　　第8卷第2期2006年5月，頁40～43。
〔註245〕吳趼人，《二十年目睹怪現狀》，頁341。

> 多磚，讓給他去交貨。每萬還貼還他若干銀子，方才了結。還要把
> 人家那三萬多的貨價，捺了五個月。才發出來。〔註246〕

在公家，連小工都串連一氣。製造局的驗收小工（上海人稱籮間）與生意人通同一氣，甚至兼著做磚灰生意。他驗收自家專，有個小技巧：「厚的薄的攙起來疊」，則與十寸的標準，誤差值極小。然而對於得標的競爭對手則否，「卻把厚的和厚的疊在一處；薄的和薄的疊在一處」，整得人仰馬翻，無法完成交貨。

此外，鹽商有部帖者，每年抽銀再加上運腳費用的得利已不在少數，卻還昧著良心，做些「過籠蒸糕」，買私鹽充數，以及所謂「放生」，乾脆鑿沉鹽船，再向官府謊報的勾當。〔註247〕

甚至巡捕房之治安抓賭，賭場「神通實在大，巡捕房那等嚴密，卻拿他們不著〔註248〕」，遇到裡應外合之通風報信，也總是徒勞無功。而最為誇張者，應是運棺走私之戲碼。攔截到走私嫌疑隊伍，擬開棺查驗。尤其見孝子雖抱著棺材，嘴裡聲嘶力竭，眼睛裡卻沒有一點眼淚，料定是私貨無疑。於是拿斧子、劈柴刀，把棺材劈開：

> 一看，嚇得大眾面無人色。那裡是甚麼私貨，分明是直挺挺的睡著
> 一個死人。那孝子便走過來，一把扭住了委員，要同他去見上官。
> 不由分說，拉了就走。幸得人多攔住了。然而大家終是手足無措的。
> 急尋那眼線的，不提防被他逃走了。這裡便鬧到一個天翻地覆，從
> 這天下午起，足足鬧到次日黎明時候，方才說妥當了。同他另外買
> 過上好棺材，重新收殮。委員具了素服祭過。另外又賠了他五千兩
> 銀子，這才了事。卻從這一回之後，一連幾天，都有棺材出口。我
> 們是個驚弓之鳥，那裡還敢過問。〔註249〕

關防查緝走私，接獲假運棺真走私之密報，於是堅持發棺。鬧了個雞飛狗跳後，再不敢多事，結果走私者「這才認真的運起私貨來」。利用人性弱點，先用叫化子屍首偽稱父喪，又放出假情報誤導查緝；一時失察掉入陷阱的官員，只能吃了悶虧，奈何他不得，最後甚至眼睜睜，任其為所欲為。

〔註246〕吳趼人，《二十年目睹怪現狀》，頁342～343。

〔註247〕吳趼人，《二十年目睹怪現狀》，頁241。

〔註248〕吳趼人，《二十年目睹怪現狀》，頁332。

〔註249〕吳趼人，《二十年目睹怪現狀》，頁53。

　　隨著科技進步，晚清之騙術亦推陳出新。製假藥、鑄假錢，不一而足。
有出錢合資販售藥水者，結果全遭客人退貨，原來瓶子所裝竟只是清水：

> 帳房大驚，連忙通知苟鶯樓，叫他帶了懂洋文的人來，查看各種訂
> 單燕威士誰知都是假造出來的。忙看那十萬銀子存摺時，那裏是甚
> 麼匯豐存摺，是一個外國人用的日記簿子。這才知道遇了騙子，忙
> 亂起來，派人到香港尋他，他已經不知跑到那裡去了。在查那棧房
> 裏的。〔註250〕

> 問他洋錢是那裡來的，他說是自己做的。看著他那雪亮的光洋錢，
> 絲毫看不出是私鑄的。這件事叫古雨山知道了，託人買了他二百元；
> 請外國人用化學把他化了，和那真洋錢比較；那成色絲毫不低。不
> 覺動了心。〔註251〕

於是送七千兩銀子，訂做一萬元；還要請吃館子，「說之再四，方才應允」。
約定三天可以做好；到了第四天，打發人去取洋錢，詎料大門緊閉，門上貼
出招租帖子，這才知道上當受騙。

　　騙術之所以得逞，部份亦是因為人性之貪婪，見獵心喜，以為有利可圖，
豈知偷雞不著蝕把米：貨箱一箱箱裝的全是磚頭瓦石，十萬銀子存摺竟是日
記本，想七千換一萬，只換了一個關門大吉。

　　至於最高明之騙術，允推「雙頭包抄」，利用利餌鉤得大魚，飽餐大啖之
餘，尚無任何法律責任。小說記一當鋪有客來店寄賣，開價卻高得離譜。後
來出現一購送京裡中堂壽禮的買家：

> 來一次加一點價。後來加到了二萬四。我們想連那姓劉的所許九五
> 回佣，已穩賺了五千銀子了。這天就定了交易。那人卻拿出一張五
> 百兩的票紙來，說是一時沒有現銀，先拿這五百兩作定；等十天來
> 拿。又說到了十天期，如果他不帶了銀子來拿，這五百兩定銀，他
> 情願不追還，但十天之內，叫我們千萬不要賣了。如果賣了。就是
> 賠他二十四萬都不答應。我們都應允了。他又說交易太大，恐怕口
> 說無憑，要立個憑據。我們也依他，照著所說的話，立了憑據；他
> 就去了。等了五六天不見來⋯⋯〔註252〕

〔註250〕吳趼人，《二十年目睹怪現狀》，頁300。
〔註251〕吳趼人，《二十年目睹怪現狀》，頁344。
〔註252〕吳趼人，《二十年目睹怪現狀》，頁21。

當舖老手收客寄賣，卻不料賣者、買者卻是一夥。寄賣者藉口丁憂欲取回寄賣物，受到鉅額差價賺頭的引誘，雖是當舖老手，在此關鍵時刻依然失手，高價買進，卻等不來買者再現身。後雖醒悟，卻於法無據，奈何不得。

> 那掌櫃道：「我想那姓劉的，説甚麼丁憂，都是假話；這個人一定還在這裡，只是有甚法子，可以找著他？」我説道：「找著他也是無用；他是有東西賣給你的；不過你自家上當，買貴了些；難道有甚麼憑據，説他是騙子麼？」那掌櫃聽了我的話，也想了一想，又説道：「不然，找著那個來買的人也好。」我道：「這個更沒有用，他同你立了憑據説十天不來，情願憑你罰去定銀；他如今不要那定銀了，你能拿他怎樣？」那掌櫃聽了我的話，只是歎氣。〔註253〕

騙術高明至此，受騙者也只能徒呼負負。至於江湖間相士算命，道士作法，手腳尤多。小説則一一勘破其中機關，報與讀者知情。

> 我的住房，同牆壁的房，只隔得一層板壁，在板壁上挖了一個小小的洞，我坐位的那個抽屜桌子，便把那小洞堵住，堵小洞的那橫頭桌子上的板，也挖去了，我那抽屜，便可以通到隔壁房裡。有人來算命時，他一一告訴我的話，隔壁預先埋伏了人，聽他説一句，便寫一句。這個人筆下飛快，一面説完了，一面也寫完了。……。寫完了，就從那小洞口遞到抽屜裡。我取了出來給人，從來不曾被人窺破。〔註254〕

道士要求信眾拿出金銀，由他作法請上界眞神，「把金銀化成仙丹，用開水沖服，才能見效。」先念半天經，後又「通誠」，並請信眾把金簪碎銀放在黃色緞包中：

> 他捧到壇上去，又念了一回經卷，才把他包起來放在桌子上，撤去金漆盤子，道眾大吹大擂起來，一面取二升米，撒在緞包上面，二升米撒完了，那緞包也蓋沒了。他又戢指在米上畫了一道符，又拜了許久，念了半天經咒，方才拿他那牙笏把米掃開，現出緞包。他捲起衣袖，把緞包取來，放在金漆盤子裡；輕輕打開；説也奇怪，那金簪銀子都不見了。緞子上的一道符，還是照舊，卻多了一個小

〔註253〕吳趼人，《二十年目睹怪現狀》，頁21。
〔註254〕吳趼人，《二十年目睹怪現狀》，頁156。

小的黃紙包兒。拿下來打開看時，是一包雪白的末子。〔註255〕
真實情況卻是以一式無異的兩個紙包，反面對反面用膠水黏連起來，於是兩面都是正面，都有了包口。他在一面先藏入藥粉，另一面用來包金銀。〔註256〕

　　相士鐵口直斷，卻原來是鑿通兩室，故弄玄虛。道士神奇化金，竟只是紙包上做了機關。騙者言之鑿鑿，受騙者信之不疑。愚者損失而不知，狡者食髓而知味，此所以世風沉淪，騙行天下。

三、在新舊之間掙扎蛻變的文化省思

　　晚清四大小說之中，寫社會亂象最多者，當屬吳趼人之《二十年目睹怪現狀》。上文所舉，林林總總，而中國官場、社會，世風、倫理，已然腐敗不堪，一經西來風雨，更見紛飛剝落。

　　　　而對虛幻世情嘲諷批判最烈的二十年實等於指出中國社會已到必須
　　　　對傳統價值觀重新全盤檢討的地步。〔註257〕

晚清四大小說之作，正是面對此一家國宗族，存亡絕續的危殆景況，所進行的鑒照療救。

　　　　晚清小說在強調社教功能的認識下，配合新聞專業的發達、文學潮
　　　　流的衝擊、西方思想的引入等多項因素，充分將小說根植於現實社
　　　　會。一方面傳達了民間的心聲，流露出危機時局中的各種焦灼與企
　　　　盼；一方面傳播新思潮，而匯成一股新的、強大的輿論力量，充分
　　　　呈顯當時求變、過渡的現象，以及「眾聲喧嘩」的政治與社會變遷
　　　　之特質。〔註258〕

吳趼人為〈漢口日報〉主筆時，「既要堅持報館為輿論之喉舌的信條，又不得不在形勢的壓迫下做出讓步與妥協。〔註259〕」而《二十年目睹之怪現狀》之作，正為其「寄托自己心志的最好的形式〔註260〕」。《二十年目睹之怪現狀》前四十五回，載於《新小說》；《新小說》停刊後，由上海廣智書局出版單行

〔註255〕吳趼人，《二十年目睹怪現狀》，頁159。
〔註256〕參見上注。
〔註257〕賴芳伶，《清末小說與社會政治變遷》，台北：大安出版社，1994年09月，頁321。
〔註258〕賴芳伶，《清末小說與社會政治變遷》，頁501。
〔註259〕歐陽健，《晚清小說史》，頁130。
〔註260〕歐陽健，《晚清小說史》，頁132。

本。〔註261〕

《官場現形記》於 1903 年 4 月在《繁華報》開始連載，吳趼人恰於同年 5 月辭去《漢口日報》主筆的職務，投身於小說創作；《二十年目睹之怪現狀》1903 年 10 月在《新小說》雜誌發表的時候，《官場現形記》大約已連載至第十四五回。〔註262〕

晚清四大小說，魯迅冠以譴責之名，遂成為其代表特徵。評者並由此詬病其揭露譴責、發人隱私，貶低其文學價值。實則譴責之外，四大小說猶有諸多議論省思；或者可以說，揭發譴責，諷刺嘲罵，最終目的其實在覺知、省思。

《二十年目睹之怪現狀》框架故事較強，還有點啓悟小說的味道。
〔註263〕

這些例證所顯示的由反面態度逆轉成正面態度，是靜態層面之所以較其他三動態層面為「樂觀」的原因。這也可以看出，為什麼這極少數幾個擔當討論之職的角色是小說中唯一的「正面」人物。為了要超然保持其正面身分，這些慎思熟慮的人物就不參與實際的行動；他們的言論通常是他們在小說發展中的唯一參與，也是他們對小說本身意義的唯一貢獻。〔註264〕

小說中，評論分析的啓悟任務，正由所謂的「正面」人物肩負。而其啓悟形式，或是直評，或僅陳述，不一而足。如批評紈綺子弟為官，有害吏治：

自己一無本事，仗著老人家手裡有幾個臭錢，書既不讀，文章又不會做，寫起字來，白字連篇；在老子任上，當少爺的時候，一派的紈綺習氣；老子死了，漸漸的把家業敗完，沒有事幹了，然後出來做官，不是府，就是道。⋯⋯這種人出來做官，這吏治怎麼會有起

〔註261〕前四十五回，載《新小說》第八至二十四號（其中十六號未載），因《新小說》停刊，自光緒三十二年（1906）起，由上海廣智書局出版單行本。其中光緒三十二年先後出版甲卷（第一至十五回）、乙卷（第十六至三十回）、丙卷（第三十一至四十五回）、丁卷（第四十六至五十五回）、戊卷（第五十六至六十五回），宣統元年（1909）出版己卷（第六十六至八十回），宣統二年（1910）出版庚卷（第八十一至九十四回）、辛卷（第九十五至一百零八回）。見歐陽健，《晚清小說史》，頁 133。

〔註262〕歐陽健，《晚清小說史》，頁 134。

〔註263〕陳平原，《中國小說敘事模式的轉變》，頁 202。

〔註264〕林明德編，《晚清小說研究》，頁 528～529。

色呢？〔註265〕

又如析論討好洋人的龍都司致是之由，以省思悟過：

> 他搶過馬棒，就是一頓。現在頭上，已打破了兩個大窟窿，流了半
> 碗的血。……龍都司實實在在被洋人打得可不輕，頭都打破。他說
> 的話，一字兒不假，至於他爲了甚麼捱打，卻要怪他自己不會說話。
> 〔註266〕

論紈綺子弟爲官，責其不學無術；議都司捱打，嘆其硬充內行。「別的話一句
不會說，單單會說也司一句」，於是問他是否偷懶不早來也也司，可是有心要
弄壞行李也也司，等到頭已打破，他嘴裡還在那裡「亦司亦司」。一段陳述，
道出中西交會之際，因認識不足而起的衝突，以小喻大，頗有深意。

　　晚清處於新舊交替之際，舊有傳統腐蝕不堪，新來西風又扞格不入。晚
清之社會在中西新舊之間，跌撞翻滾，有刺激、有惶惑，亦有議論分析之省
思。而評議所至，包括亦多；主要在官箴、禮制、世風，其餘女性、滿漢之
議題亦有卓見，頗能引人深思。

> 那欽差秉旨之後，便按省去查。這一天到了安慶，自撫臺以下各官，
> 無不懍懍慄慄。第一個是藩臺，被他纏了又纏，弄得走頭無路。甚
> 麼釐金吶，雜捐吶，錢糧吶，查了又查，駁了又駁。後來藩臺走了
> 小路子，向他隨員當中去打聽消息；才知道他是個色屬內荏之流；
> 外面雖是雷屬風行，裝模作樣；其實說到他的內情，只要有錢送給
> 他，便萬事全休的了。藩臺得了這個消息，便如法泡製；果然那欽
> 差馬上就圓通了。回上去的公事，怎樣說怎樣好，再沒有一件駁下
> 來的了。〔註267〕

欽差巡行天下之古制，到頭來只是交差了事的官樣文章，甚至成爲取賄行賄
的方便之門。「只要有錢送給他，便萬事全休」。於是「苟才化了六十萬兩銀
子，好欽差，就是偃旗息鼓的去了。〔註268〕」

　　舊法不足恃，革新又成效未彰。朝廷有所建設之際，又常抬出天朝姿態，
未增民利，先生民怨。縣令欲徵用土地以建銀元局，見業主不肯，隨即出言

〔註265〕李伯元，《官場現形記》，第二十回，頁292。

〔註266〕李伯元，《官場現形記》，頁473～474。

〔註267〕吳趼人，《二十年目睹怪現狀》，頁541。

〔註268〕吳趼人，《二十年目睹怪現狀》，頁542。

恫嚇：

> 「此刻要買你的，是和你客氣辦法；不啊，就硬拆了你的，你往那
> 裡告去？」那業主慌道：「這不是我一個人的事。這是合族的祠堂；
> 就是賣，也要和我族人父老商量妥了，才賣得啊！」懷寧縣道：「那
> 麼，限你明天回話，下去罷！」那人回去，只好驚動了族人父老商
> 量。他們以官勢壓來，無可抵抗，只得賣了。含淚到祠堂裡，請出
> 神主。〔註269〕

開辦銀元局，原是爲國謀利；然徵收土地之時，卻無視百姓苦痛，以官壓民，
強徵蠻收，造成民怨。小說在記述揭露時，也引發讀者之感喟深思。

官箴之外，關於禮制，小說對於僭禮壞禮之輩，常加責責。

> 何況上海是個無法無天的地方。曾經見過一回，西合興里死了一個
> 老鴇，出殯起來，居然也是誥封宜人的銜牌。後來有人查考他，說
> 他姘了一個縣役。這個縣役，因緝捕有功，曾經獎過五品功牌的。
> 這一說雖是勉強，卻還有勉強的說法。前一回死了一個妓女，他出
> 殯起來，也用了誥封宜人，晉封恭人的銜牌。你說這還有甚麼道理？」
> 〔註270〕

若姘夫爲五品功牌捕役，可稱宜人；則妓女若有四五品嫖客，亦可稱宜人、
夫人。街市笑談，結論是：「上海已久無王法，沒有學問根柢之人，只要到上
海租界混過兩三年，便成化外野人」。

> 彌軒道：「這個閣下太迂了，我並不是要閣下回候，但是住在上海，
> 大可以從權；你看兄弟也是丁著承重憂，何嘗穿甚麼素？雖然，也
> 要看處的是甚麼地位；如果還在讀書時候，或是住在家鄉，那就不
> 宜過於脫略。如果是在場上應酬的人，自己又是個創業的材料，那
> 就大可以不必守這些禮節了。況且我看閣下是個有作有爲的人，才
> 隨時都應該在外頭碰碰機會；而且又在上海，豈可以過於拘謹，叫
> 人家笑話。」〔註271〕

上海新舊雜糅最爲明顯，亂象亦最多。或是藉口上海繁榮進步之地，「豈可以
過於拘謹」，「大可以從權」；或是乘其無法可管，隨意晉封。小說直斥此輩亂

〔註269〕吳趼人，《二十年目睹怪現狀》，頁540～541。
〔註270〕吳趼人，《二十年目睹怪現狀》，頁440。
〔註271〕吳趼人，《二十年目睹怪現狀》，頁615～616。

禮直是化外野人、無法無天，對於藉口妄爲之輩，自有針砭。

　　然而，小說亦非迂腐執舊。諸多虛矯自高之輩，小說或是戳破其虛假，或是嘲笑其愚昧。

> 委員道：「是！卑職辦著徒陽河工程。」撫臺道：「我不管『徒羊』也罷，『徒牛』也罷；河裡挖出來的土，都給我送到南京去，因爲南京此刻要修馬路，沒土；這裡挖出來的土太多，又沒個地方存放，往南京一送，豈不是兩得其便麼？」委員道：「這裡的土往南京送，恐怕僱不出那許多船；並且船價貴了，怕不合算。」〔註272〕

小說嘲諷撫臺欲效古人儉厲之風，卻不諳事理，固執不通。河土南運的結果，造成滿艙泥漿，船上人一個個跌得頭暈眼花，泥蛋似的。「鬧得招商局碼頭，泥深沒踝」，怨聲載道。

　　另一則譚中丞斷案，亦有古風，卻教人拊掌稱快：

> 有一個鄉下人，挑了一擔糞，走過一家衣莊門口，不知怎樣，把糞桶打翻了，濺到衣莊的裡面去；嚇的鄉下人情願代他洗，代他掃，只請他拿水拿掃帚出來。那衣莊的人也不好，欺他是鄉下人，不給他掃帚，要他脫下身上的破棉襖來揩；鄉下人急了，只是哭求，頓時就圍了許多人觀看；把一條街都塞滿了。

正在危急、僵持不下之際，譚中丞偶然乘轎路過，於是當街審理。一開始看他怒罵鄉下人「莫說要你的破棉襖來揩，就要你舐乾淨，你也只得舐了，還不快點揩了去！」似是欺善怕惡、壓貧諛富之輩；鄉下人在其親自督看下，「哭哀哀的脫下衣服去揩」，衣莊裡的人，卻是得意洋洋。正當所有人都以爲這是最後結局之時，殊不料情勢大逆轉：

> 等那鄉下人揩完了，他老先生卻叫衣莊夥計來，吩咐在你店裡取一件新棉襖賠還鄉下人。衣莊夥計稍爲遲疑，他便大怒，喝道：「此刻冷天的時候，他只得這件破棉襖禦寒，爲了你們弄壞了，還不應該賠他一件麼？你再遲疑，我辦你一個欺壓鄉愚之罪。」衣莊裡只得取了一件綢棉襖，給了鄉下人。看的人沒有一個不稱快。〔註273〕

譚中丞斷案看似突兀無理，出人意料，卻有如西方所羅們王之智慧，深諳人性，無理之中，其實是兼顧人情事理。「看的人沒有一個不稱快」，此言正可

〔註272〕吳趼人，《二十年目睹怪現狀》，頁528。
〔註273〕吳趼人，《二十年目睹怪現狀》，頁198。

看出小說深意。

對於中西雜糅，新舊拉鋸，正面人物有所感慨：

> 述農道：「我們上海本是一個極純樸的地方，自通商之後，五方雜處，
> 壞人日見其多了；我不禁有所感慨，出一個：『良莠雜居，教刑乃窮。』
> 孟子二句。」我接著歎道：「雖日撻而求其齊也，不可得矣。」〔註274〕

對名士虛矯、科舉之弊、官員之害多所指責嘲諷，甚至揭露其不堪，但值得
注意者，對於古風古義之輩，小說亦有化龍點睛之筆。將秋菊從妓院救出的
王端甫等人，是其中備受肯定的人物：

> 你自己看見並沒有出甚麼大力量，又沒有化錢，以為是一件極小的
> 事；不知那秋菊從那一天以後的日子，都是你和王端甫給他過的了，
> 如何不感激？莫說供長生祿位，就是天天來給你們磕頭，也是該的！
> 〔註275〕」

此外，鄉下老農憚老亨對兒子偷回大筆銀紙錢，不喜反怒，「頓時三尸亂爆，
七竅生煙，飛起腳來，就是一腳；接連就是兩個嘴巴。大罵你這畜生」，並且
親自押回鹹水妹家裡認罪。女子感其忠厚，不但求嫁，還出資經營洋貨店。
論者大嘆：

> 我打聽得這件事，覺得官場士類商家等，都是鬼蜮世界；倒是鄉下
> 人當中，有這種忠厚君子，實在可嘆！〔註276〕

蔡侶笙是晚清少見的好官，他貧居未仕之前，守份自持，不願蹈禮：

> 我封了四元洋錢賀儀，叫出店的送到侶笙那裡去。一會仍舊拿了回
> 來，說他一定不肯收。子安笑道：「這個人倒窮得硬直！」〔註277〕

在朋友為他安插閒缺以濟其貧時，他推辭不就，「這卻使不得！」認為：「斷
不能多立名目，以致浮費」。朋友要先支付他銀錢安家時，他亦辭謝不取：

> 侶笙道：「足下盛情美意，真是令人感激無地！但我向來非義不取，
> 無功不受；此刻便算借了尊款安家，萬一到南京去謀不著事，將何
> 以償還呢？還求足下聽我自便的好如果有了機會，請寫個信來；我
> 接了信，就料理起程。」〔註278〕

〔註274〕吳趼人，《二十年目睹怪現狀》，頁367。
〔註275〕吳趼人，《二十年目睹怪現狀》，頁224。
〔註276〕吳趼人，《二十年目睹怪現狀》，頁314。
〔註277〕吳趼人，《二十年目睹怪現狀》，頁202。
〔註278〕吳趼人，《二十年目睹怪現狀》，頁202～203。

小說對這類不義不取的節士是語帶欽慕的，讀者當有同感。

雖則西學當道，然而仍有珍視忠厚古義者：

> 但是精明的是正路，刻薄的是邪路。一個人何苦正路不走，走了邪路呢！伯娘！你教兄弟，以後總要拿著這個主意，情願他忠厚些，萬萬不可叫他流到刻薄一路去，叫萬人切齒，到處結下冤家。〔註279〕

雖則豺狼遍野，瘡痍滿佈，小說仍伐惡揚善，深省是非。

> 中國諷刺小說大抵有兩種不同性質的描寫對象：攻擊貶抑的諷刺對象與頌揚讚美的理想人物。〔註280〕

> 《怪現狀》與《老殘遊記》的理想變化過程雖然不盡相同，可是兩本都有理想的破滅過程……有了理想的樹立才會有理想的破滅；有此理想的破綻，更能表現只靠貶抑筆法寫作時，難以表達的諷刺層面。……所以理想與諷刺互爲表裡，相輔相成。〔註281〕

理想人物在小說中辛苦掙扎，晚清社會亦在新舊間往來蛻變。《二十年目睹之怪現狀》第二十一回即有對古訓「內言不出於閫，外言不出於閫」、「七年男女不同席」以及「女子無才便是德」之論辯。姪女認爲正經女子，舉止大方，端莊自持，走在街上，並無妨礙；內言不出，外言不入，所言乃是治家之道：

> 他說的是治家之道，政分內外，閫以內之政，女子主之；閫以外之政，男子主之。所以女子指揮家人做事，不過是閫以內之事；至於閫以外之事，就有男子主政，用不著女子說話了，這就叫內言不出於閫。若要說是女子的說話，不許閫外聽見，男子的說話，不許閫內聽見；那就男女之間，永遠沒有交談的時候了。試問把女子關在門內，永遠不許他出門一步，這是內言不出做得到的；若要外言不入，那就除非男子永遠也不許他到內室；不然，到了內室，也硬要他裝做啞子了。」一句話說得大家笑了。

小說中的姪女是一年輕寡婦，卻是一位有見識、思想開明的女性。對於伯母所持年輕寡婦不宜拋頭露面之禮教，她侃侃而論，入情入理。對於七年男女不同席之古訓，她則認爲行教化不可只重形跡，須讀書明理，從心上教起：

> 我道：「『七年男女不同席，』這總是古訓。」姊姊道：「這是從形跡

〔註279〕吳趼人，《二十年目睹怪現狀》，頁96。
〔註280〕吳淳邦，《晚清諷刺小說的諷刺藝術》，頁11。
〔註281〕吳淳邦，《晚清諷刺小說的諷刺藝術》，頁155。

> 上行教化的意思，其實教化萬不能從形跡上施行的！不信，你看周
> 公制禮之後，自當風俗丕變了，可以國風又多是淫奔之詩呢？可見
> 得這些禮儀節目，不過是教化上應用的傢伙，他不是認眞可以教化
> 人的。要教化人，除弄從心上教起。要從心上教起，除了讀書明理
> 之外，更無他法。

至於女子無才便是德，她認爲是「誤盡了天下女子」之言。因女子讀書識字，
卻無施展之處；或看彈詞，或讀三五文一本的淫詞俚曲，滿腦子佳人才子，
贈帕遺金的思想，自不免潛伏著幽會私奔等等危機，然而只需改換讀物，便
見不同。

> 姊姊道：「初讀書的時候，便教他讀了女誡女孝經之類，同他講解明
> 白了，自然他就明理；明了理，自然德性就有了基礎；然後再讀正
> 經有用的書，那裡還有喪德的事幹出來呢？〔註282〕

小說借姊姊之口，對三句古訓重作解釋，不但求其合於情理，並且合於時代
變化所需，活潑自在、有思有識，不啻醒鐘覺迷。

> 兩派小說家譴責封建社會迫害婦女的態度是一致的。不過，革命派
> 小說很少展示中國女子深受壓迫、蹂躪的悲慘圖畫，多以議論代替
> 藝術描寫，或以理想的婦女形象表示對婦女問題的看法。而改良派
> 小說則在暴露社會倫理道德腐敗的同時，廣泛地反映了婦女遭受凌
> 辱和迫害的事實。

小說明白主張女子應當學習，由讀書而明理，才能跳脫被人迫害或阻礙社會
進步的刻板命運。記述晚清女性之不堪遭遇，是在引領讀者重新審視，深入
思考，並提供長篇大論之參考答案。

> 一九○七年，清政府頒布女子小學堂章程……不得與男子小學堂混
> 合。……值此新舊觀念蛻變之際，男女有別，仍是女子教育的一項
> 重點，所以女子師範的〈教育總要〉中便言明，對女子師範生，「務
> 時勉以貞靜順良，慈淑端儉諸美德，總期不背中國向來之禮教與懿
> 徽之風俗其一切放縱自由之僻說務須嚴切屏除，以維風化」。傳統禮
> 教對女性約束尤深，故女子現代化的步伐自也較緩。〔註283〕

新舊觀念蛻變之際，女性教育雖漸受重視，然束縛仍大。因此小說雖借人物

〔註282〕吳趼人，《二十年目睹怪現狀》，頁98～100。
〔註283〕段昌國、林滿紅、吳振漢、蔡相煇編著，《現代化與近代中國的變遷》，頁133。

之口，對古訓有所省思，然仍認爲應以女誡女孝經一類書籍，做爲女子教育之基礎教材，「總期不背中國向來之禮教與懿徽之風俗」。雖然如此，但在掙扎剝落之間，仍然可見蛻變進步之跡。

　　女性問題外，宗教文化亦受西方之衝擊；尤其時代進步，卻仍有迷信不悟者，作者深致感慨水師，前述水師營供奉四大金龍，即爲一例；人雖自詡爲萬物之靈，卻向一小蛇磕頭禮拜，遠不如上古之大禹治水：

> 後人治河，那一個及得到大禹治水，你看禹共上面，何嘗有一點這種邪魔怪道的話？他卻實實在在的把水治平了；當日敷土刊木，奠高山大川，又何嘗仗甚麼大王之力？那奠高山大川，明明是測定高低廣狹深淺，以爲納水的地位，水流的方向；孔穎達疏尚書不該說是以別祀禮之崇卑，遂開後人迷惑之漸；大約當日河工極險的時候，曾經有人提倡神明之說，以壯那工人的膽，未嘗沒有小小效驗；久而久之，變本加屬，就鬧出這邪說誣民的舉動來了。〔註284〕

儘管已學習西方之船堅礮利，又購入世界級軍艦，然而中國新式水師仍迷信鬼神之說，設壇恭祭，連李鴻章亦不能免。小說正本清源，究其根本，言之合理，可以覺其迷思。

> 又有那茅山道士，探油鍋的法子；看看他做起法來，燒了一鍋油，沸騰騰的滾著，放了許多銅錢下去，在伸手下去一個一個的撈起來；他那隻手只當不知。看了他，豈不是仙人了麼？豈知他把硼砂，暗暗的放在油鍋裏，只要得了些須宣氣，硼砂在油裡面要化水；化不開，便變了白沫，浮到油面。人家看了，就猶如那油滾了一般，其實還沒有大熱呢。〔註285〕

科技新進，不想卻仍被用來裝神弄鬼。社會之進步與否，除了新知，還在人心。小說對於祭祀亦有新見解。所謂「先王以神道設教」，設有假設之意：

> 所以神道本來是沒有的，先王因爲那些愚民有時非王法所能及，並且王法只能治其身，不能治其心；所以先王設出一個神道來，教化愚民。我每想到這裡，就覺得好笑。古人不過閒閒的撒了一個謊，天下後世多少聰明極頂之人，一齊都被他瞞住了，你說可笑不可笑呢？

〔註284〕吳趼人，《二十年目睹怪現狀》，頁375。
〔註285〕吳趼人，《二十年目睹怪現狀》，頁159。

推思先王以神道設教，認爲是先王化民的權變做法，非必眞有神鬼。然雖非必眞有神鬼，祭祀仍不可廢。「祭如在，祭神如神在」，兩祭字其義不同：

> 姊姊道：「又錯了！兩個『祭』字，是兩個講法，上一個『祭』字是祭祖宗，是追遠的意思；鬼神可以沒有，祖宗不可以沒有；雖然死了一樣是沒有的，但念我身之所自來，不敢或忘，祖宗雖沒了，然而孝子慈孫，追遠起來，便如在其上，如在其左右。下一個『祭』字是祭神，那才是神道設教的意思呢。」……「大凡讀書，總要體會出古人的意思。方不負了古人作書的一番苦心。」〔註286〕

祭如在之新解，頗見智慧，提供讀者不同觀點之省思。而讀書須體會出古人意思，則立足舊思想而不爲所惑、所執，尤能使傳統歷久彌新。自我之體悟，國民之自省自覺，是存家國於傾亡，正社會於危亂的有效動能。小說多處出現對讀書受教育之議論，其言諄諄，正在此省思與期望，如《二十年目睹怪現狀》第二十二回記王伯述對讀書之論析，極言正確讀書之重要：

> 傳統的讀書方法只會讓讀書人、做官的成爲「書毒頭」（書呆子），根本不能辦事。他聲稱，過去中國優秀的文化可使入侵的五胡同化，中國現在則無法適應類似的西洋侵略，因爲讀書方式已經落伍了。但是，正如他在後頭討論中解釋給作者的，他並不反對讀書，他之所以立意販書，正因爲他相信讀書的力量，正因爲他有志要喚醒大眾，而當前要務就是要去讀那些適應新局面、新環境的書籍，亦即有實用價值的書籍。這樣讀書，中國才會強大，中國才會有光明的前途。〔註287〕

小說之新論點也及於家庭倫常，對父子之親有一番卓見：

> 你須知我是最恨的規矩，一家人只要大節目上不錯就是了；餘下來便要大家說說笑笑，才是天倫之樂呢。處處立起規矩來，拘束得父子不成父子，婆媳不成婆媳，明明是自己一家人，卻鬧得同極生的生客一般，還有甚麼樂處？你公公在時，也是這個脾氣。

小說中的公公尊循禮經「君子抱孫不抱子」之訓。對兒子「從來不肯抱一抱」，兒子長大後，又正顏厲色以待，一見到兒子就「正其衣冠，尊其瞻視」，「見

〔註286〕以上引文見吳趼人，《二十年目睹怪現狀》，頁124。

〔註287〕米列娜（Milena Dolezeelova-Velingerova），〈晚清小説中的情節結構類型〉，收於林明德編，《晚清小説研究》，頁528。

一回教訓一回」。幸虧這位婆婆說之以理，動之以情：

> 他的理沒有我長，他就不得不改。他每每說為人子者，要色笑承歡。
> 我只問他，你見了兒子，便擺出那副閻王老子的面目來，他見了你，
> 就同見了鬼一般，如何敢笑？他偶然笑了，你反罵他沒規矩，那倒
> 變了「色笑逢怒」了，那裡是「承歡」呢？古人「斑衣戲綵」你想
> 四個字當中，就著了一個「戲」字，倘照你的規矩，雖斑衣而不能
> 戲，那只好穿了斑衣，直挺挺的站著，一動也不許動，那不成了廟
> 裡的菩薩了麼？」說得眾人都笑了。〔註288〕

古制的尊其瞻視與新文化的親愛歡笑，是晚清為父之道的不同選擇，論者說，
眾人笑，亦莊亦諧，融議論於小說，於諧趣見省思，寓思想於文學。

雖則傳統崩壞、西學東漸，社會不免有些過渡時期的混亂現象，「是皆現
代化過速所導致的脫序現象。〔註289〕」然而近代化亦促進了經濟的繁榮，「不
僅豐富了中國文化，而且為改造中國傳統文化提供了借鏡〔註290〕」。在觀念型
態和生活模式不能不有所變化。晚清四大小說，既鑑照當代，又從而嘲諷抨
擊，分析省思，甚至在滿漢議題上，或立憲、或革命。主張雖有不同，立論
各有依據，但用心則一。

> 吳趼人《二十年目睹之怪現狀》就「滿漢一體」的問題，有如下的
> 看法：入關三百年來，一律都歸了中國教化了，甚至於此刻的旗人，
> 有許多並不懂得滿州話的了，所以大家都相忘了。（22 回）吳氏從
> 語言文化的角度，闡明滿人同化的事實。證諸中國歷代史實，屢見
> 不鮮。〔註291〕

《孽海花》記戴勝佛與陸皓東之論辯。戴氏認為先立憲而後民主，已成革命
之普遍公例。就事實言，則立憲政體有發揚國權、力致富強之效果。至於種
族問題，則無甚關係；因為中國具有不可思議之潛在力量，外族常受我們同
化。如滿人的風俗和性質，已與漢人相同，再無韃靼氣味。陸皓東則不以為
然：

> 皓東道：「足下的見解差了。兄弟從前也這樣主張過，所以曾經和孫

〔註288〕吳趼人，《二十年目睹怪現狀》，頁 127～128。
〔註289〕段昌國、林滿紅、吳振漢、蔡相煇編著，《現代化與近代中國的變遷》，頁 134。
〔註290〕嚴昌洪，《中國近代社會風俗史》，頁 351。
〔註291〕賴芳伶，《清末小說與社會政治變遷（1895～1911）》，頁 461。

> 先生去游説咸毅伯變法自強。後來孫先生徹底覺悟，知道是不可能
> 的。立憲政體，在他國還可以做，中國則不可。」

小説中的戴勝佛從學術理論與英日實際經驗力言立憲之宜，正代表當日立憲
派之大體主張；在執行上，尤其考慮國人之「尊君親上」思想，以及士大夫
階層的反彈，「也叫一班自命每飯不忘的士大夫，還有個存身之地」，立憲恰
可減少因變革所產生的反對力量，以得到兩全其美之結果。陸皓東則具言滿
人滿漢分隔之貴冑心態，力陳革命之必需。

> 曾樸用了不少篇幅介紹孫中山和同志們的宗旨活動，説孫先生「本
> 來主張耶教的博愛平等，加以日在香港，接近西洋社會，呼吸自由
> 空氣，俯瞰帝國主義的潮流，養成一種共和革命思想，而且不尚空
> 言，最愛實行」。並透過楊雲衢（1861～1901，即楊衢雲）之口説：
> 現在中國是少不得革命的了，但是不能用著從前野蠻的革命，無知
> 識的革命，從前的革命，撲了專制政府，又添一個專制政府，現在
> 的革命，要組織我黃帝子孫民族共和的政府。（第四回）明白點出民
> 族共和的革命理想，連帶也敍述了哥老會、三合會加入革命行動、
> 南洋華僑與各地志士捐款贊助、史堅如（1881～1900）謀炸廣東總
> 督與揚衢雲等奔走獻身革命的史實。〔註292〕

劉鶚《老殘遊記》亦對滿漢、革命之議題，有所論述：

> 黃龍子道：「這就是北拳南革了。北拳之亂，起於戊子，成於甲午，
> 至庚子，子午一沖而爆發，其興也渤然，其滅也忽然，北方之強也。
> 其信從者上至宮闈，下至將相而止。主義爲壓漢驅洋。南革之亂起
> 於戊戌，成於甲辰，至庚戌，辰戌一沖而爆發，然其興也漸進，其
> 滅也漸消，南方之強也。其信從者，下至大夫，上亦至將相而止，
> 主義爲逐滿興漢。此貳亂黨，皆所以釀劫運，亦皆所以開文明也。
> 北拳之亂，所以漸漸逼出甲辰之變法；南革之亂，所以逼出甲寅之
> 變法。甲寅之後，文明大著，中外之猜嫌，滿漢之疑忌，盡皆消滅。」
> 〔註293〕

此段「北拳南革」之論正是曾被刪除，後又出現在李伯元《文明小史》第五

〔註292〕林俊宏，《晚清革命思潮與民間文學傳播之研究》，台北：台灣學生書局，2006
年12月一版，頁284。
〔註293〕劉鶚，《老殘遊記》，第十一回，頁112。

十九回之一段文字。學者以劉鶚以亂黨、劫運評之，以爲作者對二者持否定態度「將『北拳南革』並舉，用寓言的方式將兩者同時否定〔註294〕」。其實細察其意，雖以亂黨、劫運稱之，卻以「所以開文明」而肯定之。尤其劉鶚以毓賢所支持之義和團，其主義爲「壓漢驅洋」，北拳「扶清」之口號，劉鶚以壓漢言之，壓漢一說似是言簡意深。而革命黨之以「逐滿興漢」爲主義，並且「逼出甲寅之變法」，造成的影響是「文明大著」，此直是明確之肯定推崇；至於「中外之猜嫌，滿漢之疑忌，盡皆消滅」更點出滿清統治政策中疑忌之癥結。

　　劉鶚在小說首回以未經大風浪、未有方鍼之大船喻滿清朝廷，實則滿清之貴滿政策，使國家之吏治向滿傾斜，從中央到地方，由任用、拔擢、考核、獎懲到全方面運作弊端叢生，在內政、經濟、外交、國防、軍事上，瘡痍滿目，船艙不斷滲水下沉，船身過度傾斜，傾覆在即，此時風狂浪湧，大國危矣！

> 鴉片戰爭後的最初二十年中，清政府的對外態度幾乎沒有顯著的變化。一八六〇年以降的二十年中，清廷漸有改革的傾向，惟進度遲緩，而侷限性又大。及至十九世紀末二十年裡，由於極度的挫折，導致清政府最終選擇非理性的排外手段，從此該政府的信譽已完全破產，不再爲外國政府與本國人民所信任。二十世紀開始，體制外的革命力量逐漸開始主導中國的對外關係。〔註295〕

晚清四大小說，記述了晚清內憂外患、國事民生種種，以小說爲救亡圖存之武器：

> 晚清處於亡國即在旦夕的時期。小說家改變了補正史之不足的觀念，轉而認爲，救亡圖存並非僅恃一二才士所能爲；必使愛國思想普及於最大多數國民而後可，「求其能普及而收速效者，莫小說若。」以小說爲救亡圖存的武器，宣揚愛國思想，而求「普及」和「收速效」的實用思想，更多引導小說家用政治的眼光來尋找創作素材；以其對時勢政事的敏銳嗅覺，收集並描寫當時社會新近發生的事實。讀者能夠通過閱讀小說而了解到當前社會所發生的事件，及其與國計民生的休戚關係。〔註296〕

〔註294〕賴芳伶，《清末小說與社會政治變遷》，頁390。
〔註295〕段昌國、林滿紅、吳振漢、蔡相煇編著，《現代化與近代中國的變遷》，頁43。
〔註296〕方正耀，《晚清小說研究》，頁223。

其做法則是以報刊登載小說，以批判現實、影響社會：

> 大量的譴責小說對黑暗官場的暴露，對清政府內政外交的批判，對
> 貪官污吏的鞭撻，對科舉制度的嘲弄，對迷信、嫖娼、鴉片、纏足
> 等社會現象與習俗的抨擊，其中都有近代報刊所宣傳的思想、言論
> 自由的依據。〔註297〕

並在小說中通過人物之對話議論，表達對國家社會的各種改良意見：

> 通過這種正面人物的對話議論，具體表達對國家社會的各種改良方
> 針，這就是晚清小說的主要特點之一。有人曾經將這些社會改良方
> 案歸納爲五種：第一、整頓、澄清吏治……第二、興辦實業……第
> 三、廢除科舉，普及教育，開辦學校，興女學，禁纏足，提倡識字
> 讀書，推廣開化民智的各種工作。第四、提倡傳統文化道德，以此
> 來挽救世道人心。第五，節省虛糜，認眞辦國防外交。〔註298〕

米列娜（Milena Dolezeelova-Velingerova）指出其意見中，新思想成份之價值：

> 靜態事件中所提出的一些愼思熟慮則孕育著一點希望：價值的危機
> 只是暫時性的。中國社會必須對傳統的價值觀重新作全盤的檢討。
> 在作適當的詮釋及順應時代的危機之後，這些加入西洋的實用知識
> 而發揚光大的價值觀，或許可以幫助中國度過難關，並且提供新的
> 倫理基礎。〔註299〕

所謂靜態事件即指非情節性之議論，對傳統的價值觀作全盤的檢討、加入西
洋的實用知識之外，對於有德君子的肯定，亦暗示了中國新生的契機。

　　本章由哭與笑，思想與文學之角度，重新審視晚清四大小說之諷刺譴責
與省思。思想與文學，當是相輔相成，互爲表裏。尖刻直露雖確爲其特色之
一，然其背後之深刻思想，鑑照之冷靜與療救之熱誠亦須一併體察，如此，
才能見其豐富多樣，又知其活潑深刻，由此或可免於一偏、人云亦云，而能
得其全貌。

〔註297〕程華平，《中國小說戲曲理論的近代轉型》，頁262。
〔註298〕吳淳邦，《晚清諷刺小說的諷刺藝術》，頁90。
〔註299〕Milena，〈晚清小說中的情節結構類型〉林明德編，《晚清小說研究》，頁529。

第捌章　結　論

　　本文探究晚清四大小說：李伯元之《官場現形記》，吳趼人之《二十年目睹怪現狀》，劉鶚之《老殘遊記》以及曾樸之《孽海花》，包括著述意識、時代背景、結構敘事、讀者與人物以及文學與思想等面向，得到以下數點結論：

　　一、自古以來，中國有一蜿蜒而下之著述傳統，包括上古採集風謠傳說以聞於天子、魏晉志怪強調眞實明神道不誣、唐代傳奇有意爲之以勸懲、話本章回小說諧於里耳、廓清世風以及清代忠於實事之史家曲筆等；其共同焦點在「強調眞實」以及「勸懲之功」。

　　晚清時期，梁啓超吹起響亮號角，先有嚴復、夏曾祐之嚆矢先之，往前又有蠡勺居士之爲其先聲。梁氏雖標榜取法乎外，大聲疾呼：「故今日欲改良群治，必自小說界革命始。欲新民必自小說始。」究其實，就其「導其根器使日趨於鈍，日趨於利者」到「新人心」「新風俗」以「福億兆人」而言，梁氏的「小說界革命」，仍是立足於著述意識傳統之上。換言之，晚清小說以「新小說」之名與古典小說有所區別，然其著述意識，仍是歷代一脈而下之小說著述意識傳統。

　　梁氏之號召，在晚清形成一股風潮，造成晚清前所未有之著述盛況，晚清四大小說家起而響應。而四大小說家所顯現之著述意識，包括李伯元犀筆光照、魑魅現形的《官場現形記》，吳趼人慧眼洞察、不怪殊怪的《二十年目睹之怪現狀》、劉鶚脈診清患、救殘圖存的《老殘遊記》以及曾樸孽海挽狂潮、島開自由花的《孽海花》。

　　李伯元呼籲「閱者勿以杜撰目之」，胡適認爲《官場現形記》裡大部份的材料，可以代表當日官場的實在情形，可以見得李伯元注重眞實之意。李伯

元認爲歐美化民，多由小說，因此著書以醒齊民之耳目。對人群積弊下砭，爲國家危險立鑑。立意在裨國益民；而欲喚醒癡愚，意取其淺，言取其俚，使農工商賈、婦人豎子，皆得而觀之之言，以及第六十回借書中人物之口點出作者著述用意「指摘做官的壞處」「好叫他們讀了知過必改」，都清楚表明李伯元小說著述意識的勸懲用心；「意取其淺，言取其俚」又正是游目寓心之傳統著述策略。而其友人謂其小說「纖悉畢露，如地獄之變相，醜態百出」、「不畏強禦，不避斧鉞，筆伐口誅，大聲疾呼，卒伸大義於天下」並以「神禹鑄鼎，魑魅夜哭；溫嶠燃犀，魍魎避影」謂作者如「救世佛焉爲之放大千之光，攝世界之影，使一般之嚅嚅而動，蠢蠢以爭者，咸畢現於菩提鏡中」。則李伯元著述意識之發顯，乃在持燃犀之筆，光照魑魅，使原形畢現。

至於吳趼人，蕭一山曾謂《官場現形記》及《二十年目睹之怪現狀》所述，殆皆實錄，鄭振鐸則認爲是研究清末社會的絕好材料；所記當代名人，細繹則能按圖而索，可以見其眞實。吳趼人「惟《二十年目睹之怪現狀》一書，部分百回，都凡五十萬言，借一人爲總機捩，寫社會種種怪狀，皆二十年前所親見親聞者，慘淡經營，歷七年而猷未盡殺青，蓋雖陸續付印，已達八十回，餘二十回稿雖脫而尚待討論也」、「蓋小說家言，興味濃厚，易於引人入勝也」之自道，陳幸蕙亦認爲《怪現狀》一書之所以形成，乃是基於吳氏感時憂國的精神（時代背景）以及他道義上的使命感（心理背景）；亦見其著述用心與游目寓心之著述策略。其慧眼觀察，社會習見而不怪者，在其小說照妖鏡中，一一自顯其怪。

劉鶚自作回評「野史者，補正史之缺也。名可託諸子虛，事須徵諸實在」、H. E. Sha dick（謝迪克）謂其書很多描寫自己生活經驗的地方，小說引言亦指黃河結冰的一段描述「完全是實地的描繪」，可見小說描寫之徵實。小說第一回楔子自道著述之主旨「到了之後，送他一個羅盤，他有了方向，便會走了。再將這有風浪與無風浪時駕駛不同之處告知船主，他們依了我們的話，豈不立刻就登彼岸了嗎？」，自評「作者苦心，願天下清官勿以不要錢便可使性妄爲也。歷來小說皆揭贓官之惡，有揭清官之惡者，自《老殘遊記》始」、「舉世皆病，又舉世皆睡。眞正無下手處，搖串鈴先醒其睡。其感情愈深者，其哭泣愈痛，此洪督百鍊生所以有《老殘遊記》之作也」，具見其爲清朝診脈，於棋殘人老之際，意圖存殘救亡之著述意識。

曾樸在小說第十八回後半〈借花園開設譚瀛會〉：「各國提倡文學，最重

小說戲曲，因爲百姓容易受他的感化。」借書中人物之口肯定小說戲曲之價
值。時萌謂曾樸把小說看成是時代的鏡子，蔡元培則認爲小說影射的人物與
軼事極多，而可疑的故事，可笑的迷信也都根據當時之傳說，並非作者捏造；
以及曾樸自道欲將三十年間事「一方面文化的推移，一方面政治的變動，可
驚可喜的現象」，合攏其側影或遠景，「和相連繫的一些細事，收攝在我筆頭
的攝影機上」；書中隱託之人名可一一索隱而出，達二百餘人等等，具見其徵
實特色。在所著《孽海花》第一回「三十年舊事，寫來都是血痕；四百兆同
胞，願爾早登覺岸！」正明白標示其孽海覺渡盡、島開自由花之著述意識。

　　曾樸之眞實，兼寫實與浪漫而有之，然因爲「美」的要求，作者的介入
增強，與傳統著述意識極力強調眞實性有所不同。就著述意識言，曾樸在「對
於社會生活只作照相式的記錄」的基礎上再加入小說美學的概念，在反映眞
實的著述意識上，更自覺地展現呈現作品藝術效果的企圖。過去著述傳統的
「游目寓心」其旨在達成「勸懲之功」，藝術效果附屬於作品功能，「美」附
屬於「善」；到了曾樸，美與眞、善三者鼎足而立，他認爲「義理是求善，考
據是求眞，詞章是求美。」以眞、善、美並列的文學標準，將小說由求眞求
善的傳統推向現代，於是，小說家個人除了改良社會的功能價值外，還有展
現文學技巧的藝術價值，在著述意識上，明顯呈現出傳統著述向現代創作的
過渡。

　　二、晚清前所未有之小說著述盛況，與其時代背景密切相關。一方面是
來自於西方歐美及東洋日本包括武力入侵、經濟略奪、思想文化之刺激；另
方面是中國內部的封建政治至此到達極點，政府官僚機制嚴重僵化，弊害叢
生；而官僚基制賴以維繫之思想依據──傳統文化偏又千瘡百孔。內憂外患
交相逼迫，國家岌岌可危，存亡幾於一線。充滿危機之時代背景，一則提供
小說著述以豐富之資材，二則深化刺激小說作者以補正史、懲戒得失之著述
意識。

　　就晚清外患言：晚清外患勢如驚雷，接連不斷；其較著者，鴉片戰爭轟
破中國百年閉關，鴉片合法入稅更造成白銀外流，影響國家財政，國民吸食
成癮，國力消耗。對於鴉片之害，小說點出鴉片煙館遍佈至野店窮村；鴉片
吸食人口之多，造成農業經濟的傷害；而廢禾田爲罌粟，一旦遭逢災變將是
餓莩盈野、民不聊生。

　　中日甲午戰爭是中國變法圖強成果之驗收。日本明治維新之西化，與「師

夷長技以制夷」之中國，武備競賽，優劣成敗，甲午一役極具指標性意義。其結果是中國慘敗，翌年簽訂之馬關條約是繼南京條約之後最嚴重的不平等條約；兩億三千萬兩賠款，是中國舉外債而償賠款的開端，影響中國往後之財政經濟。台灣割讓給日本，全國群情激憤，臺人並誓死抗日。其中最不堪者，衛汝貴潰走，猶沿途掠奪；葉志超遁逃，甚至謊報軍功。小說對甲午之戰、馬關條約以及臺人抗日等，述之甚詳；而對將領遇敵遁逃，謊報軍功之行徑，則予以嘲謔諷刺。

俄人對中國之侵奪可分東北與西北兩方面。其乘鴉片戰爭、英法聯軍中國不暇他顧之際，藉言勘界，恫嚇中國代表官員，獲得黑龍江以北、烏蘇里江以東以及西北塔城地區西部和伊犁地區北部；面積之大，實開世界歷史上土地割讓之新記錄，其總面積由史家比今日之東北九省尚大，約等於三十五個台灣。西北則趁新疆土回之亂進佔伊犁，並經威嚇之手段，取得償金與大片土地。小說對俄人侵奪國土，一方面點出俄人之狡詐，另方面則歸因於官員史地知識之不足。《孽海花》金雯青出使，翻印中俄交界圖，卻不意中俄人圈套，「一紙書送卻八百里」，平白將八百里土地拱手讓人。

至於晚清末年之八國聯軍，載漪迷信義和團，假造洋人照會激怒慈禧，慈禧對各國宣戰，聯軍進入北京，縱兵大掠。後訂定辛丑條約，中國賠款四億五千萬兩。中國轉嫁稅賦於百姓，苛稅繁多，聞所未聞；小說或言賦稅之繁，或譏官員任爾瓜分之心態，對南革北拳亦借人物抒見。其中，劉鶚《老殘遊記》寫毓賢與剛毅早年自以為廉能，卻導致日後庚子事變禍國殃民之結果。

就晚清官僚政治言：封建帝制，至清代達於極致，然其體制卻黑暗腐敗、弊端叢生。八股取士、捐納授官所形成之官僚體系，培養出從科場舞弊到官場舞弊，以及將本求利，視官場如商場之官員。官僚之任免否陟臧罰，才力較勝者，久任不得升，認真謀事者，或遭閒置，或竟獲罪。官僚之運作或瞞上誑上，或欺下虐下、懼外媚外。小說寫貪瀆無能、昏昧無知之官員，逢迎苞苴、欺虐下民最是淋漓。至於朝廷天潢貴胄，貴滿用漢而防漢之統治政策，不但阻礙團結，尤造成漢人不滿。

就晚清社會文化言：西方文明對中國之刺激，包括船堅礮利、日用民生、學術教育與宗教文化等。因西方船堅礮利之刺激而發起之自強改革運動，最終皆虎頭蛇尾，以失敗收場。吳趼人《二十年目睹怪現狀》寫製造局之種種

弊病，爲晚清船堅礮利之改革，作了一個發人深省的注解。在日用民生方面，印刷技術進步，新聞傳播發達，促成小說發行之熱潮；小說則記述民生用品之西風東漸，中西並陳。爲求學術教育之進步，選派幼童赴美留學，學成又不重用。教會學校、洋行買辦，形成另一類熟稔西方文化之新興階層，與儒家文化多少亦有扞格。小說或嘆留學生之楚材晉用，或譏買辦之唯西風是尚。

文化、外患與政治等時代因素促使小說蓬勃發展，文化、外患與政治種種現象與問題，又提供小說以豐富之資材。小說著述與時代之關係緊密遠勝前此各代，這正是晚清四大小說之特色。

三、四大小說處晚清中西交會、新舊接續之際，承傳統小說之餘緒，又吸收學習域外小說之技巧，其於小說結構敘事上，乃產生微變。

結構上，保留回目、首章楔子、末回尾聲、各回之間串接語、詩詞以及回評等章回小說形式；然又舊醅新醸，出現結構展變之新痕。眉批、側批、夾批等隨報刊之排版而廢用，敘事一則呈現即時記事之新聞性，一則虛化反轉，醜怪當道。而章回亦見鬆動，回目概括範圍與西方小說的章節題目相類，非必謹守傳統一章二段，適對上下二句之定式。至於各回串接語，說記同列，聽看並陳，《二十年目睹之怪現狀》通書「且待下回再記」，擺脫說書之餘痕。《二十年目睹之怪現狀》及《老殘遊記》二書回評，則融入了新觀點、新形式，呈現晚清之時代新味。

至於四大小說之整體結構，《孽海花》在時代風貌的反映要求上，匠心獨運地從結構上，兼顧情節人物發展之小說傳統，可說是接力式、串連式結構之之改良與發展。主角金雯青對外系聯官場名士，向內深掘其心理意識；傅彩雲尤其形象鮮明，以此爲核心主軸，交纏著諸多人情史事，從中心幹部層層推展，互相連結而成的大花球，是一繽紛複雜的立體交叉結構。

吳趼人作《二十年目睹之怪現狀》用心耗力，費時七年，極思慮於結構布局，欲成江漢朝宗之勢，然仍有缺乏組織之評。若由 Melena 以小說語意組織呈現之四層結構以觀，作者以九死一生貫穿全書，所呈顯的應是散而有脈的多樣風貌。

至於《官場現形記》類同短制之結構，雖招致「整體布局結構的漫不經心」之庇議，然由其中篇幅較長之事件，仍可看到大段串連之完整性。看似雜亂的大大小小不同事件，在類似主題的歸納下出現層次分明、起迄完整之循環結構，在此巡迴前進中，一幕幕景物「排山倒海向後推去」，整個官僚體

制之形形色色，官員胥吏之行徑嘴臉，亦循著軌跡運行，一一揭露。小說正如軌道列車，在官場上隨著記述，不斷向前行駛。

《老殘遊記》之結構，可謂兼取《怪現狀》與《官場》之特點而聚焦於山東一帶。老殘遊蹤所至，推移著情節進展。目光游移構設成一幕幕場景，場景成爲情節之一部份。老殘所構現的自然場景，絕美中隱含著破敗，生民之病、家國之弊，觸目入心。老殘之遊，定調爲療救之遊，作爲小說結構主軸所在之老殘，其身份正是一位醫生；表面上之療治病患，其實在療救家國。外在自然景物與人文之對照以及內在心理世界之描寫，《老殘遊記》宜是遊記內外之醫者行腳。

四、晚清小說因傳播方式的改變，以及域外小說敘事之借鏡，使得說書人消失，而諸多說書形式特徵亦隨之而逐漸消失。取而代之者，是新的敘事形式；章回之規矩逐步取消，而敘事多樣化之嘗試於焉展開。古典小說較習見的第三人稱敘事模事外，亦見使用第一人稱敘事；第一人稱見聞式之小說，雖是創舉，然而未對小說視角造成大衝擊之原因，乃在於《二十年目睹之怪現狀》之第一人稱敘事一則並非主角，二則其見聞，主要仍以所聞爲主，時時要透過他人轉述。較諸人稱上第一、第三之分別，全知觀點與限知之觀點對於小說敘事言，更爲重要。第一人稱限知敘事可以增加敘事之眞實感，亦不易轉爲全知或第三人稱敘事。論者慣以一以貫之的標準，檢視人稱限知敘事是否成功。限知敘事確能增強眞實感，然亦非必一以貫之，通篇限知不可。依內容所需，靈活運用，才能收自然貼切之妙。

小說運用人稱限知敘事，雖有助於眞實性的獲得，卻也限縮了空間。因此藉由旅遊利於空間之推展，以容納更多的人物和故事。旅遊見聞之形式，既合於耳聞目見之原則，又能擷拾見聞，問謗於道；其串連式結構亦更富於彈性。

旅遊形式之外，敘事還常用倒敘、插敘等拓展情節空間。《孽海花》打破傳統章回小說之敘述模式，在回目之內進行交叉敘事與時空的轉移；第十三回以主角之去信帶入北京情節，空間由歐洲移轉至北京，二地情節交叉展開，以插敘筆法成功進行時空之推移。劉鶚之《老殘遊記》則是以其中之偵探敘事形式進行，以插敘造成懸念，增加讀者興趣。《二十年目睹之怪現狀》對於苟才之敘述，開展合攏，穿插數回，倒敘、插敘打破順序結構，敘述方式變化多樣。

　　至於敘事修辭，《二十年目睹怪現狀》以暴露、揭露之方式所進行敘事，讓諸多人物現其虛僞面目，小說世界不但罪惡充斥，並且還善惡顚倒，形成醜怪之敘事美學。然小說敘事中譴責之姿態，暴露、揭露之方式，乃是手段而非最終目的。爲數眾多之反面人物雖多虛假醜惡，然正面人物仍眞實誠懇，貼近百姓。表面上，反面人物盡得好處，似已反轉了社會價值；但小說藉敘事語氣之反轉，將反轉之世界再次反轉回來。社會核心價值正隱藏在此反諷之中，而非渙散如泡沫。醜怪敘事美學之效果，仍只是手段，而非小說實際目的。

　　論者常以《儒林》爲標尺，用以丈量晚清。認爲晚清敘事學習《儒林》而遠遜於《儒林》，尤以辭氣爲最。在晚清譴責類型以外的小說作品，可以見到作家言情敘事的委婉曲折以及心理描寫。不過，儘管具備敘事方式重要性之認識以及運用之才能，他們的譴責小說仍出現許多的議論、辯證與說明，適與婉曲背道而馳。

　　與其說小說家追求非藝術化，毋寧說他們更重視新聞特徵中之眞實性，盡可能不去改造所撿拾話柄之原貌，不做過多加工。而小說在古典與現代之間承襲、探索、吸收、嘗試、碰撞，並由中蓄積了能量，蘊藏了許多的可能性。較諸五四之現代敘事、古典章回之全知敘事，處於二者之間的晚清，呈現出敘事之多樣面貌，正如寒熱洋流之交會，迴旋激盪卻也生機無限。

　　五、晚清四大小說攝影「鑒照」之功能，在晚清「朝甫脫稿，夕即排印，十日之內，遍天下矣」之快速傳播方式下，不但讀者與作者互動密切，小說人物與讀者的距離亦極爲貼近。作者並將讀者範圍擴大到下層民眾，而廣大讀者群之重要性亦與日俱增。他們一方面以銷售量作爲回應，一方面又提供軼聞笑談給作者，並且影響小說之修辭風格以及續作小說之敘事走向；而龐大銷售量造成之商機，更使文人在職業上可有功名外之的新選擇。

　　入鏡人物若就四大小說之做一察考，則以《孽海花》爲最，考證出之時人多達二百餘位。而《官場現形記》之入鏡人物多經變換或模糊姓名。《二十年目睹之怪現狀》亦然，率皆「變易其姓名，彰其惡，而諱其人」。二書在文字上，敘述生動較所記筆記爲勝，或以爲活文學。《老殘遊記》人物較其他三部爲少，由劉鶚子劉大紳提供佐證所得，景物街名俱有其處，眞實性極高。

　　小說攝時人入鏡，人物顯影現形之際，四大小說各有特色。《官場現形記》著重官場群像之描寫，不但描寫胥吏佐雜有獨到之處，寫大官裝腔作勢，可

厭可笑之面目亦極淋漓。其中妓女蘭仙，好強而有情義，作者借以帶動大大
小小人物現形，以呈現出社會人性自私陰暗的一面，與官官相護的官僚體系
中，可恥可恨的官僚嘴臉。其恰如其份地發揮烘托映照的效果，是鏡面上並
不誇張的身影。

《二十年目睹之怪現狀》擴大敘寫空間，由官場延伸至社會各階層。阿
英稱其擅寫洋場才子，能形其胸無點墨之醜態。小說對於人物之描寫，外在
言語行動遠多於內在心理；敘寫時，抓住最能表現其特徵之瞬間，而不求其
完整。在語言上，有時會使用方言，使人物更為真實生動。描寫人物如顯微
鏡、解剖刀般，不僅止於表面形象，有其深刻獨到之處。寫良婦失節，或外
貞實淫，或迫於無奈，在貞淫轉換之間，顯影現形之際，各見不同面目。而
在光怪陸離、妖魔充斥的十里洋場中，寫出溫厚篤實、誠儉自重的鄉下老者，
在人物現形的小說鏡面上，越發映襯出一窩蛇鼠人等的面目卑鄙以及勢利涼
薄。

《老殘遊記》中對老殘及逸雲的心理描寫，受到學者注意。精細的心理
描寫被認為是「意識流技巧的初步嘗試」。寫清官之酷虐，自來未有，有其獨
到之處。老殘濟世悲憫之形象，正對照出玉賢自命清廉卻實際惡甚於污吏的
真正面目。景物描寫亦其成就，常由景生情、借景抒情，進而情景交融。老
殘見雪月交輝之際，情轉思湧而淚流，在小說鏡面，人物面目在鮮明景物的
烘托下呈現，極富詩意。

《孽海花》對作態名士之描寫，有其獨到處，作者曾樸正是名士中人；
而現形於鏡面之人物泰半為其親朋師友。其寫人物，常以向不為人知之軼聞
瑣事，伴隨著真實之歷史事件出現，讀來饒富興味。假意避壽、故意稱病的
李蒓客；參奏過李鴻章，後又成為其子婿的莊崙樵；以及多情風流，竟因而
遇害之龔自珍；在鏡面現影的形象與傳統印象大異其趣。寫英雄則飽蘸熱情，
大刀王二「回鞭直指長安道，半壁街上秋風哀！」仗義行俠的傳奇形象，奔
騰躍動；夏雅麗壯烈之風，聖潔之美，則塑造了罕見的巾幗形象。而描寫主
角人物尤見不凡之處，傅彩雲在小說鏡面是一充滿活力的放誕美人，而非妖
孽潑婦；在傅彩雲對照之下的金雯青，面目立體而多面。

四大小說之中，李伯元、吳趼人有較多巷議街譚的蒐集，表現較多的庶
民趣味，甚至為保存庶民趣味而抑制自身的文人特色。相對於此，劉鶚與曾
樸則表現了較多的自身特色。

　　六、探索晚清四大小說之文學與思想，則知哭笑之間，正能窺見二者之關連。劉鶚有力之哭，是不哭之哭，化情感爲文字，正能使悲憤成爲力量；李伯元之笑，是不樂之笑，乃以譎諫來砭愚訂頑。

　　嘲笑之諧言謔語更具娛人耳目之效，讀者更易於心領神會。其中有變《莊子》之「正言若反」而來的「反言若正」，借人物言語顛倒是非之荒謬，顯露其無知醜陋。

　　諷刺則以直諷爲多，然加入誇飾、鋪陳、譬喻、映襯對比等，除增強其文學性外，亦使其諷刺更具效果。督辦姨太喪禮之窮奢極侈、將官場視爲商場之譬喻，查賄大頭小尾之前後映襯，筆致多姿，令人印象深刻。譴責較諸諷刺更爲平直，指陳得失而責備之。除了不幸後果之呈現，亦常由來龍去脈的陳述中，指出錯誤所由。

　　此外尚見悲憤之控訴與怨怒之詛咒。晚清之諷刺較《儒林外史》更爲平直之風格，自與晚清小說種種構成條件有關，其中之一，即是采諸實事生活的庶民趣味。不論耳聞或親見，晚清取諸時代中時事眞人之特點，以及眞實感之強調，從辭氣口吻用語到內心情感想法，常常保存了巷語街言之原汁原味，其中雖未必全無作者編排組織時之潤飾加工，然而較諸文人小說，自有不同。

　　或謂小說直諷之風格來自於晚清極其危急之時代背景，以《儒林外史》其時之弊病仍可療救，而晚清則否。實則晚清小說剖其潰瘍仍意在療救，只是病況危急，非單藥石，還須咬牙忍痛割腐肉、去癰膿。

　　有謂旗人吃燒餅掉芝麻一則，誇張失去分寸、事件非源於生活者。實則小說寫旗人不但眞有所本，並且其嘲諷還關連著極嚴肅的滿漢議題。若僅僅以笑料視之，則將失之芋羽。

　　小說對官場政治、社會文化種種現象，嘲諷譴責，堪稱淋漓。歷來論者卻常以《儒林》的標尺衡量，頗失其短長。其內容可謂包羅萬象，而筆法亦隨事宛轉，不特含蓄諷刺而已。若不囿以含蓄爲唯一標準，則晚清四大小說之嘲謔諷罵，堪稱琳瑯滿目、豐富多樣；以「含蓄委婉」自限，則難盡晚清之人情。

　　總之，以往學者對晚清小說著述之繁榮、晚清小說與時代之緊密系聯多所矚目，但對於晚清小說之評價多半不高，即使李伯元《官場現形記》等被合稱爲晚清四大小說者，仍有一些矛盾說法，種種問題源自於對稗官傳統諸

如著述意識之認識未及完整，以現代小說或是創作小說的標準評之論之，自然多有扞格。如果回歸著述傳統，對於著者的著述用心、著述標準之堅持自然了然於心，那麼，對於著者可委婉而不委婉，能細膩而不細膩，就不致產生疑惑。晚清梁啓超的響亮號角對晚清四大小說當然有強力的啓發，而「神禹鑄鼎，魑魅夜哭；溫嶠燃犀，魍魎避影」的期許，如照相攝影之眞實性標榜，又在在可見傳統著述根深柢固之強韌力量。李伯元記官場魑魅欲使「現形」，吳趼人記述種種「怪現狀」，不怪殊怪，劉鶚則脈診清患，寫清官之弊，是「不哭之哭」，曾樸立意要讓孽海漂流的孤島，有朝一日能開遍自由花；改良社會的勸懲之功，在晚清到達了極致，並轉而趨向現代，不論是美與眞、善並列，或者以願見之眞爲眞，做爲晚清小說代表的晚清四大小說，沿源遠流長的著述傳統而下，至於激越澎湃，又對外來的風潮有所融合取法，一面過渡一面提昇，在歷史與未來間，樹立起傳統極致與現代先發的里程碑。

參考書目

專書

1. 《論語》（清）阮元《十三經注疏》，清嘉慶二十年宋刊本，（清）阮元用文選樓藏本校勘，宏業書局據國防研究院圖書館藏書影印。

2. 《禮記》（清）阮元《十三經注疏》，清嘉慶二十年宋刊本，（清）阮元用文選樓藏本校勘，宏業書局據國防研究院圖書館藏書影印。

3. 《春秋公羊傳》（清）阮元《十三經注疏》，清嘉慶二十年宋刊本，（清）阮元用文選樓藏本校勘，宏業書局據國防研究院圖書館藏書影印。

4. 《國語·晉語（六）》，左丘明撰、（吳）韋昭注，台北：九思出版有限公司，1978 年 11 月一版。

5. 《二十五史·漢書》，（漢）班固，（唐）顏師古注，（清）王先謙補注，台北：新文豐出版公司，1975 年 03 月一版。

6. 《二十五史新編·後漢書》，（南朝宋）范曄撰，楊家駱編，臺北：鼎文書局，1981 年 04 月四版。

7. （晉）葛洪，《西京雜記》。影印本，臺北市：廣文書局，1981 年 12 月一版。

8. （梁）蕭統，李善注《昭明文選》，台北：藝文印書館，1991 年 12 月十二版。

9. 《二十五史新編·隋書》，李國章，趙昌平主編，上海：上海古籍出版，1997 年 11 月一版。

10. 《二十五史新編·晉書》（唐）房喬等撰，李國章，趙昌平主編，上海：上海古籍出版，1997 年 11 月一版。

11. （唐）陸德明撰，《經典釋文》，鄧仕樑、黃坤堯校訂索引，臺北：學海出版社，1988 年 06 月一版。

12. （唐）劉知幾《史通》，臺北：錦繡出版社，1992 年 04 月一版。

13. （唐）段成式，《酉陽雜俎》，臺北縣：漢京，1983 年 10 月一版。

14. （唐）李義山等，《雜纂七種》，曲彥斌校注，上海市：上海古籍出版，1988 年 10 一版。

15. （唐）康駢，《劇談錄》影印本，臺北：藝文印書館，1971 年版。

16. （唐）蘇鶚，《杜陽雜編》，臺北市：臺灣商務，1979 年臺一版

17. （元）施耐庵，《水滸傳》會評本，北京：北京大學出版社，1987 年 09 月二版。

18. （明）陶宗儀，《南村輟耕錄》，北京：中華書局，1959 年 02 月一版。

19. （明）馮夢龍，《古今小説》，臺北：里仁書局，1991 年 05 月一版。

20. （明）馮夢龍，《喻世明言》，收於《中國話本大系》，上海：江蘇古籍出版社，1991 年 09 月一版。

21. （明）馮夢龍，《警世通言》，收於《中國話本大系》，上海：江蘇古籍出版社，1991 年 09 月一版。

22. （明）吳承恩，《西遊記》，利大出版社，1983 年 04 月一版。

23. （明）施耐庵，《水滸傳》，利大出版社，1983 年 04 月一版。

24. （清）郭慶藩編，《莊子集釋》，台北：木鐸出版社，1982 年 09 月初版。

25. 《清高宗實錄》259/31a—b。

26. （清）《籌辦夷務始末：同治朝》，寶鋆修本，臺北縣：文海，1971 年版。

27. （清）段玉裁注，徐灝箋，《説文解字注箋》，廣文書局，1983 年 09 月一版。

28. （清）曹雪芹，《紅樓夢》，台北：華正書局，1985 年 03 月一版。

29. （清）曹雪芹，《國初鈔本原本紅樓夢》，台北：台灣學生書局，1976 年 07 月一版。

30. （清）《四庫全書總目》卷一四三，子部，小説家類存目一。

31. （清）趙彥衛，《雲麓漫鈔》收於《唐宋史料筆記叢刊》，北京：中華書局，1996 年 08 月一版。

32. 小橫香室主人，《清朝野史大觀》，台北：中華書局，1986 年 04 月三版。

33. 王祖獻，《孽海花論稿》，台北：貫雅文作公司，1991 年 12 月一版。

34. 王汝梅、張羽，《中國小説理論史》，浙江古籍出版社，2001 年 01 月一版。

35. 王國偉，《吳趼人小説研究》，濟南：齊魯書社，2007 年 01 月一版。

36. 王克儉，《小説創作隱性邏輯》，北京：北京大學出版社，1994 年 04 月一版。

37. 王德威,《被壓抑的現代性——晚清小說新論》,北京:北京大學出版社, 2005 年 05 月一版。

38. 王瓊玲,《古典小說縱論》,台北:台北學生書局,2002 年 03 月一版。

39. 文廷式,《中日甲午戰爭》,臺北:廣文書局,1964 版。

40. 方正耀,《晚清小說研究》,華東師範大學出版社,1991 年 06 月一版。

41. 石昌渝,《小說源流論》,北京:三聯書店,1994 年一版。

42. 古鴻廷,《中國近代史》,台北:三民書局,1994 年 08 月三版。

43. 左舜生,《中國近代史四講》,台北:友聯出版社,1962 年 08 月一版。

44. 左舜生《中國近百年史資料初編》,上海:中華書局,1926 年版。

45. 包天笑,《釧影樓回憶錄》,臺北:龍文出版社,1990 年版。

46. 包遵彭、李定一、吳相湘,《中國近代史論叢》,臺北:正中書局,1977 年 11 月四版。

47. 冉光榮,《中國新文化運動史》,台北:文津出版社,2000 年 08 月一版。

48. 竹添光鴻,《左傳會箋》,臺北:天工書局,1998 年 08 月一版。

49. 坂野正高,《近代中國政治外交史》,台北:台灣商務印書館,2005 年 04 月一版。

50. 安宇,《衝撞與融合——中國近代文化史論》,學林出版社,2001 年 05 月一版。

51. 李伯元,《文明小史》,臺北:三民書局,2007 年 06 月二版。

52. 李伯元,《官場現形記》,臺北:三民書局,2004 年 01 月二版。

53. 李伯元,《李伯元全集》,南京:江西古籍出版社,1997 年 12 月一版。

54. 李盾,《中國古代小說演進史》,台北:文津出版社,1999 年 10 月初版。

55. 李瑞騰,《晚清文學思想論》,台北:漢光文化股份有限公司,1992 年 06 月一版。

56. 李滌生,《荀子集釋》,台北:台灣學生書局,1981 年 10 月二版。

57. 李守孔,《中國近代史》,台北:三民書局,1995 年 08 月十三版。

58. 吳趼人,《痛史》,臺北:世界書局,1974 年 05 月一版。

59. 吳相湘,《晚清宮廷與人物》,臺北:傳記文學出版社,19790 年 3 月二版。

60. 吳趼人,《二十年目睹怪現狀》,文化圖書公司(無版本資料)。

61. 吳趼人,《我佛山人筆記》,臺北:文海出版社,1972 年 12 月一版。

62. 吳趼人,《二十年目睹之怪現狀》,江西人民出版社,1988 年 10 月一版。

63. 吳趼人,《中國近代小說大系·電術奇談》,南昌市:百花洲文藝出版社, 1996 年 11 月一版。

64. 吳世昌，《藝文叢輯》第二十四輯，臺北：藝文出版社，1976 年 12 月一版。

65. 吳淳邦，《晚清諷刺小說的諷刺藝術》，上海：復旦大學出版社，1994 年 07 月一版。

66. 吳錫德主編，《文學中的幽默與反諷》，台北：麥田出版社，2003 年 06 月一版。

67. 吳禮權，《古典小說篇章結構修辭史》，台北：台灣商務有限公司，2005 年 12 月一版。

68. 沈福偉，《中西文化交流史》，台北：東華書局，1989 年 12 月一版。

69. 沈雲龍主編，《近代中國史料叢刊》，臺北：文海 1977 年 02 月影印本。

70. 季平子，《從鴉片戰爭到甲午戰爭》，臺北：知書房出版社，2001 年 10 月一版。

71. 林瑞明，《晚清譴責小說的歷史意義》，台北：國立台灣大學出版委員會，1980 年 06 月一版。

72. 林俊宏，《晚清革命思潮與民間文學傳播之研究》，台北：台灣學生書局，2006 年 12 月一版。

73. 林明德編，《晚清小說研究》，臺北：聯經出版公司，1988 年 03 月一版。

74. 孟瑤，《中國小說史》，臺北市：傳記文學，1991 年 04 月二版。

75. 林慶元，《林則徐評傳》，南京：南京大學出版社，2000 年 08 月一版。

76. 林薇，《清代小說論稿》，北京：北京廣播學院出版社，2000 年 11 月一版。

77. 金健人，《小說結構美學》，臺北：木鐸出版社，1988 年 09 月一版。

78. 周英雄，《小說·歷史·心理·人物》，台北：東大圖書有限公司，1993 年 10 月一版。

79. 胡適，《胡適文存》，台北：遠東圖書公司，1979 年 11 月版。

80. 胡適，《古典小說研究》，台北：遠流出版社，1988 年 09 月三版。

81. 胡亞敏，《敘事學》，華中大學出版社，1998 年 06 月一版。

82. 胡萬川，《真假虛實——小說的藝術與真實》，台北：大安哲出版社，2005 年 05 月一版。

83. 胡從經，《中國小說史學史長編》，上海藝文出版社，1998 年 04 月一版。

84. 查時傑，《中國近代史》，台北：大中國圖書公司，2004 年 08 月三版。

85. 段昌國、林滿紅、吳振漢、蔡相輝，《現代化與近代中國的變遷》，台北：國立空中大學，1997 年 01 月一版。

86. 徐珂，《清稗類鈔》，臺北：臺灣商務印書館，1983 年 10 月臺二版。

87. 夏志清，《中國現代小說史》，台北：友聯出版社，1979 年 07 月一版。

88. 桑兵，《晚清學堂學生與社會變遷》，台灣：稻禾出版社，80 年 11 月一版。

89. 孫燕京，《晚清社會風尚研究》，台灣：知書房出版社 2004 年 01 月一版。

90. 馬振方，《小說藝術論稿》，北京：北京大學出版社，1911 年 02 月一版。

91. 時萌，《曾樸研究》，上海古籍出版社，1982 年 08 月一版，頁 84。

92. 時萌，《晚清小說》，上海：上海古籍出版社，1989 年 06 月一版。

93. 袁健，《吳趼人的小說》，遼寧教育出版社，1993 年一版。

94. 袁進，《中國小說的近代變革》，北京：中國社會科學出版社，1992 年 06 月一版。

95. 庾嶺勞人，《蜃樓志》，台北：花山文藝出版社，1994 年 10 月一版。

96. 唐瑞裕，《清代吏治探微（二）》，台北：文史哲出版社，1998 年 06 月一版。

97. 唐德剛，《晚清七十年》，香港遠流出版公司，1998 年 06 月一版。

98. 康來新，《晚清小說理論研究》，臺北：大安出版社，1986 年 06 月初版。

99. 康來新，《發跡變泰──宋人小說學論稿》，大安出版社，1996 年 12 月一版。

100. 梅家玲，《世說新語的語言與敘事》，台北：里仁書局，2004 年 07 月一版。

101. 康韻梅，《唐代小說承衍的敘事研究》，台北：里仁書局，2005 年 03 月一版。

102. 曾樸，《孽海花》民國丙辰（1916）望雲山房刊。

103. 曾樸，《定本孽海花》，世界書局，1957 年版。

104. 曾樸，《孽海花》，台北：三民書局，1998 年 01 月一版。

105. 曾樸，《晚清小說大系・孽海花》，台北：廣雅出版公司，1984 年 03 月一版。

106. 梁啟超等著，《晚清文學叢鈔小說戲曲研究卷》，臺北：新文豐出版公司，1989 年 04 月一版。

107. 梁啟超，《飲冰室文集類編》，臺北：華正書局，（無出版資料）。

108. 程華平，《中國小說戲曲理論的近代轉型》，上海：華東大學出版社，2001 年 10 月一版。

109. 程宗裕編，《教案奏議匯編》卷七，上海書局光緒二十七年（1901）石印本，空中大學，1997 年 01 月一版。

110. 黃錦鈜，《莊子讀本》，台北：三民書局，1974 年 01 月一版。

111. 黃霖，《中國文學批評通史・近代卷》，上海：上海古籍出版社，1996 年一版。

112. 黃永林，《中西通俗小說比較研究》，臺北：文津出版社，1995 年 10 月一版。

113. 黃清泉、蔣松源、譚邦和，《明清小說的藝術世界》，華中師範大學出版社，1992 年 06 月一版。

114. 黃錦珠，《晚清小說中的「新女性」研究》，台北：文津出版社，2005 年 01 月一版。

115. 范文芳，《司馬遷的創作意識與寫作技巧》，台北：文史哲出版社，1987 年 05 月一版。

116. 馮夢龍編，《古今小說》，台北：里仁書局，1991 年 05 月一版。

117. 賀躍夫，《晚清士紳與近代社會變遷》，廣州：廣東人民出版社，1994 年 10 月一版。

118. 張之洞，《張之洞全集》，河北人民出版社，1998 年 08 月一版。

119. 張健、謝綉華，《中西小說理論要義》，臺北：文史哲出版社，2004 年 06 月一版。

120. 阿英，《晚清小說史》，香港太平書局，1966 年 01 月一版。

121. 《阿英全集（六）》，安徽教育出版社合肥市：安徽教育，2003 年版。

122. 阿英，《晚清小說史》，香港太平書局，1966 年 01 月一版。

123. 《甲午中日戰爭文學集：詩詞・小說・散文・戰紀》，臺北市：廣雅出版公司，民 1982 年 04 月一版。

124. 楊家駱主編，《林琴南學行譜記四種・春覺齋著述記・賊史二卷 Oliver Twist》，台北：世界書局，1961 年 09 月一版。

125. 楊家駱，《民國以來出版新書總目提要》，臺北：中國辭典館，1971 年 01 月一版。

126. 楊家駱，《中日戰爭文獻彙編》，臺北：鼎文書局，1973 年 09 一版。

127. 楊家駱主編，《戊戌變法文獻彙編》，臺北：鼎文書局，1973 年 09 月一版。

128. 楊聯芬，《晚清至五四：中國文學現代性的發生》，北京大學出版社，2003 年 11 月一版。

129. 齊裕焜，陳惠琴，《鏡與劍：中國諷刺小說史略》，台北：文津出版社，1995 年 09 月一版。

130. 劉鶚，《老殘遊記》，台北：三民書局，2007 年 06 月二版。

131. 劉鶚，《老殘遊記》，太白文藝出版社，2007 年 01 月一版。

132. 劉尚生，《中國古老小說藝術史》，長沙：湖南師範大學出版社，1993 年 06 月一版。

133. 劉世劍，《小說概說》，高雄：麗文出版社，1994 年 11 月一版。

134. 劉良明等，《近代小說理論批評流派研究》，武漢大學出版社，2003 年 11 月一版。

135. 劉葉秋著，《古典小說筆記論叢》，天津：南開大學出版社，1985 年一版。

136. 郭廷以，《近代中國的變局》，臺北：聯經出版公司，1987 年 06 月一版。

137. 魯迅，《中國小說史略》，九龍：太平洋圖書公司，1973 年 02 月二版。

138. 葉高樹，《清朝前期的文化政策》，台北：稻香出版社，2002 年 07 月一版。

139. 葉桂桐，《中國古代小說概論》，臺北：文津出版社，1998 年 10 月一版。

140. 歐陽健，《古小說研究論》，成都：巴蜀書社，1997 年 05 月一版。

141. 歐陽健，《晚清小說史》，浙江古籍出版社，1997 年 06 月一版。

142. 歐陽健，《歷史小說史》，杭州：浙江古籍出版社，2003 年 03 月一版。

143. 歐陽健，《曾樸與孽海花》，瀋陽市：遼寧教育，1992 年 10 月一版。

144. 賴芳伶，《清末小說與社會政治變遷（1895～1911)》，台北：大安出版社，1994 年 09 月一版。

145. 賴惠敏，《天潢貴冑——清皇族的階層結構與經濟生活》，台北：中央研究院近代史研究所，1997 年 06 月一版。

146. 錢穆，《中國歷代政治得失》，台北：東大圖書有限公司，2003 年 07 月一版。

147. 陳平原，《小說史：理論與實踐》，臺北市：淑馨出版社，1998 一版。

148. 陳平原，《中國小說敘事模式的轉變》，臺北：久大文化有限公司，1990 年 05 月一版。

149. 陳平原主講、梅家玲編訂，《晚清文學教室》，臺北：麥田出版社，2005 年 05 月一版。

150. 陳平原、夏曉虹《二十世紀中國小說李理論資料》（1897～1916)，北京：北京大學出版社，1989 年 03 月一版。

151. 陳崑之、陳振江、江沛編《晚清民國史》，臺北：五南圖書公司，2002 年 06 月一版。

152. 陳儀深，《近代中國政治思潮——從鴉片戰爭到中共建國》，台北：稻香出版社，1997 年 02 月一版。

153. 陳碧月，《小說創作的方法與技巧》，台北：秀威資訊有限公司，2003 年 05 月二版。

154. 陳幸蕙，《愛與失望——二十年目睹之怪現狀研究》，駱駝出版社，1996 年 09 月一版。

155. 陶晉生，《中國近代史》，台北：新陸書局，2005 年 08 月一版。

156. 蔣凡編，《古代十大散文流派》第一卷之《秦論辯文》，長沙：湖南文藝出版社，1997 年 07 月一版。

157. 謝明勳，《古典小說與民間文學》，台北：大安出版社，2004 年 08 月一版。

158. 魏源，《增廣海國圖志》，台北：珪庭出版社，影印本。

159. 陶佑曾，《中國近代小說大系・新舞台鴻雪記》，南昌市：百花洲文藝出版社，1996 年 12 月一版。

160. 顏廷亮，《晚清小說理論》，北京：中華書局，1996 年 08 月一版。

161. 魏紹昌，《晚清四大小說家》，台北：台灣商務印書館，1993 年 07 月一版。

162. 魏紹昌編《孽海花資料》，中華書局，1962 年一版。

163. 蕭一山，《清代通史》，台北：台灣商務印書館，2004 年 03 月臺一版。

164. 鄭振鐸，《中國文學發達史》，中華書局，1983 年 04 台十二版。

165. 鄭觀應，《盛世危言》增訂新編（一）臺北：臺灣學生書局，1965 年 11 月一版。

166. 鄭曦原編，《帝國的回憶》——紐約時報晚清觀察記，北京：新華書店，2001 年 05 月一版。

167. 鄭明娳，《古典小說藝術新探》，台北：時報文化出版公司，1998 年 06 月一版。

168. 薛元化，《中國近代史》，臺北：三民書局，2003 年 02 月三版。

169. 薛文郎，《漢初三帝消滅漢人民族思想之策略》，台北：文史哲出版社，1991 年 08 月一版。

170. 嚴昌洪，《中國近代社會風俗史》，台北：南天書局，1998 年 01 月一版。

171. 饒芃子等，《中西小說比較》，合肥：安徽教育出版社，1994 年 06 月一版。

172. 饒芃子等，《中西小說比較》，合肥：安徽教育出版社，1994 年 06 月一版。

173. 《二十世紀中國文學》，香港：藝文圖書公司，1992 年 01 月一版。

174. 《山東義和團案卷》，中國社會科學院近代史研究所近代史資料編輯室齊魯書社，1980 年版。

期刊

1. 于作敏，〈重新認識晚清基督教民——兼評義和團運動中「打殺」教民現象〉煙台大學學報哲學社會科學版第 18 卷第 3 期 2005 年 07 月，頁 353。

2. 王緋，〈效果歷史：理解與討論──評夏曉虹《晚清女性與近代中國》〉，《文藝研究》2005 年第 5 期，頁 135～141。

3. 王勇，〈晚清地方官僚體制歷史變遷略論〉，《雲南師範大學學報》2006 年 7 月第 38 卷第 4 期，頁 65～69。

4. 王紅霞，〈晚清華人了解西醫的窗口──萬國公報〉，《中國科技史雜誌》2006 年 27 卷第 3 期，頁 254～263。

5. 王學鈞，〈李伯元的功名與選擇〉，《學海》2005 年 6 月，頁 77～81。

6. 傅建舟，〈晚清小說的敘事特徵〉，《中州學刊》2005 年 11 月第 19 卷第 6 期，頁 221～224。

7. 江國華，〈預備立憲百年祭──祭晚清預備立憲中的政治妥協〉，《湖南大學學報》2007 年 1 月第 10 卷第 1 期，頁 65～73。

8. 李楊，〈「以晚清為方法」──與陳平原先生談現代文學研究中的晚清文學問題〉，《渤海大學學報》2007 年第第 2 期，頁 14～24。

9. 李寄，〈晚清譯述風尚的形成及其原因〉，《廣東外語外貿大學學報》2007 年 1 月第 18 卷第 1 期，頁 33～36。

10. 李霜青，〈曾國藩與晚清士風〉，《湖南大學學報》2005 年 11 月第 19 卷第 6 期，頁 96～100。

11. 李興陽，〈晚清小說理論的本體觀念〉，《江蘇社會科學》2007 年第 1 期，頁 182～188。

12. 周家嵐，〈從接受史角度看晚清知識份子對《水滸傳》的三種詮釋策略〉《中華學苑》56 期 2003 年 02 月，頁 85～112。

13. 林熙，〈《二十年目睹怪現狀》的掌故〉，《大成》第 23 期，頁 53～59。

14. 高伯雨，〈江南製造局怪現象〉，香港《大成雜誌》27 期，頁 56。

15. 況落華，〈大沽口船舶事件：晚清外交運用國際法成功的個案〉，《安慶師範學院學報》2006 年 1 月，第 25 卷第 1 期，頁 21～24。

16. 胡代聰，〈在外交鬥爭中堅持愛國立場的晚清使節楊儒〉，《湖南大學學報》2005 年 11 月第 19 卷第 6 期，頁 96～100。

17. 胡紹嘉，〈逆想人文社會科學寫作：來自小說敘事研究的啟迪與演示〉，《中華傳播學刊》2006 年 6 月第 9 期，頁 276～303。

18. 馬菊青、劉永文，〈晚清時期中西小說比較觀述略〉，《清海民族學院學報》2005 年 9 月第 31 卷第 4 期，頁 124～100。

19. 倪文君，〈近代學科形成過程中的晚清地理教科書述論〉，《華東師範大學學報》2006 年 9 月第 38 卷第 5 期，頁 107～112。

20. 夏志清著，張漢良譯〈中國小說的提倡者：嚴復〉與梁啟超〉幼獅月刊，第 42 卷第 4 期。

21. 夏曉虹，〈晚清女性典範的多元景觀〉，《中國文學現代研究叢刊》2006年第三期，頁17～45。

22. 郝先中，〈晚清中國對西洋醫學的認同〉，《學術月刊》2005年5月，頁73～79。

23. 孫燕京，〈晚清社會風尚及其變化〉，《中州學刊》2004年11月第6期，頁135～139。

24. 孫如文，〈彩雲易散玻璃薄——《孽海花》中傅彩雲人物形象析論〉，《東方人文學誌》2003年6月第2卷第2期，頁223～232。

25. 許順富，〈湖南紳士與晚清實業建設〉，《湖南大學學報》2005年11月第19卷第6期，頁96～100。

26. 戚宜君，〈劉鶚的坎坷命運與「老殘遊記」之不朽價值〉，《文藝月刊》一八七期，頁74～85。

27. 康韻梅，〈小說敘事與歷史敘事之異同〉，《台灣大學中文學報》2006年6月第第24期，頁183～224。

28. 彭平一，〈晚清政治改革的文化思考〉，《湖南科技大學學報》2004年9月第7卷第5期，頁96～100。

29. 彭明輝，〈外國史地引介與晚清史學〉，《國立政治大學歷史學報》2000年5月，頁197～228。

30. 程麗紅，〈從落拓文人到報界聞人〉，《吉林大學社會科學學報》2006年5月第46卷第3期，頁115～122。

31. 張桂蘭，〈《萬國公報》對晚清科舉考試的批判〉，《巢湖學院學報》2005年第7卷第5期，頁158～160。

32. 張宏庸，〈中國諷刺小說的特質與類型〉，《中外文學》第五卷第七期，頁30。

33. 〈致余晉珊觀察〉，《救濟文牘》卷四，頁27。

34. 張光芒，〈評楊聯芬《晚清至五四：中國文學現代性的發生》〉，《中國現代文學叢刊》2005年第四期，頁267～274。

35. 黃興濤，〈晚清民初現代「文明」和「文化」概念的形成及其歷史實踐〉，《近代史研究》2006年11月第6期，頁1～34。

36. 黃叢林，〈晚清亂世與社會傳聞的盛行〉，《河北師範大學學報》2006年第2期，頁107～113。

37. 楊清芝，晚清時期基督教在中國的出版事業，《建慶師範大學學報（哲學社會科學版）》2006年第2期，頁70～75。

38. 楊國強，〈晚清的清流與名士〉，《史林》2006年第4期，頁1～28。

39. 楚雙志，〈晚清中央與地方關係新格局的形成〉，《遼寧大學學報》2006

年 9 月第 34 卷第 5 期，頁 73～76。

40. 葉中強，〈游走於城市空間：晚清民初上海文人的公共交往〉，《史林》2006年第 4 期，頁 80～87。

41. 劉馨，〈試論晚清時期外交思潮的演變〉，《外交學院學報》2003 年 6 月，頁 58～63。

42. 陳昌明，〈唐人傳奇裡的愛情癥結〉，《文心》第六期，1978 年 06 月，頁 27。

43. 陳俊啓，〈《老殘遊記》中的「個人主觀主義」及其在小說史上的意涵〉，《文與哲》2008 年 6 月第 12 期，頁 579～630。

44. 陳學勇，〈評李楠著《晚清民國時期上海小報研究——一種綜合的文學、文化考察》〉，《中國現代文學研究叢刊》2006 年第四期，頁 289～294。

45. 陸國飛，〈試論中國翻譯晚清小說中的「意譯」現象〉，《浙江社會科學》2007 年第 2 期，頁 172～178。

46. 蔣純焦，〈晚清士子的生活與教育——以塾師王錫彤爲例〉，《華東師範大學學報》2006 年 6 月第 24 卷第 2 期，頁 88～95。

47. 鄒浩飛，晚清廣東科舉考試槍替之風初探，《五邑大學學報(社會科學版)》第 8 卷第 2 期 2006 年 5 月，頁 40～43。

48. 蔡佩芬，〈多重話語與對話空間——吳趼人《月月小說》的編輯創作及小說理論〉，《中極學刊》2005 年 12 月第 5 輯，頁 118～136。

49. 蔡國斌，論鴉片戰爭以來晚清社會的變化，《湖北省社會主義學院學報》2006 年 2 月（第 1 期），頁 77～80。

50. 遲雲飛，〈清末社會的裂變及各階層分析〉，《史學集刊》2003 年 10 月第 4 期，頁 33～39。

51. 羅錦堂，〈中國小說觀念的轉變〉，《大陸雜誌》第 33 卷第 4 期，頁 97～101。

52. 欒梅健，〈直面社會的譴責小說〉，《中國語文》（581），頁 78～81。